다른 사람과 하는 러브코미디는 용서하지 않을 거니까

3

I won't

forgive

LOVE COMEDIES

with

other people

하바 라쿠토
ill. 이코모치

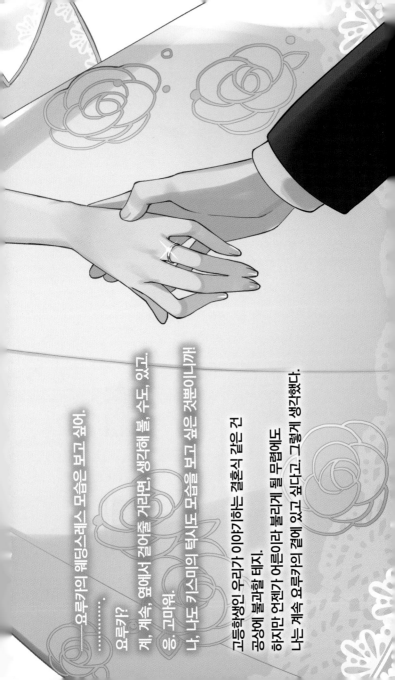

—유우카의 웨딩드레스 모습은 보고 싶어.

……

유우카?

게, 계속 옆에서 걸어줄 거라면, 생각해 볼 수도, 있고.

응. 고마워.

나, 나도 기스미의 턱시도 모습을 보고 싶은 것뿐이니까!

고등학생인 우리가 이야기하는 결혼식 같은 건 공상에 불과할 테지.

하지만 언젠가 어른이라 불리게 될 무렵에도 나는 계속 유우카의 곁에 있고 싶다고. 그렇게 생각했다.

연인의 집에 불려왔는데,

어쩌서인지 수라장???!!!

다른 사람과 하는 러브코미디는 용서하지 않을 거니까 3

I won't

forgive

LOVE COMEDIES

with

other people

하바 라쿠토

ill. 이코모치

일러스트 | **이코모치**

"요루카, 키스할까?"

해 질 녘의 미술 준비실에 단둘이.

나의 사랑하는 연인, 아리사카 요루카는 모든 것을 나에게 맡기듯이 살며시 눈을 감았다.

매끈매끈한 작은 입술에 살며시 입을 가져가면 된다. 고작 그것뿐이다.

두 사람의 거리가 천천히 제로에 가까워진다.

마침내 첫 키스를 한다.

드디어 이 순간까지 도달했다.

앞으로 조금, 조금만 더.

하지만 아무리 시간이 지나도 요루카와 키스할 수 없다.

세상이 일시 정지한 것처럼 연인과의 거리가 전혀 줄어들지 않았다.

눈앞에 요루카가 있는데 계속 스톱 상태.

이상하다.

어째서지? 뭐가 문제인데?

순서라도 틀렸나? 애초에 키스의 올바른 순서는 뭐지?

모르겠다. 전혀 모르겠다.

"키스는 어떻게 하는 거냐고————————?!"

내가 절규하는 것과 동시에 전신에 격렬한 충격이 닥쳐들었다.

"으억?!"

나는 눈을 떴다.

"키스미, 일어났어?"

"어, 어어? 어라? 꿈……."

주위를 둘러보자 내 방이다. 그리고 내 몸 위에는 펄쩍 뛰어든 여동생 에이가 올라타 있었다.

"꿈, 꿈이구나~~."

실망한 나는 깊은 한숨을 쉬었다.

키스 미수 꿈을 꾸는 게 이걸로 몇 번째일까.

나는 얼마나 요루카와 키스하고 싶은 건지.

"에이. 나를 깨우겠다고 점핑 프레스하지 마. 너도 이제 많이 컸으니까 조만간 진짜로 뼈가 부러질 거야."

초등학교 4학년인 동생의 순진무구한 전력 다이빙은 나날이 내 몸통에 묵직한 고통을 남긴다.

고작 2년 전까지만 해도 꼬맹이였는데 갑자기 키가 커버렸고 아직도 성장기다. 그런데 알맹이는 여전히 어리다.

"에헤헤. 키스미가 어째 괴로워 보였거든."

"다음부터는 좀 더 부드럽게 깨워줘. 그리고 제대로 오빠라고 부르렴."

"알았어."

대답은 잘하지만 그 두 가지 약속이 지켜진 적은 한 번도 없다.

에이를 침대 위에서 밀어내고 '쉬는 날 정도는 조금 더 자게 해 줘' 하고 다시 잠들려고 했다.

"저기, 키스미. 오늘은 요루카랑 데이트잖아? 슬슬 나가지 않으면 지각하지 않을까?"

"지금 몇 시야?!"

시계를 보고 내 졸음은 순식간에 날아갔다.

지금 당장 나가지 않으면 약속 시각에 늦어진다.

"그래서 깨워준 거야. 칭찬해줘!"

"미안해, 에이. 고마워! 정말로!"

스마트폰 알람도 넉넉하게 설정해놨는데 비몽사몽 상태로 꺼버린 모양이다.

나는 서둘러 몸단장을 하고 집에서 뛰쳐나갔다.

문을 연 순간, 뜨거운 공기와 눈 부신 햇살에 눈을 찌푸렸다.

드높게 펼쳐진 푸른 하늘에 떠 있는 큼직하고 하얀 구름.

매미의 요란한 울음소리가 들린다.

올해의 장마는 짧아서 금방 끝났다.

7월 초, 태양이 진심을 발휘한다. 계절은 벌써 여름이었다.

뙤약볕 아래를 달려 나는 간신히 약속 시각에 늦지 않을 수 있는 전철에 탈 수 있었다.

집에서 근처 역에 도착할 때까지 땀을 흘렸기 때문에 시원한 전철 안이 기분 좋았다. 냉방 감사합니다.

전철을 갈아타 하라쥬쿠 역의 개찰구를 달려서 통과했다.

그늘이 진 곳에 내 여자친구가 기다리고 있었다.

청순한 사복 차림의 요루카는 교복을 입을 때보다 어른스러워 보였다.

"요루카."

"안녕. 무슨 일이야? 그렇게 급하게."

"요루카를 1초라도 더 빨리 만나고 싶어서."

"……늦잠이라도 잤어?"

"어떻게 알았어?! 시간에는 안 늦었잖아?"

"아, 정말 늦잠 잤구나. 농담이었는데."

"초능력자냐."

"키스미가 얼굴에 다 티 나는 것뿐이야."

"그건 그거대로 너무 다 드러날 것 같아서 불안한데."

나는 반사적으로 내 얼굴을 더듬었다.

"……나는 알아보기 쉬워서 좋은데."

요루카는 나에게 들리지 않을 만큼 작은 목소리로 무어라 중얼거렸다.

"어? 뭐라고?"

"아무튼, 가자!"

요루카는 먼저 내 손을 잡았다.

기다리지 못하겠다는 양 걷기 시작했다.

우리가 맺어진 지 약 3개월.

기말고사를 눈앞에 둔 주말, 요루카의 제안으로 오늘은 하라쥬쿠 데이트다.

우리는 먼저 하라쥬쿠 역 정면에 있는 복합시설에 들어선 IKEA를 방문했다.

하얀색을 베이스로 한 매장 곳곳에는 세련된 가구며 대담한 무늬나 색상의 인테리어 잡화가 놓여있다.

"이거 예쁘다. 아, 저것도 좋아. 저기, 키스미. 이건 어떻게 생각해?"

요루카는 즐거워 보였다. 시야에 들어온 것을 손에 들고 이런저런 감상을 늘어놓았다.

나도 그런 여자친구를 바라보는 게 즐겁고, 각 가구에서 상상하게 되는 다양한 생활의 일면을 둘이서 대화하는 것도 재미있었다.

"만약 같이 산다면 소파는 이 정도로 컸으면 좋겠어."

요루카는 패밀리 사이즈의 소파에 누워 유유자적 발을 뻗었다.

"이만큼 크면 편안하게 영화를 보기에도 좋을 것 같아."

"둘이서 느긋하게 앉을 수 있겠지."

"다만 둘이서 사는 집에 두기에는 조금 클지도."

"? 편히 쉴 거라면 큰 게 좋잖아?"

"놓고 싶은 마음은 굴뚝같은데, 큰 가구를 두려면 큰 집

15

이어야 하니까."

"큰 집에 살면 되잖아."

집이 부자인 요루카는 마치 당연하다는 듯 말했다.

그야 나도 멋진 가구가 가득한 널따란 집에 살아보고 싶다.

하지만 풍족한 생활에는 먼저 돈이 필요해진다.

작년에 농구부를 그만뒀기 때문에 시간적 여유가 생겼던 고등학교 1학년의 여름방학.

나는 빈 시간에 아르바이트를 해서 돈을 버는 게 어렵다는 것을 배웠다.

그때 사용하지 않고 저금해둔 덕분에 이렇게 요루카와 데이트도 할 수 있다.

"열심히 노력하겠습니다."

나는 등을 꼿꼿하게 세웠다.

"키스미가 혼자서 노력할 일은 아니잖아. 나도 협력할 테니까."

"든든한 여자친구네."

"키스미와 함께라면 즐거우니까."

만약 함께 살게 된다면── 그런 미래를 상상하는 것만으로도 가슴이 설렌다.

"우선 현실적으로는 이 소파려나. 오, 푹신푹신하고 좋은데."

나는 2인용 소파 쪽에 앉아보았다.

"흐음, 어디어디?"

요루카도 옆에 끼어들었다.

"아, 진짜다. 좋다, 키──."

어깨와 어깨가 닿을 법한 절묘하게 가까운 거리에 두 사람이 쏙 들어왔다.

바로 옆에 요루카의 고운 얼굴이 있다.

요루카도 나와의 거리감을 눈치채자 슬그머니 시선을 돌렸다.

부끄러움을 많이 타는 그녀는 바로 귀를 붉히면서 몸을 딱딱하게 굳혔다.

좁은 면적이라 일어나는 것 말고는 도망칠 장소도 없고, 조금만 움직여도 팔이나 무릎이 닿는다.

그래도 요루카는 막 사귀기 시작했을 때처럼 과민반응하며 도망치지 않았다.

"새, 생각했던 것보다 좁네."

"아마 커플끼리 이렇게 붙어있기 위해서 아닐까? 앉아본 사람만 알 수 있는 거지."

단정한 윤곽, 예쁘게 뻗은 눈썹과 긴 속눈썹이 드리운 커다란 눈, 왼쪽 눈가에는 사랑스러운 눈물점이 매력 포인트. 매끈매끈한 뺨. 오똑한 콧날과 반듯한 귀. 작은 입술은 말캉말캉하고 부드러워 보인다. 가느다란 목을 시선으로 따라가자 오늘 입은 복장은 쇄골까지 보였다.

원피스는 여름답게 시원한 색의 우아한 디자인이다.

섬연한 어깨에 가련한 팔. 그 눈처럼 하얀 피부가 아주 조금 붉은 것은 여름이기 때문만은 아니다.

"얼굴, 굉장히 가까운 것 같아."

"껴안을 때는 더 가깝잖아."

"그건 얼굴을 가까이서 보는 게 아니니까."

요루카는 끌어안을 때, 늘 내 목이나 가슴에 얼굴을 파묻는다. 그건 부끄러워하는 얼굴을 보여주지 않기 위해서였구나.

"손을 잡거나 끌어안기도 하니까 익숙해졌을 법한데."

"그야 이대로 키스해버릴 것 같은걸."

그렇다. 미래의 동거보다 우리에게 더 가까운 중대 사항이란 바로 키스다.

연인이 된 지 석 달, 우리는 아직 키스하지 않았다.

슬슬 새로운 단계로 올라서고 싶다고 생각하면서도 아직까지 계기를 잡지 못하고 있었다.

나에게 요루카는 처음 사귀는 연인.

당연히 키스는 미지의 영역이다.

어떻게 해야 연인이 불안을 느끼지 않고 자연스럽게 키스를 받아들이게 할 수 있을까.

그런 건 알 수 없다. 알고 있었다면 이미 키스를 졸업했을 것이다.

점심시간이나 방과 후, 학교의 미술 준비실에서는 늘 단둘이.

솔직히 키스할 기회는 얼마든지 있었다고 본다.

하지만 이게 잘 안 되었다.

옆에 앉는다. 눈과 눈이 마주친다. 미소 짓는다. 가벼운 스킨십 정도라면 일상이 되었다. 손을 잡고, 때로는 포옹을 한다.

매력적인 요루카가 밀착할 때마다 내 몸과 마음은 폭발 직전이었다.

어떤 때는 얼굴과 얼굴이 가까워져 그대로 키스해보려고 더 가까이 가자,

『아, 머그잔이 비었네! 홍차 더 탈까!』

──하고 재빠르게 도망쳐버리고 말았다.

또 어떤 때는 껴안은 뒤에 떨어지려고 해도 내가 놓지 않고 있었더니,

『키스미, 눈이 좀 무서워.』

──라며 겁을 먹었다. 이때는 너무 의욕이 넘쳤다고 반성했다.

중간고사가 끝났을 때, 해방감에 맡겨 큰맘 먹고 말해본 적도 있다.

『요루카, 키스하지 않을래?』

『아직 일러!』

물론 무리하게 만들 생각은 없고, 내가 조금 마음이 급해진 측면도 있다.

그렇게 갈등하고, 실패하고, 참는 나날이 이어지다 오늘 아침처럼 꿈으로 꾸게 되는 형국.

바로 눈앞에 사랑하는 연인이 있다고 해도 전부 다 순탄하게 진행된다는 보장은 없다.

"……저기, 키스미."

"어?! 뭐, 뭔데?"

"내 입술, 너무 쳐다봐."

"미안, 키스 생각을 하느라."

"그런 건 다 보여."

"아, 이런 거구나."

요루카가 초능력자인 게 아니라 정말로 내 작은 반응을 보고 헤아리는 모양이었다.

"……그렇게 하고 싶어?"

"하고 싶어."

즉각 대답했다.

"여기 가게거든!"

주위에 있는 손님의 시선이 모이자 요루카는 먼저 소파에서 일어났다.

"어, 사람이 없으면 해도 돼?"

"장소의 문제가 아니야."

"그럼 어떻게 해야 해?"

"나에게 달렸어!"

주목을 피하는 요루카를 나는 허둥지둥 쫓아갔다.

우리는 그대로 타케시타 대로를 지나 오모테산도로 이동했다.

나는 하라쥬쿠 일대는 익숙하지 않기 때문에 오늘은 요루카를 따라가는 형식이 되었다.

"언니의 옷을 살 때 이 근방에 여러 번 왔으니까 가게의 위치는 파악하고 있어. 맡겨줘."

"요루카는 사람 많은 곳 불편하잖아."

"불편하지만 쇼핑은 좋아해. 언니에게 이런저런 옷을 입히는 것도 즐겁고."

요루카는 고등학생에게는 다소 금액대가 비싼 부티크에도 익숙하게 들어갔다.

"언니의 옷은 요루카가 고르는 거야?"

"미인이니까 뭘 입어도 잘 어울려서, 어느샌가 뭘 입고 싶다는 마음도 사라졌거든."

그야 요루카와 피를 나눈 언니라면 마네킹도 이기지 못할 만큼 뭐든 잘 소화할 것이다.

어른스럽고 시크한 분위기의 매장에 나는 조금 긴장했다.

벽에 붙은 거울에 비치는 내 모습은 딱 그 나이대로 보이는 소년이고, 반면 요루카는 고상한 아가씨.

어쩐지 나만 붕 떠버린 것 같은 느낌이라 조금 주눅이 들었다.

이런 미소녀와 사귄다는 것 말고는 눈에 띄는 점이 없는 평균적이고 평범한 고등학교 2학년이다. 노력이 필수인 미스터 스탠더드.

학교에서 교복을 입을 때는 느끼지 못했던 차이가 불현듯 두드러진 기분이다.

스스로도 키스 정도에 고민하고 있던 내가 참으로 어린아이 같다는 생각이 들었다.

눈앞에 있는 남성용 티셔츠의 가격표를 보았다. 응, 가게를 보고 짐작한 대로 대단한 가격이다.

"비싸!"

"키스미. 이제 나가자."

"벌써?"

"응. 딱히 갖고 싶은 게 없었어."

요루카는 매장 안을 슥 훑어보고 돌아왔다.

그런 식으로 눈에 띈 가게에 들어갔다가 금방 나왔다.

그렇게 여러 곳을 돌다가, 나도 이름을 알고 있는 유명한 액세서리 가게에서 요루카는 마음에 드는 것과 만났다.

"이거 나에게 어울릴까?"

요루카가 가리킨 것은 은으로 된 심플한 목걸이였다.

가느다란 체인에 작은 돌이 박힌 펜던트는 요란하지 않은 우아함이 느껴졌다. 요루카의 취향인 어른스러우면서도 귀여운 코디에도 매치하기 쉬울 것 같았다.

"무지막지 잘 어울려. 아주 좋아!"

나는 합격 도장을 찍었다.

"정말로? 으음, 조금 진짜로 갖고 싶어지는데."

"시착해 보는 건?"

"안 돼. 액세서리는 맞으면 더 갖고 싶어지니까."

"……그럼 내가 선물할까?"

"됐어, 별로. 게다가 의외로 가격도 비싸."

"그럼 사귄 지 석 달이 된 기념으로."

나는 순간적으로 구실을 떠올렸다.

이럴 때를 위해 저금해둔 아르바이트비다.

"어라? 우리 사귄 지 몇 달인 거지?"

"언제를 시작으로 보냐에 따라 달라지겠지. 내 고백에 OK
한 게 4월 초고, 거기서부터 세면 딱 석 달이야. 연인 선언
이후를 정식 연인으로 계산하면 두 달이 조금 넘었고."

"은근히 애매하네."

"고백했는데 요루카가 바로 도망쳐서 그래."

"너, 너무 기뻐서 살짝 패닉이 온 거라고! 아니 그보다,
생각할 시간 정도는 줄 수 있잖아."

"그렇게 기뻐했다면 주저 없이 YES 아니야?"

"그 한 마디를 그 자리에서 말로 꺼내는 게 힘들었다고!!"

섬세한 소녀심이다.

역시 내가 이래저래 결과를 서두르는 성격인 건지도 모
른다는 느낌이 들었다.

"그래서, 어떻게 할래? 요루카가 기뻐해 준다면 선물할
이유는 뭐든 상관없어."

"그럼 기념일과 선물투성이가 되어버리잖아."

"그렇게 사양하지 않아도 되는데."

"아니야. 이렇게 선물을 주고 싶다는 키스미의 마음만으로도 나도 무척 기쁘니까."

"요루카."

"왜?"

"다시 반했어."

"몇 번이든 반하시죠."

요루카는 이제는 솔직하게 좋아한다고 드러내 준다.

물건이나 체험이 아니라, 마음에 먼저 애정을 느껴주는 내 연인은 정말 멋지다.

으음, 그렇기 때문에 더 선물을 주고 싶은데.

하지만 억지로 줘서 신경 쓰게 만드는 것도 오히려 미안한 느낌.

키스는커녕 선물을 주는 타이밍조차 깜깜하다니, 나도 참 미숙하다.

우리가 목걸이 앞에 계속 멈춰 서 있었더니 바로 점원이 다가왔다.

"손님. 괜찮으시다면 시착해 보시겠습니까?"

"아, 괜찮습니다."

요루카는 순식간에 마음의 셔터를 내려 그 자리에서 떨어졌다.

변함없이 모르는 사람과 대화하는 건 어려워한다.

"혹시 점원이 말을 거는 게 싫어서 바로바로 보고 나가는 거야?"

나는 가게에서 나온 뒤에 물어보았다.

"정답."

"나도 접객을 받는 건 불편해서 심정을 이해해."

"모르는 사람이 옆에 있는 게 단순히 불편하고, 말을 걸면 갑자기 사야만 하나? 하고 긴장되잖아. 거절하는 것도 귀찮고."

"요루카는 특히 그렇겠지."

남이 보는 걸 싫어하는 요루카 입장에서는, 일이라고 해도 매뉴얼에 맞춰 적극적으로 들이대는 점원에게서 도망치고 싶어지는 것도 이해가 갔다.

영락없이 비싸 보이는 가게에 익숙하기 때문에 빨리 나오는 줄 알았다. 실제로는 내가 아는 요루카답게 낯가림이 이유라는 점에 조금 안심했다.

마음이 내키는 대로 윈도쇼핑을 만끽하던 도중, 이 근방에는 결혼식장도 많다는 걸 깨달았다. 드라마의 로케 현장으로도 사용될 법한 예쁜 외관으로, 마침 정장을 차려입은 남녀가 밖에 모여 결혼하는 커플이 나오는 것을 성대하게 축하하고 있었다.

"요루카, 저기에서 결혼식 하고 있어. 화려한데."

"그러게. 웨딩드레스가 예쁘다."

부지의 앞뜰에는 좌우로 늘어선 하객이 대량의 꽃잎을 뿌렸다.

그 플라워 샤워 속을 신랑·신부가 행복해하는 얼굴로 걷고 있었다.

지나가던 우리도 어쩐지 화사한 분위기를 나눠 받은 기분이다.

"아. 키스했다."

감격에 겨운 신부가 신랑의 뺨에 입술을 댔다.

놀리는 말을 들으면서도 그들은 인생 최고의 순간처럼 충만해 보였다.

아직 고등학생인 나로서는 결혼이라는 이벤트를 현실로 받아들이지 못한다.

사랑하는 사람과 아플 때도 건강할 때도 함께 살아간다 ──그걸 친한 사람들 앞에서 선서한다.

"용케 사람들 앞에서 키스할 수 있구나."

요루카는 결혼식을 보면서 나보다도 냉정한 감상을 흘렸다.

"확실히, 요루카에게는 굉장히 힘든 이벤트일지도 모르겠어."

나도 쓴웃음을 지었다.

"저렇게 많은 사람이 모여서 축복을 받는 것도 별로야. 엄청 쳐다보잖아."

"그야 결혼식의 주역인 셈이고, 신부는 특히 쳐다보겠지."

"어쩐지 행복을 강제당하는 것 같지 않아?"

"실제로 행복하니까 괜찮지 않을까."

"……키스미는 결혼식 하고 싶어?"

"뭐, 가족을 위해서는 하는 걸 기뻐하지 않을까. 나도 친척의 결혼식에 참석한 적이 있는데, 꽤 감동적이었어. 신랑·신부의 가족은 펑펑 울었고."

"흐응. 나, 결혼식에 가 본 적이 없으니까 잘 모르겠어."

"어? 그래?"

"우리 나이대라면 가족이 초대를 받았을 때 같이 가는 정도잖아. 우리 부모님은 해외에 계시니까 분명 초대를 받아도 참석하지 못할 테고, 언니는 아직 대학생에다 독신인걸."

"그도 그렇네."

친척이 결혼하거나 가까운 사람에게 초대를 받지 않는다면 고등학생이 결혼식에 참석할 기회는 별로 없다.

"게다가 하객은 축의금 지출이 상당하고, 신랑·신부는 준비하는 데 굉장히 고생한다고 들었어. 그렇게까지 해서 화려하게 축복을 받고 싶은가?"

요루카는 지구 반대편에서 일어나는 일이라는 양 관심이 없어 보였다.

"세상에는 성대하게 축복을 받고 싶은 사람이 일정 수 존재하는 거야."

"아……, 그런 의미라면 우리 언니도 해당할지도. 떠들썩한 걸 아주 좋아하거든."

"아무리 불편해도 언니의 결혼식에는 참석하자."

"할 거야. 좀, 마음은 무겁지만."

"그럴 때는 순순히 축하해줘. 딱히 언니를 싫어하는 건
아니잖아?"

"언니는 좋아해. 하지만 그런 화려한 이벤트에 동원되는
게 싫어."

"괜찮을 거야── 그 무렵에는 나도 옆에 앉아있을지도
모르잖아."

"그, 그건."

요루카는 흠칫 놀란 표정으로 이쪽을 보았다.

"물론 요루카가 싫지 않다면 그렇게 하겠다는 거지만.
그리고 요루카의 가족에게서 허락도 필요하고."

"마음이 급해."

"사귀다 보면 순식간에 올지도 몰라."

"봄에 고백을 받았는데 벌써 여름이긴 하지. 키스미와
있으면 시간이 금방 지나가."

"여하튼, 중요한 건 본인들이 행복해지는 거고."

"그래. 키스미, 좋은 말을 하는데."

"하지만."

불현듯 떠오른 말에, 나는 이 말을 할지 말지 잠깐 고민
했다.

"왜 그래? 우리 사이에 사양할 필요 없잖아."

"——요루카의 웨딩스레스 모습은 보고 싶어."

순백의 드레스를 입은 요루카는 분명 아름다울 것이다. 상상만으로도 아름다우니까, 실물은 훨씬 황홀할 게 틀림 없다.

"…………."

"요루카?"

"계, 계속, 옆에서 걸어줄 거라면, 생각해 볼, 수도, 있고."

얼굴을 돌이면서도 요루카는 쭈뼛쭈뼛 긍정적인 대답을 해 주었다.

고등학생인 우리가 이야기하는 결혼식 같은 건 공상에 불과할 테지.

하지만 언젠가 어른이라 불리게 될 무렵에도 나는 계속 요루카의 곁에 있고 싶다고. 그렇게 생각했다.

"응. 고마워."

"나, 나도 키스미의 턱시도 모습을 보고 싶은 것뿐이니까!"

나는 필사적으로 말의 의미를 가볍게 만들려고 당황하는 요루카에게 사랑스러움을 느꼈다.

첫 키스에 고민하는 고등학교 2학년이 결혼에 이르기까지, 그 여정은 멀 것이다.

지금의 나는 아직 발돋움만 한다. 긴장하는 일이 많고, 모르는 것도 많이 있다.

그래도 나는 이 사랑을 청춘 시절의 추억으로 만들 생각은 없었다.

언제든 요루카의 마음에 부응할 수 있는 남자가 되고 싶다.

그렇게 남몰래 맹세하면서, 지금은 아직 연이 없을 결혼 식장을 지나쳐갔다.

태양은 이글이글 타오르고 아스팔트의 방사열이 공기를 사정없이 달군다.

도시의 여름 데이트는 요즘 세상에 목숨을 걸어야 한다. 마치 사우나 한복판을 걷는 듯한 몰골이다.

꼼꼼한 수분 보충과 온열 질환 대책은 아무리 마음이 들떠 있어도 빼놓을 수 없다.

"뭔가 시원한 걸 마시고 싶어."

"배도 출출한데, 어디 들어가서 점심 먹자."

점심시간은 진작에 지난 데다 슬슬 휴식하고 싶다.

마침 괜찮아 보이는 햄버거 가게를 발견해서 그곳에 들어가기로 했다.

우리는 냉방이 잘 돌아가는 매장에 들어오자마자 숨을 길게 내쉬었다.

시원한 공기가 달아오른 피부를 기분 좋게 식혀주었다.

안내받은 자리에 앉자마자 나는 테이블에 놓인 냉수를 바로 비워버렸다. 심지어 레몬수라니, 센스가 좋다. 상큼하고 시원해서 개운하다.

나는 테리야키 버거에 감자튀김, 콜라라는 기본적인 세

트 메뉴. 요루카는 아보카도 버거에 샐러드, 라임 소다를 주문했다.

요리가 나오는 걸 기다리면서 나는 요루카의 언니에 대해 질문했다.

"요루카의 언니는 우리 고등학교에서 1학년 때부터 학생회장이었잖아. 그 전설의 학생회장의 대혁명으로 체육제와 문화제의 규모가 커졌다던데."

우리가 다니는 에이세이 고등학교는 진학교인데 학교 행사가 화려하기로 유명하다.

학생 주도로 각종 이벤트를 기획하고, 당일이 되면 작은 테마파크의 하루 입장객수를 상회할 정도로 성황한다.

그런 학교 행사의 규모 확대를 성공시킨 사람이 요루카보다 네 살 연상인 언니였다.

"키스미, 잘 아네."

"칸자키 선생님에게 들었거든."

"데이트 중에 다른 여자의 이름을 꺼내다니. 심지어 하필이면 그 교사를."

요루카는 담임인 칸자키 시즈루 선생님을 천적으로 여긴다.

그 탓에 학급 임원인 내가 칸자키 선생님과 대화하는 걸 못마땅해한다. 걱정하지 않아도 대화의 대부분은 사무적인 내용이고, 나머지는 대체로 요루카에 관련된 화제인데.

"저기, 키스미. 여름방학 때는 어떻게 할 거야?"

"학급 임원의 일로 학교에 가는 일은 있을 법하지만, 어디까지나 요루카를 우선할 거야!"

"정말로?"

"당연하지."

나는 딱 부러지게 단언했다.

무슨 일이 일어나도 요루카가 제일 중요하다.

"후후, 고마워. 기대되네. 여름방학."

요루카는 찬란한 미소를 지었다.

아아, 나는 그녀와 사귀게 되어서 행복하다.

미소녀의 연인이 되었기 때문이 아니다. 나를 진심으로 위하는 여자아이가 나를 좋아해 준다는 실감이 내 마음에 몇 번이고 감동을 준다.

그렇게 여름방학 계획으로 이런저런 이야기를 하고 있었더니 요리가 나왔다.

늦은 점심을 먹기 위해 들어온 햄버거 가게지만, 다 먹고 난 뒤에도 대화가 끊이질 않아 새 음료와 디저트를 주문해서 어느새 상당히 오래 머무르고 말았다.

밖으로 나오자 더위가 누그러진 덕분에 퍽 다닐 만해졌다.

사실은 더 같이 있고 싶지만, 여자아이를 너무 늦은 시각까지 데리고 다닐 수도 없다.

날이 저물어가자 우리는 역을 향해 걸어갔다.

오늘의 데이트가 끝나버린다.

그런 아쉬움으로 가득해진다. 다음 휴일 데이트는 시험

이 끝난 뒤일 테니까, 한동안은 공백기가 된다. 학교에서도 얼굴을 보고 스마트폰으로 얼마든지 연락할 수 있지만, 이렇게 두 사람만의 시간을 만끽하는 건 역시 특별하다.

역이 가까워질수록 요루카는 안절부절못하는 듯 긴 머리카락의 끄트머리를 만지작거렸다.

여느 때라면 그날의 데이트를 돌아보면서 대화하는데, 오늘의 요루카는 유독 조용하다.

나는 요루카의 옆얼굴을 보는 걸 좋아하니까 그건 그거대로 상관없었다.

가까운 거리에서 연인을 보며 넋을 놓고 있을 때, 갑자기 요루카가 멈춰 섰다.

"왜 그래?"

"저, 저기!"

"응."

"잠깐, 귀 좀."

나는 시키는 대로 무릎을 살짝 굽혔다.

굳게 결심한 요루카는 한 걸음 다가와 내 귓가에 입을 가져갔다.

"괜찮다면 우리 집에 들렀다 가지 않을래? 그, 오늘은 아무도 없거든."

요루카는 쑥스러운 듯한 목소리로 달콤하게 속삭였다.

여름은 여자를 조금 대담하게 만든다.

연인의 집에 놀러 간다── 심지어 가족은 부재중.

여자아이의 방에서, 단둘이.

『괜찮다면 우리 집에 들렀다 가지 않을래? 그, 오늘은 아무도 없거든.』

몇 번이고 머릿속에서 반복 재생되는 요루카의 말.

그 너머에 기다리고 있을지도 모르는, 아찔한 전개마저 자동적으로 기대하게 된다.

윽, 좀 위험하지 않나?

첫 키스가 어떻고 하는 수준이 아니다.

이건 남자로서 완전히 넥스트 레벨에 돌입할 기회가 아닐까.

폭주하는 망상이 너무 앞서나간 나머지 머릿속에서는 일어나지도 않은 상황을 대충 끝내버려서 완전히 흥분의 절정을 넘어버리는 바람에 오히려 침착해졌다.

"키스미. 전철을 탄 뒤로 말수가 줄지 않았어?"

"어? 그래?"

"……어디 몸이라도 안 좋아? 물 있으니까 마실래?"

"그럼 마실게."

요루카에게서 페트병을 받은 나는 주둥이에 입을 대고 단숨에 들이컸다.

"앗……."

요루카가 작은 목소리를 흘렸을 때는 이미 페트병의 물을 비워버린 뒤였다.

"미안. 거의 다 마셔버렸네."

"아니, 그건 상관없는데……."

"상관없는데?"

"간접 키스, 했으니까."

요루카는 쭈뼛거리며 그런 말을 했다.

우리는 전철의 좌석에 앉아 요루카의 집 근처에 있는 역으로 향하고 있다.

현실감이 흐릿하다.

데이트 중에 일사병으로 쓰러져서 보는 꿈이었다고 하는 게 그나마 신뢰가 간다.

그 정도로 기분이 몽롱했다.

오늘 데이트를 하면서, 나는 아직 키스하지 못했다는 것에 고민하고 있었다.

그런데 돌아가는 길에 요루카가 한 말로 인해 갑작스러운 급전개.

어쩌지. 전혀 준비를 못 했는데.

당장에라도 경험이 풍부한 반 친구인 나나무라에게 라인으로 조언을 요청하고 싶었다.

하지만 내 오른손은 요루카의 손을 꼭 붙잡고 있기 때문에 스마트폰을 제대로 조작할 수 없었다.

"긴장했어?"

내 어깨에 머리를 기대는 요루카는 슬쩍 이쪽을 올려다보며 물었다.

왜 긴장이라는 건 남에게 쉽게 전염되는 걸까.

요루카에게 들킨 이상 억지로 폼을 잡는 게 오히려 꼴사납다.

"솔직히, 무지 긴장돼. 연인에게서 듣고 싶은 대사를 데이트가 끝나고 갑자기 듣게 되다니, 완전히 행복의 절정이야."

"그쪽? 긴장한 것 치고 기뻐할 여유는 있는 것 같네."

"행복하고 긴장도 돼. 심장 소리 들어볼래? 썸머 뮤직 페스티벌이라도 열린 것처럼 야단법석이야."

"잘 모르겠지만 기운이 넘친다는 건 알겠어."

그렇게 말하며 웃는 요루카의 손이 차가운 것은 전철 내의 냉방 때문만은 아니다.

"요루카. 용기를 내줘서 고마워. 진짜로 너무 기뻐. 오늘도 무척 즐거워서, 집에 가는 게 아쉬웠어."

"응. 나도 같은 마음이야. 그래서, 불렀어."

떼어놓고 싶지 않은 마음을 드러내듯 요루카는 잡은 손에 아주 조금 힘을 줬다.

"…………."

"갑자기 조용해지지 마."

"행복을 곱씹는 것뿐이야. 요루카도 적극적이 되었구나, 하고."

"의미심장한 발언이 신경 쓰이는데?"

"칭찬하는 거야. 부끄러움 많은 요루카가 자신이 바라는 걸 말해줬잖아."

커뮤니케이션에 서툴고, 인간불신 성향이 있는 절벽 위의 꽃이 퍽 많이 바뀌었다.

나와 연애하는 게 요루카의 변화에 도움이 되고 있다면 연인으로서 이보다 더 영광스러운 일도 없다.

"다행이다. 여자 쪽에서 먼저 말하는 건 이상할까 했는데."

"그렇지 않아. 연인 사이는 늘 대등해야지. 그리고 나는 요루카에게 푹 반했는걸."

"응. 나도 좋아해."

미소 지으면서 대답하는 요루카에게는 사귀기 전에 봤던, 커뮤니케이션에 대한 과도한 긴장감이 없다. 마음에서 우러난 것을 지극히 자연스럽게 말로 전할 수 있다는 느낌이다.

"요루카가 특별대우를 해 주다니 최고야. 좋아하는 여자아이가 나를 원해주다니 천국이지."

"이제 곧 기말고사로 바빠지고, 당분간 데이트도 못 하잖아. 오늘은 조금만 더 오래 같이 있고 싶어서."

그런 식으로 생각해주는 것만으로도 행복하다.

"요루카라면 시험 정도는 여유롭지 않아?"

"키스미를 걱정해주는 거야. 나 때문에 성적이 떨어지면 미안한걸."

그 염려도 무척 사랑스럽다.

"또 시험 보기 전에 같이 공부하자. 중간고사 때는 세나 회가 다 같이 모였지만, 이번에는 둘이서만. 요루카가 가르쳐준다면 백만대군이야."

중간고사 때는 사이 좋은 친구들의 모임—— 통칭 세나회의 이벤트로 대규모 스터디를 감행.

입학 이후 부동의 전교 1등인 요루카는 남을 가르치는 것도 무척 잘했다.

덕분에 나도 시험 순위를 대폭으로 올렸다.

이번에는 모처럼이니까 연인끼리, 둘이서만 맨투맨으로 착실하게 배우고 싶다.

"그건 안 돼. 무리. 불허."

"왜?"

현재 자택에 초대해서 데려가는 중인데 둘이서만 시험 공부를 하는 건 NG라니, 대체 무슨 이유일까.

"……같이 있으면 공부에 집중할 자신이 없어."

요루카는 얼굴을 돌리고 그런 소릴 했다.

저기요. 내 여자친구는 프리티 별에서 온 프리티 성인입니까.

이 존엄한 존재를 어떻게 해야 영구 보호할 수 있을까.

겉으로 보이는 성숙한 인상과 달리 요루카는 상당히 어리광쟁이다.

이러니저러니 해도 요루카도 나와 스킨십을 하는 걸 좋아하고.

"그건 확실히, 일리가 있어."

막상 아무도 없는 방에 둘만 있게 된다면 나도 여느 때처럼 요루카와 알콩달콩한 시간을 보내고 싶어진다. 앞으로는 그냥 껴안기만 하는 것으로는 끝나지 않을지도.

"그러니까 그만큼, 오늘은 데이트를 연장하는 거야."

나와 요루카는 서로를 사랑하는 연인이고, 어제도 오늘도 절찬 러브러브한 관계다.

평소에는 요루카를 배웅하기만 했던 역에 처음으로 같이 내렸다.

◇ ◇ ◇

요루카의 집 근처 개찰구를 함께 빠져나와 걸어갔다.

"여기서 멀어?"

"코앞이야. 벌써 보이는걸."

요루카의 말대로 역에서 가까운 곳에 그녀가 사는 고층 맨션이 있었다.

"여기가 내가 사는 맨션이야."

"높아. 그리고 고저스해. 깜짝카메라는 아니지?"

나는 본 그대로의 감상을 늘어놓았다. 그 정도로 물리적인 면으로도 가격적인 면으로도 대단해 보였다.

"내가 그런 귀찮은 짓을 할 리가 없잖아. 자, 가자."

요루카는 나를 잡아당겼다.

고급 호텔 같은 넓은 엔트런스를 지나 오토록이 달린 문을 통과해 엘리베이터에 탔다.

두 사람이 타기에는 너무 넓은 대형 엘리베이터.

조작판에는 지하주차장이나, 공용공간으로 주민만 이용할 수 있는 헬스장에 작업실까지 있다. 그대로 모니터에 표시되는 층수가 쭉쭉 올라갔다.

"키스미, 혹시 높은 곳 무서워해?"

이미 자신의 영역에 들어와 여유가 생긴 건지 요루카는 들썽거리는 나를 재미있어했다.

"아니. 고소공포증 같은 게 아니니까 안심해."

"다행이다. 우리 집에서 보이는 야경은 예쁘니까 기대해."

"그거 기대되네."

나는 딱딱한 목소리로 간신히 대답했다.

"누굴 만나는 것도 아니니까 걱정하지 마. 부모님은 바다 건너에 있고 언니는 대학이니까."

요루카의 부모님은 북미를 중심으로 해외에서 일하신다.

그 때문에 현재 이 도쿄의 맨션에는 언니와 둘이서만 살고 있다. 이과 계열 대학생으로 실험이나 과제에 바빠서 연구실에서 숙박하는 일도 드물지 않다고 한다. 집에 있는 타이밍도 불규칙하기 때문에 요루카와 매일 얼굴을 보는 것도 아니라고 들었다.

"글쎄. 요루카가 우리 집에 왔을 때도 에이가 있었잖아."

나는 농담 삼아 4월에 요루카가 우리 집에 왔을 때의 일을 끌어냈다.

갑작스러운 비가 내려 젖은 몸을 씻기 위해 탈의실로 목욕수건을 가지러 갔다. 그러자 갓 목욕하고 나온 에이와 마주쳤다. 나에게는 완전한 예상 밖의 사태였다.

──심지어 요루카는 어째서인지 동생을 바람 상대로 착각했다.

"그야 키스미의 동생은 초등학생이라고 들었으니까. 설마 에이가 그렇게 어른스럽게 생겼을 줄은 몰랐어."

"그땐 간담이 서늘했어."

"그것보다 놀랄 일은 안 일어날 거야."

요루카가 내 팔에 자연스럽게 달라붙었다.

요루카는 무자각일지도 모르지만, 커다란 가슴이 팔을 눌렀다.

"힐링 효과가 절대적인데. 교실에서도 부탁하고 싶어."

"까불지 마."

"구두쇠. 사양하지 않아도 되는데."

"나는 제대로 절도를 지키는 거야. 키스미와는 다르다고."

요루카는 주의를 주면서도 웃고 있다.

교실에서 연인 선언을 해서 자타공인 연인으로 사귀게 된 뒤로, 아리사카 요루카의 감정 표현은 정말로 풍부해졌다.

작년까지는 주변과 거리를 두기 위해 고고한 표정에 말수도 적었던 요루카.

그런 그녀도 아름답고 신비로웠지만, 지금처럼 다양한

표정을 보여주게 된 것도 기쁘다.

　연인인 나만이, 같은 반의 다른 학생들도 모르는 일면을 볼 수 있다는 건 더없는 행복이다.

　고등학교에 입학했을 당시에는 타인과 교류하는 걸 피했던 요루카에게 1년 가까이 짝사랑을 했다. 가까스로 고백했으나 너무 들뜬 그녀가 도망치는 바람에, 2학년 1학기 첫날이 되어서야 간신히 교제를 시작. 비밀로 사귀던 게 들킬 위기에 처하자 차일 뻔한 적도 있었다. 우여곡절을 겪고 내 연인 선언으로 인해 당당히 공인 커플이 되었다. 그 후에도 다른 사람에게 고백을 받는 등, 첫 휴일 데이트가 실현될 때까지도 시간이 걸렸다.

　긴 것 같으면서도 짧고 진한 시간 속에서 많은 일이 있었다며 절절히 반추했다.

　그리고 오늘, 나는 드디어 요루카의 집에 왔다.

"실례합니다."

　긴 복도를 지나고 나온 넓은 거실은 들은 대로 발군의 경치를 자랑했다.

　커다란 창문 너머로 한눈에 보이는 도쿄의 반짝이는 야경.

　도쿄의 랜드마크를 독점하는 듯한 눈부신 조망에 그저 압도당했다.

　"차를 내올 테니까 키스미는 적당히 쉬고 있어."

부엌으로 향한 요루카의 지척이 멀어진 것을 확인한 나는 크게 심호흡을 했다.

이건 예상했던 것보다 훨씬 로맨틱한 시추에이션이다.

여름의 석양은 오렌지에서 아름다운 보랏빛으로 바뀌어간다.

이런 사치스러운 공간에 연인과 단둘이 달콤한 시간을 보낼 수 있다는 건가.

두근거림이 멈추지 않았다.

거실 중앙에 놓인 소파는 상당한 크기로, 가족 네 명이 전부 앉아도 충분히 발을 뻗을 수 있었다. 그야 매일 이런 걸 썼다면 2인용 소파는 너무 작겠지.

요루카를 기다리는 동안, 창문 앞으로 다가가 경치를 구경하며 마음을 달래려고 했다.

하지만 기대는 계속 부풀어 오르기만 하고 진정될 줄을 몰랐다. 비싸 보이는 소파에도 위축되어서 앉는 걸 망설였다.

조마조마한 기분으로 실내를 둘러보고 있을 때, 소파 위에서 무언가가 움직이는 기척이 났다.

애완동물을 기르고 있다는 이야기는 들어본 적이 없다. 그렇다면 대체 뭐지?

나는 조심조심 소파의 정면으로 향했다.

그곳에는 담요를 뒤집어쓴 수수께끼의 물체 X가 있었다.

등받이 때문에 가려져서 눈치채지 못했다.

"뭐지? 사람, 인가?"

대체 어디의 누구십니까.

설마 보안이 철저한 고층 맨션에 도둑이 기어들어 와 자고 있을 리는 없고.

그렇다면 거실 소파에 누워 있는 사람은 이 집에 사는 사람 말고는 생각하기 어렵다.

"설, 마."

불길한 예감을 느끼면서도 담요 밑에 숨어있는 물체 X에 어떻게 대처해야 할지 고민했다.

그 요루카가 서프라이즈를 시도할 리도 없으니, 여기에 있다는 것도 모를 것이다.

문득 시선을 내리자 바닥에 옷으로 추정되는 게 흩뿌려져 있었다.

하지만 그 의미를 이해하기도 전에 내가 가까이 오는 기척을 알아챈 담요가 벌떡 하늘을 날았다.

"요루, 어서 와! 배고파서 죽을 것 같아아아."

"──?!"

그대로 물체 X의 알맹이가 내 위로 덮쳐들었다.

너무 놀라서 비명조차 지르지 못한 채, 나는 날아든 물체 X에게 밀려 자빠졌다. 우악스럽게 목에 팔이 감긴 상태로 바닥에 머리를 부딪쳤다.

하지만 아프다고 소리치기도 전에 수수께끼의 말랑말랑한 물체가 얼굴을 짓누르고 있어서 숨을 쉴 수 없다.

나는 허둥지둥 얼굴에 달라붙는 말캉한 것을 밀어냈다.

"앙."

묘하게 야한 목소리가 들린 느낌이 들었다.

"으, 뭐야, 뭐야?!"

간신히 시야를 확보했으나 담요 밑에서 무언가가 꾸물꾸물 움직였다.

"요루, 엉큼해! 어라, 뭔가 딱딱한데. 뭐지?"

무서워서 움직일 수 없다. 내 가슴 위를 기어 다니는 물체 X는 잠에 취한 목소리로 중얼거렸다.

"으응, 가슴 어딨지? 엉덩이는, 여기인가?"

가차 없는 손놀림으로 내 전신을 더듬으려고 한다.

"저, 저는 요루카가 아닙니다!"

몸의 위기를 느낀 내가 호소했다.

움직임이 뚝 멈추더니, 뒤집어쓰고 있던 담요가 펄럭거리며 얼굴이 드러났다.

벼락을 맞은 듯한 충격.

자신의 미의식에 부합하는 대상을 눈앞에 둔 순간, 사람은 잠시 시간을 길게 느끼게 된다.

담요 속에서 나타난 것은 요루카를 몹시 닮은 얼굴의 아름다운 여성이었다.

요루카의 얼굴을 많이 보고 익숙해졌기 때문에 나는 그 차이를 명료하게 의식했다.

나이는 20살 정도. 긴 머리카락, 커다란 눈동자, 짙은 속눈썹, 반듯한 눈썹, 오뚝한 콧날, 매혹적인 입술, 그 모든 부위가 작은 얼굴 속에 절묘한 균형으로 담겨 있었다.

화장을 하지 않았기 때문에 자연스러움이 두드러지는 아름다움에 압도당했다.

이 여성은 요루카가 지닌 앳된 느낌이 사라지고, 아름다움이 한층 전면에 드러나 있었다.

간단히 말하자면 극상의 미녀라는 소리다.

그런 물체 X, 아니— 수수께끼의 미녀와 눈이 마주쳤다.

나는 그 눈빛을 알고 있는 느낌이 들었다.

하지만 대체 어디에서 만났는지 바로 떠오르지 않았다.

"…………. 어디의 누구세요?"

눈이 휘둥그레질 만큼 아름다운 사람이 졸린 얼굴로 이쪽을 빤히 쳐다본다.

"제가 할 말입니다!"

아주 많이 졸린 것 같아서, 내 말을 이해하고 있는지도 의심스럽다.

게다가 이 상황에서 경계심이나 수치심은 왜 작동하지 않는 건지. 너무 무방비하다.

"음— 너, 어디선가 만난 적 있지?"

몽롱한 눈으로 내 얼굴을 한층 더 자세히 들여다본다.

이 요루카를 닮은 여성도 나와 마찬가지로 기시감을 느끼는 모양이었다.

요루카를 닮은 미인이라면 내가 잊을 리가 없다.

여성의 정체도 확실하게 해두고 싶지만— 이 상황은

몹시 곤란하다.

"저기, 일단 떨어져 주실 수 없을까요?!"

담요를 휘감은 여성에게 자빠트려진 채 나는 애원했다.

"잠깐. 조금만 더. 조금만 더 하면 생각날 것 같으니까."

"하다못해 제 위에서 비킨 뒤에 생각해주세요!"

잠에 취해서 내가 하는 말이 안 들리는 건지, 여성은 자신의 기억을 더듬느라 바빠 움직일 기색이 없다. 남자의 몸 위에 올라탄 채로 생각에 잠기다니 대체 얼마나 뻔뻔한 거냐.

처음으로 연인의 집에 방문했더니 다른 여성이 내 위에 올라탔다는 비상사태.

불현듯 이렇게까지 고잉 마이 웨이인 사람으로 딱 한 명, 짐작 가는 사람이 있는 것도 같았다.

"아, 알았다! 너 스미지?"

대답을 알았다는 듯 여성은 잠에서 깨어 명쾌한 표정으로 외쳤다.

"스미라니, 확실히 제 이름은 키스미인데요……."

난데없이 이름을 불리는 바람에 나는 당황했다.

그것도 조금 반가운 호칭.

"너는 세나 키스미. 응, 그래, 완전히 생각났어. 오랜만이야, 잘 지냈어?"

먼저 기억을 떠올린 여성은 만족스러워하며 고개를 끄덕였다. 마치 길거리 한복판에서 마주쳤다는 양 가볍게 인사까지 했다. 아니, 이상하거든요!

"왜, 제 이름을 알고 계시죠?"

나는 상대방의 정체를 신중하게 모색했다.

"뭐야, 나 기억 안 나? 그렇게 둘이서 열정적인 시간을 보냈는데."

그런 의미심장한 말을 들어봤자 짐작 가는 게 하나도 없다.

인간이란 실제로 에로틱 코미디물 같은 상황에 처하면 기쁨보다는 두려움이 앞서는 모양이다.

태평하게 히죽거릴 수 있는 주인공이라니 인외 아니냐.

"누, 누구……?"

"아직 모르겠어? 그럼 특별하게 힌트를 줄게. 너를 제1지망인 에이세이에 합격시킨 사람은 어디의 누구일까요?"

수험을 상기시키는 단어.

그 순간, 잊고 있었던 트라우마가 별안간 되살아나 몸이 부르르 떨렸다.

"설마── 아니, 그럴 리가……."

기억 속에 떠오른 인물과 요루카를 닮은 미녀가 전혀 이어지지 않았다.

중학생인 나를 가르친 학원 강사는 패션이나 멋부림과는 거리가 먼 촌스러운 사람이었다.

늘 머리는 부스스하고, 옷은 대충 입고, 얼굴에는 안경과 마스크를 껴서── 그리고 보면 그 사람의 맨얼굴을 제대로 본 기억이 없네.

"매정하네, 스미. 시치미를 떼고. 역 앞의 닛슈 학원에서 보낸 나날을 잊어버렸어?"

하지만 외모의 차이는 제쳐놓고, 이 뻔뻔함과 쾌활함은 틀림없이 그 사람이었다.

닛슈 학원은 내가 중학생일 때 고등학교 수험을 위해 다녔던 학원의 이름이다.

그곳에서 만난 학원 강사의 스파르타 지도 덕분에 에이세이 고등학교에 합격할 수 있었다.

은인인 강사의 이름은 분명—— **아리사카**였다.

내 연인은 아리사카 요루카.

그리고 여기에 있는 여성의 이름은——.

"아, 아리사카, 아리아, 씨."

무시무시한 우연의 일치에 나는 떨리는 목소리로 재차 확인했다.

"어, 정말로 아리아 씨예요? 그, 공포의 대마왕."

스파르타 강사를 부르던 옛 호칭이 입에서 굴러 나왔다.

첫 만남 때부터 마스크에 백의, 그 밑에 촌스러운 옷을 입은 수수한 학원 강사. 처음 입을 연 순간에 나온 절대복종 선언만큼은 나는 평생 잊지 못할 것이다.

『오케이, 네 소원을 이루어줄게. 나를 부를 때는 아리아 씨라고 편하게 불러. 친하게 지내자고. 아, 내 말을 안 들으면 버릴 거고, 거역하면 과제를 팍팍 늘릴 거야. 합격하고 싶다면 죽을 각오로 따라와.』

제대로 얼굴도 보여주지 않는 수수께끼의 학원 강사의 발랄하고도 거만한 선언에 처음에는 무척 반신반의했다.

하지만 그 지도력은 진짜였다.

"공포의 대마왕이라니 너무해라. 널 합격시키기 위한 과제를 주었을 뿐이잖아. 그나저나 반갑네. 스미, 어른스러워졌어."

나의 은사—— 아리사카 아리아 씨는 절절히 감회에 잠겨있다.

"저기, 아리아 씨의 성은 아리사카였죠. 그, 그렇다면 요루카의······."

"응. 요루의 언니야."

내 위에서 시원시원한 목소리로 자기소개. 난처하기 그지없다.

어째서 이 사람은 매번 무난한 커뮤니케이션을 하지 못하는 건지.

늘 막무가내고, 가차 없이 자신의 페이스에 주위를 끌어들인다.

재회에 기분이 좋아진 아리아 씨는 옛날과 같은 분위기로 '참 잘했습니다'라는 양 내 머리를 쓰다듬었다.

나는 여전히 동요를 숨기지 못했다.

설마 그 공포의 대마왕이 요루카의 친언니라는 충격적인 사실.

"제 이름을 용케 기억하고 계셨네요."

자랑은 아니지만 남의 인상에 잘 안 남는 편이다.

수수하고 눈에 띄지 않고, 별다른 특징다운 특징이 없기 때문에 기억 속에서 잊히기 쉽다.

아리아 씨와는 약 2년 만의 재회고, 나는 수많은 학원생 중 한 명에 불과하다. 설마 기억하고 있을 줄은 몰랐다.

"그야 스미는 내가 직접 고이고이 가르친 학생이니까."

"그래서 그렇게 괴롭히신 거예요?"

"괴롭힌 거 아니거든. 그냥 열혈 지도야."

"그게요."

나는 과거를 돌아보며 뻣뻣해진 얼굴을 꿈틀거렸다.

"──그런데 스미가 왜 우리 집에 있어? 도둑?"

"아니거든요! 요루카와 데이트하고 돌아오는 길에 들른 거예요."

"……요루의 남자친구, 정말로 스미구나."

응? 어째 지금 반응은 좀 이상한데.

나는 그 위화감의 정체를 잡기 위해 생각에 잠기려고 했다.

"어라? 스미, 뭔가 긴장하지 않았어? 혹시 나에게 흥분했니?"

"이 상황에서 여유가 넘쳐날 만큼 어른이 아니니까요!"

아리아 씨가 놀려먹듯이 단어를 선정하는 바람에 내 생각은 중간에 가로막히고 말았다.

"키스미? 아까부터 무슨 소란──."

거실을 살피러 돌아온 요루카. 그 순간, 세상의 끝을 목격한 것처럼 경악했다.

"요루, 어서 와."

내가 소파 옆에 떨어져 있던 옷의 의미를 이해했을 때는 이미 늦었다.

아리아 씨가 손을 들자 그녀가 뒤집어쓰고 있던 담요가 어깨에서 툭 떨어졌다.

속옷을 입고 있었다는 게 그나마 다행이었다.

역시 같은 DNA. 심지어 요루카보다 한층 대단한 볼륨이다.

"──아리아 언니, 왜 집에 있어?"

요루카의 표정이 딱딱해지고 목소리가 갈라졌다. 역시 언니가 집에 있다는 걸 몰랐던 모양이다.

"오, 오늘은 집에 못 온다고 했잖아?"

"실험에 문제가 생겨서 연장되었거든. 할 일이 없으니까 돌아왔지."

언니가 없는 사이에 몰래 남자친구를 데려오려고 한 거였는데, 예상치 못하게 인사를 시키고 말았다니.

지옥이다.

요루카는 자신의 대담한 행위가 난데없이 가족에게 들키는 바람에 수치심으로 폭발해버릴 것 같았다.

"시, 심지어 대체 뭐 하는 거야?"

게다가 거실에서 속옷만 입은 언니가 자신의 연인을 자빠트리고 있으면 혼란스러울 법도 하다.

"있지, 요루의 남자친구는 스미였구나! 옛날에 가르쳤던 제자가 동생의 남자친구가 되다니 대단한 우연이야! 스미도 참, 같은 아리사카인데 내가 요루의 언니라는 걸 눈치채지 못했더라! 완전 웃겨. 그런 점은 중학생 때와 달라지지 않았단 말이지. 묘하게 어벙하다고 해야 하나, 철저하지 못하다고 해야 하나."

내 위에서 요루카의 언니인 아리사카 아리아가 유달리 신이 나서 떠들었다.

"아무튼 언니, 키스미에게서 비켜! 왜 올라탄 건데!"

"요루를 놀라게 해 주려고 했는데, 신기하게도 스미였더라."

애초에 서프라이즈로 남을 자빠트리는 게 문제라고 본다.

"그보다 옷! 옷을 입어!"

"에이, 뭘 새삼스럽게."

"지금은 키스미가 있잖아!"

아무래도 아리아 씨가 속옷만 입고 소파에 누워있는 건 일상다반사인 것 같다.

네 살 연상의 언니는 동생보다 상당히 나태한 생활 태도를 지닌 모양이다.

요루카의 뛰어난 가사 능력은 이 마이페이스한 언니와 생활하면서 길러진 것이겠지.

"잘 거면 방에 들어가서 자! 또 바닥에 옷을 벗어놓고."

"알몸이 아니니까, 세이프야."

전혀 아랑곳하지 않는 아리아 씨는 어깨에서 떨어졌던

담요를 다시 두른 뒤 내 위에서 비켰다.

나도 무죄를 어필하듯이 재빠르게 일어나 창문 앞으로 도망쳤다.

"오늘은 아웃! 키스미에게도 안 좋아! 변태잖아!"

"딱히 보여줘서 부끄러운 몸은 아닌데. 줄어드는 것도 아니고, 기왕 보여준 거 의견을 들어볼까?"

말을 마치자마자 아리아 씨는 소파 위에 위풍당당하게 올라서 담요를 획 벗어 던졌다.

아리아 씨의 자신감을 체현하는 육체는 호리호리하면서도 굴곡이 풍부하여 몸매가 대단했다.

대리석 조각상에도 뒤지지 않을 예술적인 육체가 아낌없이 드러났다.

"왜 그렇게 되는데요!"

"당연히 안 되거든! 언니는 너무 과감해!"

나와 요루카의 비명 같은 외침에도 아리아 씨는 개의치 않았다.

아리아 씨는 상대방의 의사를 확인한다는 과정이 결정적으로 빠져있는 듯한 사람이다.

자신의 뜻을 최우선으로 두고, 발언이나 행동에 망설임이 없다.

그 결과 주위에서 허둥지둥 대응에 쫓기는 꼴이 된다.

요루카는 초고속으로 언니를 담요로 밀봉했다.

"봤어?"

나를 찔러 죽일 듯 사납게 노려보았다. 눈빛이 너무 날카롭다.

"기억에서 바로 지웠어!"

"정말?"

"전에 봤을 때도 알아서 신고했잖아!"

머릿속에 되살아나는 작년 이맘때.

처음 미술 준비실에 들어갔던 날의 기억이다. 선반에서 떨어지는 캔버스로부터 요루카를 감싸다가 얼떨결에 자빠트리고 말았다. 화난 요루카가 매서운 발차기를 날려 발로 벽치기를 한 결과, 내 시야에 치마 속이 개봉. 그 대담한 광경은 뇌리에 선명히 새겨져 있다.

……그날 일은 잊겠다고 약속했지만, 여전히 잊지 못하고 있습니다. 미안.

이 자매는 내 인생에 강렬한 순간을 너무 많이 각인해놓는다.

"그, 그도 그렇네."

내 자포자기적 반론에 요루카도 무심코 수긍하고 말았다.

"오, 요루의 속옷 정도는 봤다는 거구나? 제법인데. 역시 남자친구."

"아니라고!" "사고입니다!"

요루카와 나는 허둥지둥 부정했다.

"내가 없는 사이에 남자친구를 데려온 건 아빠와 엄마에게는 비밀로 해줄게. 아침에 귀가했던 것도 나는 말 안 했으니까 안심해."

아리아 씨는 몹시 꿍꿍이가 느껴지는 미소를 지으며 우리를 쳐다보았다.

"아, 아무튼 방에 가서 옷 입어! 지금 당장!"

"스미. 오랜만에 만나서 할 말 많으니까 돌아가지 마. 마침 너에게 부탁할 것도 있고."

"알았으니까요. 빨리 가 주세요!"

나도 요루카를 따라 재촉했다.

요루카는 아리아 씨를 강제로 거실에서 쫓아냈다.

연인의 언니가 나에게는 중학 시절 학원 강사라는 충격.

나는 이 재회에 그저 놀라기만 했을 뿐, 아리아 씨의 '부탁'이 터무니없이 복잡한 사태를 일으킬 줄은 상상도 하지 못했다.

어느새 창밖은 해가 저물어 야경이 반짝반짝 빛났다.

하지만 이미 연인과 달콤한 분위기에 잠길 수 있을 법한 상태도 아니다.

아리아 씨가 사라지기만 했는데도 폭풍이 지나간 것처럼 거실이 조용해졌다.

마치 파티의 주역이 돌아간 뒤인 것 같은 분위기다.

"요루카는 언니와 둘만 있으면 그렇게 떠들썩하구나."

"친언니가 내 남자친구에게 알몸이나 마찬가지인 꼴로 달라붙어 있으면 막을 법도 하잖아. 아니면 내버려 두는 게 좋았어?"

요루카는 여느 때와는 다른 싸늘한 목소리로 물었다.

아, 진심으로 화났다. 이 배 속 밑바닥에서 끓어오른 듯 언짢아하는 느낌은 사귀기 전의 요루카를 떠올리게 했다.

생각해 보면 나는 당시의 쌀쌀맞은 요루카에게 반했던 셈이니 이제와서는 반갑다.

"내가 원한 게 아니야, 일방적으로 자빠트려졌을 뿐이라고! 요루카와 험악해지는 상황은 진심으로 사양이야."

"제대로 이성은 남아있나 보네."

"본능대로 폭주했다면 어떻게 할 생각이었는데."

나는 말도 안 된다는 듯 웃어넘겼다.

"——언니에게 손을 대는 놈은 그게 누구든 용서 못 해."

눈이 맛이 갔다.

그런데 입만 웃고 있다.

내가 다른 여자에게 고백을 받았을 때조차 이렇게 싸늘한 분노를 표출한 적은 없다. 여느 때처럼 충동적으로 감정을 폭발시키는 것과는 정반대다.

요루카가 처음으로 보여주는 일면을 엿보았다.

그녀에게 언니 아리사카 아리아는 상당히 특별한 존재인 모양이다.

"자, 키스미. 대답해. 언니는 왜 키스미와 저렇게 친해보이는 거야?"

요루카는 취조라도 하는 것처럼 냉철한 태도로 나를 바라보았다.

"……응, 응? 뭐라고? 한 번 더."

내가 잘못 들은 건가? 요루카의 질문이 어딘가 엇나간 느낌이 든다.

"키스미, 대답할 생각 없어? 아니면 언니와의 사이에서 말할 수 없는 비밀이라도 있다거나?"

고개를 까딱 기울이는 요루카.

긴 머리카락이 그녀의 얼굴에 드리워지며 표정이 반쯤 가려졌다.

이거 영화 같은 곳에서는 대답을 잘못하면 살해당하는 패턴인데.

"잠깐만. 요루카는 나와 아리아 씨의 바람을 의심하는

건 아니지?"

"뭐?"

죄송합니다. 그렇게 노려보지 말아 주세요.

"키스미가 바람피울 리가 없잖아. 아니면 언니가 예쁘다고, 설마……."

"그건 아니야! 결단코! 죽어도 그럴 일 없어!"

"응, 그것만큼은 걱정 안 해."

내가 즉시 부정하다 요루카도 순순히 고개를 끄덕였다.

그 신뢰는 무척 기쁘다.

"게다가 그 언니가 키스미를 남자로 대할 것 같지도 않고."

상쾌할 정도의 단언. 반박해야 하는 부분일지도 모르지만, 나도 순순히 수긍하고 말았다.

그 사람은 다른 세상의 주민이다. 하늘에서 반짝반짝 빛나는 일등성. 좀처럼 만날 수 없는 슈퍼스타.

그런 아리아 씨의 기준을 통과하는 사람이라면 그야말로 터무니없는 하이스펙을 갖춘 초인이겠지.

나 같은 평범한 사람은 처음부터 논외다.

자다가 깬 상태라고 해도 아리아 씨가 알몸이나 마찬가지인 차림에 당황하지 않을 수 있었던 것도 나를 전혀 의식하지 않는다는 증거다.

"으음, 그럼 바람을 의심하는 게 아니라면 왜 그렇게 화가 난 거야?"

바람을 의심하지 않는다는 점에 안도하는 한편, 요루카

가 분노하는 원인에 전혀 짐작 가는 바가 없었다.

나는 귀를 기울여 요루카의 대답을 기다렸다.

"나는, 왜 언니가 키스미를 마음에 들어 하는 건지 물어보는 거야."

요루카의 험악한 태도에 나는 무심코 움츠러들었다.

"……어, 그쪽이야?!"

"왜 키스미가 그렇게 놀라는데."

내 반응이 마음에 들지 않은 요루카는 한층 더 언짢아했다.

"마음에 들어 한다고? 아리아 씨가, 나를?"

"그래. 어딜 봐도 언니는 키스미를 마음에 들어 했어."

내 연인은 조용하게 고압적으로 말했다.

"내가 아리아 씨와 밀착하고 있었던 거에 화가 난 거라면 알겠거든. 나도 연인이 다른 사람과 붙어 있는 건 질색이니까."

"그건 당연하지. 키스미, 화제를 돌려서 얼버무리려고 하는 거 아니야?"

어라? 내 반응이 이상한 건가?

요루카가 너무 확고한 탓에 내가 잘못 받아들이고 있는 건지 의심이 들었다.

"요루카, 정리 좀 하게 해줘. 진지하게 질문하는 거야. 괜찮지?"

"어쩔 수 없네."

내 비협조적인 반응에 요루카는 마지못해 받아들였다.

"요루카는 언니가 나에게 친근한 태도를 보이는 게 마음에 안 드는 거지? 친하게 보인다고."

나는 집요할 정도로 말을 풀어냈다.

"처음부터 그렇게 말했잖아."

"좋아. 그렇다면 요루카는 나에게 질투하는 게 되는데."

"신경 쓰는 부분을 일일이 지적하지 마. 비꼬는 거야?"

"어⋯⋯, 어어."

뒤통수를 치는 요루카의 시스터 콤플렉스에 힘이 쭉 빠졌다.

요컨대, 소중한 언니가 자기 말고 다른 사람과 친하게 지내는 게 마음에 안 드는 모양이다.

언니 사랑이 너무 뜨거워서 화재가 날 것 같다.

고등학생이 되었는데도 친언니에게 이렇게 순진무구한 애정을 보일 수 있다는 건 상당히 드물지 않을까. 어쩐지 내 동생의 순수함이 떠올랐다.

"아무튼, 언니와 친하게 지내는 건 용서하지 않을 거니까!"

나를 향해 손가락을 척 들이대는 요루카 씨.

"⋯⋯설마 내가 요루카의 질투의 대상이 되는 날이 올 줄이야."

연인은 내가 언니와 친한 게 불만이었다.

조금 전까지 아리아 씨가 내 위에 올라타 있을 때와는

63

다른 의미에서 혼란스러웠다.

이 미인 자매는 어디까지 나를 농락하면 만족할 것인지.

"그야, 언니와 키스미가 친한 걸 보면 화가 난다고! 문제 있어?!"

"문제라기보다는, 단순히 이해가 안 가."

"좋은 기회니까 내 언니가 얼마나 특별한지 설명해줄게."

요루카가 나를 소파에 앉혔다.

본인은 그 앞에 서서 눈을 반짝반짝 빛내며 언니에 대해 열변을 토했다.

"언니는 내 동경이자 목표야! 계속 언니 같은 사람이 되고 싶어서 뭐든 따라 했어. 늘 최고고, 예쁘고, 어떤 일이든 간단히 해내는 대단한 사람. 완벽하고 약점 같은 건 없다고."

갑작스러운 칭찬 세례. 이렇게까지 쑥스러움 하나 없이 자신의 언니를 칭송할 수 있다니 대단하다.

"아까 속옷만 입고 있는 걸 요루카에게 지적받지 않았어?"

"언니는 늘 전력을 다해서, 힘이 빠지면 배터리가 고갈된 것처럼 움직이지 못하게 되는 거야. 그러니까 주위에서 도와줘야 해."

이건 그거다. 좋아하는 사람의 단점도 귀엽게 보이는 패턴.

내가 요루카에게 느끼는 것과 같은 감각이다.

"그럼 지적하는 것도 포함해서 그 언니를 돌보는 걸 좋아하는 거야? 힘들지 않아?"

"집안일을 하는 건 좋아하니까, 오히려 내가 할 수 있는 게 기뻐."

"엄청 헌신적이잖아!"

"그냥 깨끗한 걸 좋아하는 것뿐이야."

요루카는 태연하게 대답했다.

나는 학교 음악실에서나 보는 그랜드 피아노마저 놓여 있는 넓은 거실을 둘러보았다. 여기저기 구석구석 광이 난다. 방의 숫자만 세어도 상당히 많은데, 요루카 혼자서 청결을 유지하고 있다니 놀랍다.

"그 게을러 보이는 언니를 헌신적으로 돌보고 있다니."

"잠깐. 언니를 비판하는 건 인정 못 해."

경솔한 발언은 즉석에서 혼났다. 언니 단속반이 여기에 있었다.

"으음, 그럼 구체적으로. 아리아 씨의 어디가 대단한데?"

"그런 것도 몰라?"

믿어지지 않는다는 얼굴로 나를 쳐다본다.

"요루카보다 먼저 태어났다는 것 말고는, 솔직히 차이를 모르겠어. 왜 그렇게 동경하는 건데?"

내가 보기엔 둘 다 우수한 미인 자매다. 성격이 정반대라는 것 말고는 차이점을 찾을 수가 없다.

"어릴 때의 나는 꽤 울보였어. 부모님이 일 때문에 집에 없으니까, 응석 부릴 상대가 언니뿐이었지. 사소한 일에도 금방 울었는데, 그때마다 껴안고 위로해줬어. 언니와 떨어지는 게 싫어서 그 시절엔 늘 함께 있었고."

"어릴 때부터 상당한 언니바라기였구나."

요루카는 수줍게 웃으며 고개를 끄덕였다.

"초등학교에 올라가자 언니가 무척 눈에 띄는 사람이라 아래 학년에도 이런저런 이야기가 들렸어. 대단하다는 말을 들을 때마다 나도 칭찬을 받은 듯한 기분이 들어서 기뻤지. 그래서 나도 언니처럼 되고 싶다고 생각하게 되었어."

나이 차이가 나는 동생이 언니를 따라 하는 건 드문 일이 아니다.

특히 아리사카가에서는 자매가 둘이서만 보내는 시간이 많았으니, 아리아 씨가 요루카에게 제일가는 모범이 되는 것도 자연스러운 흐름이겠지.

"언니가 하는 일은 나도 뭐든 따라 했어. 고학년 때는 위원회에 자발적으로 입후보했었지."

"지금의 요루카만 보면 상상하기 어려운데."

"나도 그렇게 생각해."

요루카는 쓴웃음을 지었다.

"그렇게 언니가 졸업하고 바로 입학한 중학교에서는 졸업한 언니의 전설이 잔뜩 남아있는 거야. 소위 교사의 손이 많이 가는 우등생이랄까? 뭐, 전교 1등에 미인이라 인기도 많았고, 행동력도 대단해서 학교 행사에서는 반드시 눈에 띄고, 중학교 3년 내내 늘 화제의 중심에 있었다나 봐."

"음, 상상이 가. 뭔가 종이 한 장 차이로 문제아 같은 느낌이 드는 부분도 아리아 씨다워."

"언니를 이해하지 못하는 쪽이 이상한 거야. 보는 눈이 없어."

언니 일이 되면 사람이 변한 것처럼 과격해지는 요루카.

"그럼 요루카도 동생이라는 이유로 상당히 주목받았을 거 아냐?"

"응. 뭔가 일방적으로 주변에서 나를 알고 있는 느낌이라 기분 나빴어. 나는 됐으니까 언니를 칭찬하란 말이야."

중학생 요루카는 이미 대인기피의 편린을 보이고 있지만, 정작 본인은 영 깨닫지 못하고 있다.

"그야, 압박감 때문에 고생했겠네."

"오히려 언니의 전설을 끊이지 않게 하는 게 내 사명이라는 걸 깨달았지."

"언니를 너무 숭배하잖아!"

전도 활동에 여념이 없는데?!

"나에게 언니는 신 같은 존재야."

"그런 속옷만 입고 거실을 어슬렁거리는 신이라니, 좀 품격이 떨어지지 않아?"

"그래. 그러니까 언니의 칠칠치 못한 모습은 나만 볼 수 있어. 그런데 키스미도 멋대로 보다니."

쯧, 하고 혀까지 찬다.

그 분노는 독점욕이 비틀린 결과인가. 심각한 시스터 콤플렉스다.

"그래서, 중학교 때는 어땠는데?"

나는 분노가 재연소하기 전에 이야기를 재촉했다.

"결국 언니와의 차이를 맛보게 되는 좌절의 나날이었어. 따라 할수록 언니를 아는 선배나 교사에게서 '동생은 평범하구나'라는 말을 듣는다고. 열 받아!"

"그건 오히려 칭찬 아닌가……?"

나는 왠지 모르게 그렇게 생각했다. 정도 이상으로 일을 키우지 않고 무난하게 처리하는 요루카 쪽이 우등생으로 서는 환영받을 것 같은 느낌이 든다.

"어디가!"

하지만 당사자는 불만인 모양이다.

한 번 이렇다 싶은 것에 몰두하는 건 젊음 때문일지도 모르지만, 여전히 그 열량으로 언니를 이상화하며 이야기할 수 있다는 건 대단하다.

"……하지만 나도 같은 생각을 했으니까. 언니에 비하면 나는 확실히 별거 아니라고."

"요루카는 자신을 너무 과소평가하는 거야. 아리아 씨와 비교하면 아무도 못 이겨."

"나도 중학교 2학년쯤 되자 간신히 깨달았어. 동경을 목표로 할수록 그 위대함과 나와의 거리를 신물 나게 느끼게 되더라."

나는 간신히 지금의 요루카로 이어지는 기척을 감지했다.

"굉장히 시간이 걸렸네."

"언니 쪽에서 '날 따라 하는 건 이제 그만해'라는 충고는 여러 번 듣긴 했으니까."

"혼나면서도 그만두지 못했던 거구나."

나는 직감으로 그렇게 지적했다.

"그야 언니라는 목표를 잃으면 나는 어떻게 해야 할지 모르겠고……."

목표를 잃으면 사람은 미아가 되어버린다.

특히 요루카의 경우, 자신이 동경하는 사람으로부터 직접 금지당했으니 필시 충격이었겠지.

"요루카도 참 서툴러. 괜히 더 집착해서 더 혼났지?"

"응. 상담할 때마다 주의를 들었어."

"마지막에 어떻게 됐어?"

"그 무렵의 언니도 고등학교에서 무척 바빠져서, 나와 대화할 시간도 점점 줄어들었어. 그래서 웬일로 언니에게 불평했거든. 왜 같이 있어 주지 않는 거냐고."

"시스콤다운 발언인데. 그래서 대답은?"

"'남자친구와 보내는 시간이 중요하니까 어쩔 수 없잖아' 라고."

"어? 아리아 씨, 남자친구 있었어?!"

그쪽도 상당한 충격이다. 그 사람의 기준점을 통과하는 인류라니 대체 정체가 뭐지.

"그렇지? 나 너무 충격이라 아무것도 손에 잡히지 않게 됐어. 이젠 어떻게 되든 모르겠다고."

"계속 기대왔던 언니가 자신보다 다른 남자를 선택한 것에 상처받은 거구나."

가족보다 연인 먼저. 참으로 사춘기답다.

"키, 키스미도 에이가 고등학생이 되어서 갑자기 연인을 데려오면 틀림없이 풀 죽을 거야."

"그럴 리가——……, !"

상상해본 나는 무심코 고개를 푹 숙였다.

"확실히 좀 답답해."

"그렇지? 가족인데 모르는 부분이 생기니까, 상상력만으로 헛돈다고 해야 하나."

요루카는 당시의 갈등을 여전히 잊지 못하는 듯했다.

"무지막지 존경하며 이상화했던 언니의 갑작스러운 적나라한 일면이 눈앞에 들이닥치자 전부 다 싫어졌다?"

"심지어 그 상대가 좀 특수하다고 해야 하나, 복잡하다고 해야 하나……."

요루카는 갑자기 머뭇거렸다.

"어라. 너무 파고들면 곤란한 이야기야?"

조금 궁금하다.

"아무튼! 그러다 아무 생각 없이 말을 거는 같은 반 학생도 짜증이 나고, 멋대로 쳐다보는 것도 싫어졌어. 애초에 사람을 대하는 게 스트레스의 원인이었다는 걸 그제야 깨달았지."

본인에게는 대발견인 모양이었다.

이리하여 내가 아는 인간불신 아리사카 요루카가 완성되었다는 소리다.

"그래서 고등학교에서도 커뮤니케이션을 피하게 되었다는 건가."

"그래. 누군가 씨가 끈질기게 미술 준비실에 다니게 될 때까지는."

요루카와 눈이 마주치자, 우리는 웃음을 터트렸다.

"요루카, 슬슬 앉지 그래? 서서 설명하는 것도 피곤하지?"

"적과 친하게 지낼 수는 없어. 최악의 경우 키스미를 걸어차야만 하는 분기점이야."

와우. 얼굴이 너무 진지하다. 아직 나를 적대시하고 있잖아.

"얼마나 아리아 씨의 존재가 위대한 건데."

"그 친근하게 아리아 씨라고 부르는 것도 마음에 안 들어."

언니처돌이는 호칭에도 무척이나 깐깐했다.

"그럼, 옆에 앉아주지 않으면 언니와의 관계를 설명하지 않을 거야."

"그건 비겁해!"

"아아, 가까이 오지 않으면 대화를 못 하는데에."

나는 내 옆을 툭툭 두드려 요루카의 착석을 재촉했다.

요루카는 복도 쪽을 신경 쓰면서 내 옆에 앉았다.

그 순간, 함정에 빠진 먹잇감을 낚아채듯 요루카의 어깨를 와락 끌어안았다.

"자, 잠깐. 여기 집이야!"

언니의 존재를 의식한 요루카는 필사적으로 목소리를 죽였다.

"비밀 이야기를 할 거면 가까운 게 좋잖아."

"거실인데 곤란하다고. 언니도 언제 돌아올지."

"그럼 요루카의 방으로 이동할까?"

"그건, 그……."

"나는 상관없는데."

"키스미, 엉큼해."

"대화만 할 거야."

"……그걸로, 끝이야?"

요루카는 이쪽을 올려다보면서 물었다.

우물쭈물하던 요루카가 저항을 그만두었다.

"몇 번이고 말했고 앞으로도 변하지 않을 거지만, 내가 제일 좋아하는 여자는 세상에서 아리사카 요루카 뿐이야. 요루카 말고 다른 사람에게로 마음이 넘어가는 일은 없어."

"응, 고마워. 키스미."

요루카는 망설임과 긴장을 풀고 평소와 같은 차분함을 되찾았다.

"──하지만 언니와 아는 사이라니 몰랐어. 자세히 설명해. 경우에 따라서는 가만두지 않을 거야."

얼굴은 여전히 웃으면서. 또다시 등골이 얼어붙을 것 같은 목소리로 나를 힐문했다.

심각한 시스터 콤플렉스 말기 환자에게 나는 사실을 늘어놓았다.

"골든 위크 전에 다 같이 노래방 갔었지? 그날 돌아가는 길에, 역 앞의 닛슈 학원에 대해 설명했던 거 기억해?"

"응. 든든한 강사 덕분에 에이세이에 합격했다면서."

"그 학원 강사가 아리아 씨야. 나도 방금 생각났어."

"보통은 나한테 설명하는 도중에 깨닫지 않아? 같은 아리사카니까."

"맞는 말이야. 하지만 너무 트라우마라서 뇌가 존재를 포함해 기억을 소거했었거든."

"언니에게서 배운다는 호사를 누려놓고."

"있잖아, 수험 기간은 공부에 푹 찌들어 있는 회색빛 일상이라고. 다른 거에 한눈을 팔았다간 에이세이에 합격 못 했어."

나는 조금 힘을 줘서 대꾸했다.

안타깝게도 나는 내버려 둬도 공부를 잘하는 타입이 아니다. 노력하지 않으면 성적도 오르지 않고, 목표가 실력보다 훨씬 높은 이상 나름 죽도록 매달려야만 했다.

"저기, 키스미는 왜 에이세이를 지망한 거야?"

"가까우니까."

"뭔가 얼버무리는 것 같은 느낌인데."

"진짜야. 어차피 3년 동안 다녀야 한다면 가까운 게 편하잖아. 그래서 아리아 씨의 스파르타 지도를 받고 간신히 합격한 거야. 그 시절엔 아리아 씨의 무모한 과제를 해치우느라 매일 필사적이어서 즐거운 추억 같은 것도 딱히 없어."

"흐응……. 하지만 강사와 수강생의 관계인데 성이 아니라 이름으로 부르네? 언니도 '스미'라고 부르면서, 상당히 친해 보였고."

무섭다. 요루카 씨, 무지막지 무섭습니다.

질투의 불꽃이 이글이글 불타오르고 있다.

"자기 언니니까 잘 알 거 아냐. 그 사람, 아무에게나 엄청 친근한 태도로 대한다고. 아리아 씨와 나는 순수하게 강사와 수강생이었어."

"하지만 연인의 언니가 예전에 다니던 학원의 강사라니, 그런 우연이 있어?"

요루카는 여전히 수긍하지 못하는 모양이었다.

"당시와 인상이 너무 달라졌다고. 내가 아는 아리사카 아리아는 저런 미인이 아니야."

"언니는 옛날부터 예뻐."

요루카는 발끈하며 반론했다.

뾰로통해진 요루카는 동급생인데도 어쩐지 어린 여자아이로 보였다.

"사랑하는 언니에게, 나는 무해한 존재니까 안심하라고."

내가 살며시 머리카락을 만지는 걸 요루카는 거부하지

않았다.

　잠시 그러고 있었더니 불현듯 내 연인이 귀여운 소리를 중얼거렸다.

　"……언니가 나보다 먼저 키스미를 만난 것도, 좀 속상한 느낌이야."

　"늦어. 보통은 그 반응이 먼저 오거든."

　"뭐 어때! 둘 다 소중한 사람이란 말이야!"

　요루카가 화풀이하듯이 나를 투닥투닥 가볍게 때렸다.

　"때리지 마. 아프니까."

　나는 요루카의 손목을 잡았다.

　"키스미, 놔 줘."

　"싫어."

　"왜."

　"내가 요루카의 첫 번째가 되고 싶으니까."

　나는 요루카 쪽으로 몸을 붙였다.

　"이미 첫 번째야."

　"더 실감하고 싶어."

　요루카의 얼굴을 들여다보듯이 가까이 갔다.

　"어떻게?"

　"가끔은 말 말고 다른 걸로도 확인하고 싶어."

　손목을 잡고 있던 손을 미끄러트려 손가락과 손가락을 휘감아 그녀의 손을 잡았다.

　"부끄러워."

"그럼 눈을 감아."

뻣뻣하게 굳어있던 요루카의 가녀린 허리에 반대쪽 손을 살며시 감았다.

"간지러워."

"힘을 빼면 돼."

요루카는 순순히 그 말에 따라, 호흡에 맞춰 천천히 가슴을 오르락내리락하면서 몸을 맡겼다.

"……나, 처음이니까 잘 모르겠어."

"나도."

"부드럽게 해."

"알았어."

그 말을 끝으로 요루카는 눈을 감았다.

오늘 아침에 꾼 꿈과는 다르다. 내 몸에 닿는 요루카의 온기가 분명히 존재했다.

나는 현실에서 두 사람의 거리를 메우듯이──.

"답답해라. 빨리 키스하라고."

문 틈새로 슬쩍 얼굴을 내민 아리아 씨가 이쪽을 열심히 쳐다보고 있었다.

숨을 죽이고, 눈동자는 호기심으로 빛내며 우리를 빤히 관찰하고 있다.

솔직히 저렇게 존재감이 넘치는 사람이 몰래 숨어봤자 못 본 척하기도 어렵다.

"아리아 씨!"

"아니, 너무 풋풋해서 인내심이 뚝 끊어졌지 뭐야. 그만 참견이 튀어 나갔네."

"어, 언니! 언제부터 왔어?"

요루카도 당황하며 나에게서 거리를 뒀다.

"'키스미, 놔 줘'부터."

"거기서부터?!"

거의 키스 직전까지의 모습을 고스란히 보여줬던 건가. 부끄럽다.

심지어 일부러 요루카를 흉내 내서 분위기까지 재현하지 말라고. 너무 닮았단 말이야.

"아 진짜 길어, 너무 끌어! 흐름에 맡겨서 입술을 훔쳐야지. 생각이 너무 많아!"

"왜 방해한 장본인에게 클레임을 들어야만 하는 건데요……."

어쩐지 석연치 않은 기분이다.

결혼식도 아닌데 가족이 키스하는 순간을 목격하고 싶은 걸까. 아니면 자매 사이면 수학여행의 소등시간 같은 느낌으로 적나라하게 공유해도 문제가 없는 걸까.

아니, 요루카의 절망에 가득한 얼굴을 보면 그렇지도 않은 모양이다.

"어쩔 수 없지. 신경 쓰지 말고 한 번 더 가는 거야! 이번에야말로 조용히 지켜볼 테니까."

"보지 마!"

요루카, 마침내 폭발하다.

　"아하하, 남자친구 앞에서는 그렇게 솔직하게 투정 부리고 하는구나."

　아리아 씨는 데님 쇼트팬츠에 캐미솔이라는 격식 없는 차림새로 나타났다.

　"언니, 남자 앞이니까 노출이 적은 옷을 입으라고."

　"네글리제가 아닌 것만으로도 다행이지 않아?"

　"그건 절대 안 돼!"

◇ ◇ ◇

　아리아 씨가 배가 고프다고 해서 거실에서 식당으로 이동했다.

　실질 2인 생활임에도 불구하고 직사각형의 테이블은 컸다. 의자도 여럿 준비되어 있어서, 소소한 파티라면 가볍게 열 수 있을 것 같았다.

　"……아니, 왜 자연스럽게 제 옆자리에 오는 건데요?"

　"어? 이게 대화하기 편하잖아."

　내가 적당한 자리에 앉자 아리아 씨는 내 오른쪽 옆의 의자에 앉았다.

　심지어 동일 간격으로 띄워놓은 의자를 어깨가 닿을락 말락 한 거리까지 끌어다 놓았다.

　"언니, 키스미에게서 떨어져."

부엌에서 마실 것과 빵, 과일, 햄 등 간단히 먹을 수 있는 걸 가져온 요루카는 그 자리선정을 보고 불만을 표했다.

"나머지 수업으로 개별지도했을 때도 이렇게 바로 옆에서 가르쳐줬었지."

처음부터 일절 움직일 마음이 없는 아리아 씨.

요루카는 나를 사이에 두고 언니와 반대쪽에 앉았다.

"양손에 꽃이구나, 스미. 언제부터 자매를 휘어잡고 농락하는 나쁜 남자가 된 거니?"

"키스미, 언니에게서 최대한 떨어져."

"그거 요루카에게 달라붙으라는 소리야? 적극적이네."

"그런 의미가 아니라!"

놀리는 언니, 휘둘리는 동생.

나는 미인 자매를 좌우로 거느린다는 남자들의 부러움을 살 법한 상황.

기왕이면 즐기고 싶었지만, 한쪽은 미인의 탈을 뒤집어 쓴 공포의 대마왕이다.

"자, 스미. 껍질 벗겨."

아리아 씨는 나에게 새빨간 사과와 과도를 밀어주었다.

"스스로 하세요."

"나는 남이 해 주는 걸 좋아해. 부탁할게."

"언니! 내가 할 테니까."

언니처돌이는 솔선수범해서 사과 껍질을 벗기기 시작했다. 익숙한 손놀림에 껍질이 끊어지지 않고 술술 벗겨졌다.

나는 이제서야 물어보고 싶었던 질문을 던졌다.

"그보다 대마왕은 외모가 너무 달라졌는데요. 이 대변신은 대체 뭐예요?! 옛날에는 변장이라도 했다거나?"

최종 보스의 2단 변신만큼 인상이 너무 달라졌다.

그 촌스러운 학원 강사의 흔적은 어디로 사라진 건지.

마스크 아래에 요루카와 비등비등한 미모가 숨어있었다니, 당시의 나는 조금도 눈치채지 못했다.

"학원 강사 때도 그냥 사복이야. 고등학생과 달리 대학생이 되면 교복이 사라지잖아? 매일 다른 옷을 고르는 건 귀찮거든. 어차피 연구실에서 먹고 자면서 실험 삼매경이었으니 겉모습 같은 거에 신경 쓸 필요도 없고. 화장도 귀찮으니까, 마스크와 안경으로 얼굴을 가리면 되겠지 했지."

"성의 없는 이유에다 너무 대충이야."

생긴 게 아무리 미인이어도 알맹이는 내가 아는 그 학원 강사였다.

"그러는 스미도, 아리사카라는 성에 나를 닮은 보기 드문 미모를 보면 보통은 요루가 내 동생이라는 걸 알아볼 텐데?"

"필사적으로 문제집을 푸느라 아리아 씨의 얼굴을 볼 여유는 없었거든요."

"뭐, 나를 보고 넋을 놓았다면 에이세이 합격은 죽어도 불가능했겠지. 학원에 막 등록했을 때의 너는 가망도 없는 주제에 목표만 유난히 높았으니까."

아리아 씨는 손에 묻은 잼을 날름 핥아먹었다.

"아, 잊고 있던 트라우마가 되살아난다. 그 대량의 과제 지옥, 떠올리기만 해도 속이……."

"스미를 합격시키기 위해서는 그것도 아슬아슬했어."

"진짜요……?"

세나 키스미의 인생에서 그렇게 공부에 집중했던 기간이 없다. 그 시절의 내 노력을 순수하게 칭찬해주고 싶다. 그래도 아슬아슬했다면, 아리아 씨의 지도력의 산물이겠지.

"그리고 아리아 씨는 왜 고등학교 근처에서 아르바이트 했던 거예요? 본가에서 사는 데다 학업도 바빴을 텐데."

이 맨션을 보면 아리아 씨가 돈이 부족하다고는 생각하기 어렵다.

"알바는 시즈루를 만나기 전까지 시간 때우기로 한 거야."

요루카의 어깨가 꿈틀 움직이는 바람에 하나로 쭉 이어지던 사과 껍질이 뚝 끊어지고 말았다.

"저는 시간 때우기에 고통받은 겁니까."

아리사카 아리아 같은 사람을 소위 천재라고 부르는 거겠지.

겉모습에는 소홀하고, 언동은 자유분방. 하지만 두뇌 회전은 경이로울 만큼 빨라서 상황을 정확하게 파악하고 적확한 지시를 내린다.

내가 문제의 어디에서 막혔는지 즉석에서 이해하고, 어떻게 이끌면 최단 시간으로 성장할 수 있는지 간파하고,

한계를 넘기 위한 조언을 준다.

결정적으로 동기부여를 특출나게 잘한다.

아무렇지도 않은 대화를 하고 있었는데 어느새 휩쓸려 있을 때가 많았다.

전력이 담긴 칭찬과 절묘한 도발로 나의 오기와 의욕을 끌어냈던 것 같은 느낌이 든다. 그렇지 않았다면 내 극기심만으로 그 미친 듯이 많은 과제를 수행할 수 있었을 리가 없었다.

이리하여 모르는 사이에 아리아 씨의 손아귀에서 놀아난 나는 한계 이상의 힘을 발휘하여 무사히 제1지망이었던 에이세이 고등학교에 합격한 것이다.

하지만 경주마처럼 수험 공부만 보고 달려온 탓에, 나는 합격 발표와 동시에 번아웃이 오고 말았다.

"뭐 어때. 스파르타가 아니었다면 스미는 합격하지 못했을 텐데."

"결과만 놓고 말하자면 그렇긴 한데요."

"나를 믿은 이상은 당연하지. 심지어 지금은 요루라는 미소녀와 사귀고 있잖아. 이 복 받은 놈, 얄밉다니까."

아리아 씨는 내 뺨을 손가락으로 찔러댔다.

"아파요, 손톱 찔혔어, 살점 떨어지겠다."

"키스미랑 언니, 일일이 거리가 가까워! 지나치게 친밀해!"

요루카는 떡처럼 뺨을 부풀렸다.

"오해하지 마. 이 사람이 하는 말은 매번 극약이야. 좋게도 나쁘게도 무모해서 절대적인 성과를 내는 대신 막대한 고생을 강제하지. 마음에 들지 않는 게 있으면 그 자리에서 어느 정도 해소해놔야지 안 그러면 멘탈이 박살 나! 결코 친하기 때문이 아니야! 편해 보이는 태도는 내 안의 여유를 조금이라도 확보하기 위해서야!"

나는 체험담에 기반한 대책을 빠르게 설명했다.

천재라는 영향력이 강한 존재와 계속 어울릴 수 있는 방법은 크게 두 가지 패턴이 있다.

아무튼 요루카처럼 심취해서 신봉하거나, 나처럼 선을 긋고 일정한 거리를 유지해서 나 자신을 잃지 않도록 하거나.

"나도 스미의 투덜거림을 듣는 건 비교적 재미있었어."

"봐, 본인도 허락했으니까 문제없음!"

생물은 죽지 않기 위해서 가혹한 상황에 적응하려고 한다.

나 또한 막대한 수험 스트레스를 쌓아두지 않기 위해 자연스럽게 아리아 씨에게는 하고 싶은 말을 하게 되었다.

그렇게 끝까지 내던지지 않고 노력할 수 있었던 것도 아리아 씨의 지도를 믿으면서 순순히 우는 소리나 불평을 토해냈기 때문일 것이다.

"하지만, 너무 친해 보여."

"기껏해야 방약무인한 누나와 건방진 동생 같은 거니까 안심해."

"언니와 멋대로 가족이 되지 마!!"

예시를 잘못 들었다!

하지만 남자친구 앞에서 취하는 동생의 태도를 처음으로 본 언니에게는 효과가 탁월했다.

"요루는 스미에게 푹 빠져있구나. 열렬하네. 혹시 방과 후엔 계속 미술 준비실에서 노닥거리고 있다거나?"

아리아 씨가 놀려댔다.

"언니에게 한 말이 아니야!"

요루카, 그거 자백하는 거나 마찬가지거든.

아리아 씨는 의미심장하게 눈을 휘면서 이쪽을 쳐다봤다.

"귀여운 동생이 사랑에 빠져서 남자에게 물들었다니. 좀 충격이야. 이게 반항기라는 건가."

소파의 팔걸이에 기대며 호들갑스럽게 꺼이꺼이 울어대는 아리아 씨.

"······연기는 되게 못하네요. 아리아 씨."

"뭣이라. 이 동생 도둑놈이."

"부당대우다."

옛 자제를 대하는 우호적인 태도는 환각이었던 건지 갑자기 엄격해졌다.

"요루의 수영복 사진을 보내준 은인 앞에서 염장질이라니 신경줄이 참 튼튼하네. 어차피 안 지웠으면서."

"큭. 하필이면 본인 앞에서 그 화제를 꺼내기예요?"

정곡을 찔린 나는 아리아 씨의 악랄함을 원망했다.

골든 위크에 아리사카 일가는 남쪽 섬으로 해외여행을 갔다. 아리아 씨가 보내준 요루카의 수영복 사진은 내 스마트폰에 고이고이 저장되어 있다.

"키스미. 아직 안 지웠어?"

"아리아 씨야말로 동생의 스마트폰을 멋대로 만졌잖아
요. 심지어 일부러 남자친구에게 라인으로 보내다니, 사생
활 침해거든요."

나는 요루카의 분노의 방향을 어떻게든 회피하려 했다.

"뭐 어때. 스미는 기뻐하마고, 나도 요루와 즐겁게 대화
했고. WIN−WIN인걸."

마치 미담인 양 마무리 지으려고 하는 아리아 씨.

"안 즐거웠어! 나는 계속 화냈잖아!"

"동생의 욕설조차 나에게는 은혜의 단비와도 마찬가지."

아무래도 요루카의 설교도 아리아 씨에게는 별로 효과
가 없나 보다.

아리아 씨도 아리아 씨 나름대로 요루카를 아주 좋아하
는 모양이다.

참으로 난해한 자매다.

"……용케 제가 남자친구라는 걸 틀리지 않고 보내셨네요."

나는 말을 고르면서 질문했다.

어쩌면, 아리아 씨는 우리에게 커다란 거짓말을 하고 있
을지도 모른다는 생각이 들었기 때문이다.

"그야 맨 위에 스미의 이름이 표시되어 있었으니까 바로
알 수 있지."

아리아 씨는 장난친 것을 자랑하는 악동처럼 뿌듯해했다.

나는 사진과 함께 보냈던, 〈고마워하렴 남친군 BY 요루의 언니〉이라는 메시지를 떠올렸다. 그리고 확신했다.

"……——아리아 씨, 제가 요루카의 연인이라는 거 이미 알고 있었죠?"

나는 도망칠 길이 막혀버린 범인을 설득하는 형사처럼 물었다.

"무, 무슨 소리람?"

"적어도 사진을 보낸 시점에서는 틀림없이 눈치챘을 거예요. 그렇지 않으면 사진을 보낼 수 없잖아요."

내가 단언하자 아리아 씨의 눈이 흔들렸다.

"키스미. 무슨 소리야?"

언니의 갑작스러운 변화에 의아해한 요루카는 나에게 설명을 요구했다.

"요루카의 스마트폰에 등록된 연락처는 가족 말고는 나와 세나회 멤버 정도잖아."

"응."

"그중에서 연락이 많은 상대는?"

"당연히 키스미."

"사진과 메시지를 보내려면 나와 요루카의 타임라인을 열어볼 필요가 있어. 대화를 보면 나와 사귄다는 건 바로 알 수 있지."

요루카가 커다란 눈을 한층 크게 뜨면서 놀랐다.

나와 사귀게 될 때까지 메시지를 거의 사용하지 않았던 요루카.

심지어 세나 키스미라는 특이한 이름은 나도 나 말고는 본 적이 없다.

즉 아리아 씨는 요루카의 연인이 옛 제자인 나라는 걸 처음부터 알고 있었다.

알면서 마치 처음 듣는다는 양 행동한 것이다.

애초에 연인 간의 대화를 보여줬다는 건 그냥도 부끄럽다.

"역시 내 옛 제자. 생각했던 것보다 더 똑똑해져서 감동했어."

아리아 씨는 오늘까지 요루카의 연인이 세나 키스미라는 걸 알면서 시치미를 뗐다.

"왜 그렇게 번거로운 짓을 한 거죠?"

"복잡한 부모의 마음 때문에 그래. 설마 동생이 너와 사랑에 빠졌을 줄은 몰랐으니까."

"그런 섬세한 사람은 무단으로 도촬 사진을 보내거나 하지 않는데요."

평범한 사람이라면 예쁜 아리아 씨의 장난기를 그만 용서해버릴 테지.

하지만 같은 피를 이어받은 요루카를 상대로는 통하지 않는다.

"응, 언니. 그건 아무리 언니라고 해도 못 믿겠어."

언니의 악의 없는 사생활 침해에 아무리 요루카라고 해도 감정이 사라진 목소리로 질색했다.

허둥지둥 동생의 기분을 풀어주려고 하는 점에서 아리아 씨도 요루카를 매우 좋아한다는 건 바로 알 수 있었다. 동생에게 진심으로 미움받는 건 피하고 싶은 모양이다.

부루퉁해진 요루카는 그래도 언니의 저녁밥을 차려주기로 했고, 나도 오늘은 돌아가기로 했다.

아리아 씨는 열심히 붙잡으려고 했으나 요루카가 기각했다.

현관까지 마중 나온 아리아 씨는 마지막으로 의미심장한 말을 던졌다.

"스미와는 조만간 또 만나게 될지도 모르겠어."

"굉장히 무서운데요."

아니나 다를까, 내 예감은 적중했다.

요루카의 언니가 아리아 씨라는 걸 알게 된 날로부터 며칠이 지난 방과 후.

교단에서는 2학년 A반의 담임, 칸자키 시즈루 선생님에 의한 귀가 홈룸 도중이었다.

우리 반의 자랑인 미인 교사는 낭랑하고 차분한 목소리로 사무적인 연락을 이어갔다.

지적인 매력과 냉정한 인상을 주는 행동거지. 다만 늘 학생 한 명 한 명을 섬세하게 배려한다. 남몰래 고민을 품고 있는 학생을 금방 눈치채고 세심하게 도와준다.

그런 칸자키 선생님은 학생들로부터 인망이 무척 두텁다.

"곧 1학기 기말고사입니다. 모처럼 여름방학이 되었는데 보충수업을 받으러 등교하고 싶지 않은 학생은 제대로 준비를 게을리하지 말아주세요."

담담하면서도 마무리는 깔끔하게.

그렇지만 내 착각이 아니라면 오늘의 선생님은 어쩐지 기운이 없어 보였다.

언제나 무표정을 유지하는 덤덤한 칸자키 선생님에게서 뭔가 피로한 기색이 보였다.

늘 단정하고 빈틈을 보이지 않는 사람치고는 드문 일이다.

"…………."

"연락 사항은 이상입니다. 학급 임원, 구령하세요."

"………."

"세나 학생."

이름을 부르는 목소리에 선생님과 눈이 마주쳤다.

"홈룸은 끝났습니다. 구령하세요. 아니면 또 용건이라도 있습니까?"

교실 안에 희미한 웃음이 흘러나왔다.

연인 선언 이후, 내가 멍하니 있으면 선생님은 진지한 얼굴로 놀려댔다.

"어……, 그럼 기말고사의 답을 알고 싶습니다."

내 순간적인 재치에 '찬성!', '밤샘 안 해도 되겠다!', '나이스, 학급 임원!' 하고 찬동하는 학생들이 일제히 환호했다.

"잠꼬대하지 말고 공부하세요. 다른 여러분도 마찬가지입니다. 내년 여름은 대학 수험 때문에 놀 여유도 없어지겠죠. 그렇기 때문에 고2의 여름을 충실하게 보내주세요. 공부든, 노는 것이든. ……갑자기 성급하게 해봤자 잘 풀리지 않으니까요."

선생님의 묘하게 실감이 담긴 말에 반에서 '네에' 하는 대답이 돌아왔다.

"모르는 부분이 있다면 질문하러 오세요. 이상입니다."

내가 구령을 외치고 오늘은 종료.

"멍하니 있던데. 무슨 일 있어?"

하복을 입은 요루카가 먼저 내 책상으로 다가왔다.

위에는 하얀색 블라우스에 교복 조끼를 입고, 아래는 플

리츠스커트에 여름에도 니하이삭스. 목의 리본은 제 위치에서 묶었다. 얇은 복장이 되어도 요루카의 성실한 성격이 드러나 있었다.

"아니, 벌써 기말고사까지 얼마 남지 않았다 싶어서."

교탁 앞에는 이미 칸자키 선생님을 에워싸고 질문하러 온 학생들의 무리가 만들어져 있었다.

그 중심에 있는 칸자키 선생님에게서 어딘가 그늘 같은 것을 느꼈다.

"키스미. 언제까지 저 담임의 얼굴을 볼 건데."

"뭔가 선생님 상태가 이상하지 않아?"

"컨디션이라도 안 좋은가 보지."

관심이 없다는 양 요루카는 내 손을 잡고 교실 밖으로 끌고 나갔다.

변함없이 칸자키 선생님에게는 엄격하다.

"요루 선배, 덤으로 키이 선배, 헬프 미! 기말고사가 대 핀치예요! 또 공부 가르쳐주세요!"

우리가 승강구에 내려온 타이밍에 모퉁이에서 나타난 후배가 울며 매달렸다.

우리를 기다리고 있던 사람은 1학년 유키나미 사유.

올해 에이세이 고등학교에 입학한 내 중학 시절 후배다.

밀크티 색으로 염색한 밝은 머리카락은 어깨까지 내려 간다. 살짝 뻗치는 모질이 그녀의 활발한 성격을 드러내고 있었다. 반짝거리는 눈동자, 윤기가 흐르는 입술. 목에는 가는 목걸이가 빛난다. 짧게 줄인 치마에서는 건강해 보이 는 긴 다리가 눈이 부시다.

교복을 자기 나름대로 어레인지해서 패션을 즐기는 요 즘 세대의 여고생.

"내 대우와 부탁하는 순서가 이상하지 않냐."

"공부는 요루 선배가 있으면 문제없는걸요. 키이 선배는 그냥 덤이잖아요."

귀엽지만 귀염성은 없는 후배는 오늘도 가차 없었다.

"중간고사 전에 내가 세나회에서 시험 대책 스터디를 열 었으니까 너도 낙제를 받지 않을 수 있었던 거잖아."

"뿌우! 그렇게 세나회의 이름을 싫어했던 주제에 막상 권력을 잡으니까 거들먹거리고. 너무 뻔뻔하면 미움받을 거예요."

그냥 친구끼리 모인 모임의 이름뿐인 직책인 간사에 무 슨 권력이 발생한다는 거냐.

"적나라하게 디스하는구나."

"키이 선배가 별 중요하지 않을 때만 업적을 주장하니까 그렇죠."

"신나게 까는 쪽이 훨씬 악질이야."

우리는 서로 사양하지 않고 갈궈댔다.

"자자, 맨날 하는 말다툼은 그만하고. 그래서 사유, 이번에는 뭐가 어려운 거야?"

보다 못한 요루카가 중재에 들어갔다.

"요루카. 이런 건방진 후배를 도와줄 필요 없어."

"사유는 나에게 의지하러 온 거니까 괜찮아."

"에이, 방과 후는 둘만의 즐거운 시간인데."

"패밀리 레스토랑에서 공부 봐주는 것뿐이잖아. 사유가 와도 다를 거 없어."

내가 농담한다는 걸 이해한 요루카는 자연스럽게 흘려 넘겼다.

요루카는 조금씩 나 말고 다른 사람을 대할 때도 긴장하지 않게 되었다.

물론 사유와는 세나회 모임으로 여러 번 만났다는 것도 크다.

안면을 튼 지 오래되지 않은 상대와 요루카가 이렇게 가볍게 대화할 수 있다는 것, 그리고 사유도 이쪽에게 사양하지 않고 기대주는 것.

둘 다 나에게는 감사했다.

"역시 요루 선배, 든든해요!"

결국 사유도 함께 패밀리 레스토랑에 가게 되었다.

수다를 떨면서 교문을 나서는 타이밍에 한 대의 택시가 우리 앞에 멈춰 섰다.

"어라? 일부러 마중 나온 거니?"

당당하게 택시에서 내린 사람은 숨을 삼키게 될 만큼 아름다운 여성이었다.

얼굴이 작아서 색이 짙은 선글라스가 괜히 더 커 보였다.

눈이 휘둥그레질 만큼 빼어난 몸매에 세련된 옷차림, 모델이나 연예인이 나타난 줄 알았다.

수수께끼의 미녀가 너무도 자연스럽게 말을 거는 이유를 알 수 없어 나와 사유는 서로의 얼굴을 쳐다보며 눈빛으로 '아는 사이야?' 하고 물었다.

나도 사유도 짐작 가는 사람이 없다.

하지만 요루카만은 아니었다.

"──어, 째서, 여기에?"

동요한 요루카는 고장 난 로봇처럼 뚝뚝 끊어지는 목소리로 질문했다.

"어라? 왜 그래? 반응이 심심한데. 달려와서 기쁨의 포옹이라도 해주면 안 돼?"

미녀가 선글라스를 벗었다.

그 여성의 정체는 요루카의 언니── 아리사카 아리아였다.

"어억──?!"

나는 수수께끼의 미녀의 정체에 괴성을 지르고 말았다.

지난번 자택에서 본 편안한 차림이나 학원 강사 시절의 촌스러운 복장과는 완전히 차원이 다르다.

깔끔하게 정리한 긴 머리카락, 요루카를 닮은 얼굴이 화장으로 인해 한층 더 두드러져 화사한 매력을 강조했다.

상의로는 보디라인에 딱 붙는 민소매 섬머 니트가 우아함을 강조. 허리에는 고급 브랜드의 벨트. 서로 다른 소재를 매치한 세련된 롱스커트는 아래쪽이 살짝 비치기 때문에 길쭉한 종아리가 보였다. 가늘고 하얀 발목에는 금으로 된 발찌가 빛난다. 그리고 굽이 높은 뮬.

캐주얼에 가까운, 얼핏 심플해 보이는 코디네이트.

하지만 탁월한 미모와 몸매는 주위의 시선을 쓸어갔다.

고급스러운 옷을 자연스럽게 소화하며 완벽한 화장까지 한 아리아 씨.

할리우드 스타처럼 번쩍번쩍한 아우라를 뿌렸다.

갑자기 등장한 초차원 미인에 주위를 걷고 있던 다른 학생들마저 술렁거렸다.

방과 후의 고등학교에 어울리지 않는 존재다 보니 TV 촬영이라도 하러 온 거냐고 수군거리는 목소리도 들렸다.

가까이서 아리아 씨를 본 사유는 그 미모에 압도당해 말문이 막혔다.

"왜, 학교에 있어?"

요루카가 물었다.

"잠깐 시즈루를 만나러 왔어."

시즈루란 당연히 우리 2학년 A반의 담임인 칸자키 시즈루 선생님을 말한다.

그리고 아리아 씨가 에이세이의 학생일 때 담임이기도 했다.

"모, 못 들었어!"

"말 안 했으니까. 갑자기 시간이 생겼거든."

잠깐 산책하러 오는 감각으로, 졸업생이 굳이 평일 저녁에 옛 담임을 만나기 위해 택시를 타고 온 모양이었다. 심지어 반짝반짝하게 멋도 부리고 온 아름다운 여대생.

변함없이 상식으로는 가늠할 수 없는 사람이다.

"그보다 요루, 어쩐지 거리감이 느껴지는데? 남남 같아서 섭섭해."

"가, 갑자기 가족이 나타나면 어색해질 만도 하잖아."

이해한다. 고등학생씩이나 되어서 난데없이 가족이 친구 앞에 나타나면 좀 부끄럽다. 실제로 작년 문화제 때 부모님이 데려온 동생 에이가 신이 나서 떠들어댔을 때는 몸 둘 바를 몰랐다.

어쩐지 학교에서의 나를 가족에게 보여주는 건 굉장히 위화감이 있단 말이지.

심지어 무지막지 눈에 띄는 아리사카 아리아는 주목을 마구 끌어모으고 있다.

하교 도중이던 학생마저 발을 멈추고 우리를 에워싸며 구경하고 있다.

요루카는 무척 난감한 얼굴이었다. 모처럼 좋아하는 언니를 만났지만, 남의 눈도 있으니까 솔직해지지 못하는 거겠지.

"에이, 나는 만나서 너무 기쁜데."

한편 주위의 시선이 아무렇지도 않은 아리아 씨는 그저 즐거워 보였다.

누가 어떻게 봐도 미인 자매.

하지만 그 분위기는 완전히 양극단이다.

밝고 사교적인 언니와 쿨하고 조용한 동생.

"그래서—— 그쪽에 있는 사람은 스미의 친구니? 귀엽네."

완전히 이 자리를 지배하는 아리아 씨.

그녀의 시선을 받은 사유는 무심코 내 셔츠 자락을 꾹 붙잡았다.

"요루카의 친구이기도 해요."

내가 대신 대답했다.

"어라, 깜짝이야. 스미. 잠깐 나 좀 소개해줘."

아리아 씨는 진심으로 예상하지 못한 모양이다.

나도 의외였다.

아리아 씨가 잘 가르치는 건 관찰력이 뛰어나기 때문이다. 언동 구석구석에서 상대방의 본심을 파악하고 의도하는 방향으로 유도한다.

내가 학원에서 배웠을 때도 피로나 기분이 내키지 않는 걸 금방 꿰뚫어 보고는 억지로 의욕을 끌어냈다.

그 예리하기 짝이 없는 눈치도 그 무렵보다는 둔해진 건가.

혹은—— 요루카에게만은 예외인 걸지도 모른다.

"직접 원하는 대로 자기소개하면 되잖아요."

거역해봤자 시간 낭비라는 걸 알면서도 공포의 대마왕

에게 순순히 굴복하고 싶지 않아 그만 저항하고 말았다.

"이런 건 순서가 중요한 거야. 과정에서 농땡이를 부리는 남자는 호감도도 떨어지기 쉬워. 어서."

뭔가 묘하게 설득력이 있는 충고가 돌아왔다.

다만, 누구보다도 과정을 건너뛰는 아리아 씨에게 그런 말을 듣는 건 조금 짜증이 났다.

"저기, 키이 선배. 이쪽의 요루 선배에게도 뒤지지 않는 슈퍼 미인은 혹시……"

기다리지 못하겠다는 양 사유가 나에게 조심조심 물었다.

"어. 이 사람은 요루카의 언니야. 아리아 씨, 얘는 유키나미 사유예요. 1학년이죠."

나는 쌍방을 소개했다.

"요루 선배의 언니?!"

"넵, 요루의 언니입니다! 늘 동생이 신세 지고 있습니다!"

붙임성 있고 발랄한 아리아 씨.

자매라서 얼굴은 닮았지만 여러모로 다르다고, 사유가 놀라는 게 전해졌다.

"뭐죠, 저 빛나는 듯한 얼굴. 미모의 폭력이에요! 카구야 공주의 환생?!"

뭐냐, 카구야 공주라니. 아, 대나무가 빛난다는 걸 아리아 씨의 얼굴에 빗댄 건가.

"사유, 진정해."

"키이 선배야말로 왜 담담한 반응인 건데요?!"

"나에게는 미인 코스프레로밖에 안 보이거든."

과거의 경험에서 오는 냉정한 속마음을 뱉었다.

"네? 요루 선배와 사귀다가 마침내 머리에 버그라도 났어요?"

난데없이 신랄한 폭언이 쏟아졌다.

"말이 너무 심하다. 저 사람은 요루카의 언니이기 전에 공포의 대마왕이라고."

"키이 선배. 요루 선배를 기준으로 삼으면 대부분의 여자로 만족할 수 없는 비참한 인생이 되어버린다고요. 고교 시절이 인생 마지막 전성기가 될 거예요."

"정말로 가차 없네."

침묵하는 요루카를 뒤로 아리아 씨가 말을 걸었다.

"저기. 스미는 그 애와 굉장히 친해 보이는데."

"중학교 때도 후배라서 오래 알고 지냈거든요. 집도 이웃이고, 같은 부활동이었고요."

"오호. 혹시 그 무렵부터 스미를 좋아했었나? 심지어 최근에 고백도 했지만 차여서 지금은 예전의 관계로 정착했다는 느낌. 뭔가 러브의 잔향이 나."

아리아 씨에게는 소소한 잡담에 불과했을 것이다.

하지만 첫 만남에 난데없이 핵심을 찔린 사유의 표정은 얼어붙었다.

정정. 아리아 씨의 관찰력은 전혀 퇴화하지 않았다.

아리아 씨는 우리의 짧은 대화와 행동을 보고 간파한 것이다.

나를 계속 짝사랑했던 사유에게 얼마 전 고백을 받았고, 요루카 덕분에 나와 사유는 원래의 선후배 관계로 돌아갈 수 있었다. 지금은 내 친구들 사이에 섞여서 세나회의 일원으로서 같이 놀곤 한다.

창백하게 질린 사유 옆에서 나는 깊은 한숨을 쉬었다.

——아리아 씨 상대로 거짓말이나 얼버무리는 건 통하지 않는다.

"요루 선배의 언니, 너무 날카로운 거 아니에요? 자매가 나란히 초능력자인 거예요? 심지어 언니 쪽이 더 가차 없는데."

사유는 내 셔츠 소매를 붕붕 흔들며 공포를 호소했다.

야, 너무 세게 잡아당기지 마. 소매 뜯어지겠다.

"저 사람의 무서움을 이해하는 녀석이 늘어나서 기쁘다."

나는 동정하면서 마른 웃음을 흘렸다.

"그런데 아리아 씨. 칸자키 선생님을 만나러 가는 거 아니었어요?"

이대로는 끝이 없다고 생각한 나는 이 대화의 장을 끝내기로 했다.

조금 전부터 요루카는 계속 입을 다물고 있었다.

"아차, 그랬지. 그럼 스미도 따라와."

아리아 씨는 당연하다는 듯 내 팔을 잡고 같이 데려가려고 했다.

"어? 왜요. 저는 상관없잖아요."

"지난번에 부탁이 있다고 했잖아. 네 힘이 아주 필요하거든. 자, 이번에야말로 은인에게 은혜를 갚을 때야."

"그런 거 모르거든요. 지금부터 시험공부 할 거예요."

"나중에 내가 얼마든지 가르쳐줄게. 미안하지만 이번에는 스미를 빼고 해주렴."

아리아 씨는 내 주장을 무시하고 나를 납치하려 했다.

"언니, 키스미를 멋대로 데려가지 마."

가까스로 목소리를 낸 내 여자친구.

"이건 요루의 미래를 좌우하는 중대한 사항이야. 그러니까 오늘은 못 들어줘."

"그럼 더욱 말해줘야지."

아리아 씨는 뜸을 들이듯 침묵하다가 털어놓았다.

"시즈루가 맞선을 봐. 결혼하게 되면 교사도 그만둔대."

""""맞선?!""""

나, 사유, 그리고 요루카마저 놀라서 소리쳤다.

"대 핀치 맞지? 그걸 막기 위해서 스미가 꼭 필요해."

아리아 씨의 눈빛은 진지함 그 자체.

"제가 어떤 일을 할 수 있다고요?"

끼어들었다간 어마어마한 피해를 입을 것 같은 예감이 물씬 들었다.

아리아 씨의 옛 제자로서의 경험이 그렇게 위험신호를 울렸다.

하지만 내가 거부하고 싶어 하는 걸 간파한 듯 결정적인 한 마디를 덧붙였다.

"담임이 바뀌면 누가 제일 곤란할까? 너라면 알지?"

아리아 씨의 불안이 섞인 목소리는 유도등처럼 그녀가 의도하는 바를 알아차리게 했다.

"＿＿＿＿."

이 사람은 정말 달라진 게 없다.

갑자기 어려운 문제를 내놓고, 해결하지 못하면 앞으로 나가지 못하는 상황을 강제로 조성한다.

심지어 터무니없이 어렵지만, 반드시 의미가 있다는 것만큼은 은연중에 흘려놓는다.

그렇게 나에게서 거부권을 빼앗고, 자신의 뜻으로 선택하게 만든다.

아리아 씨의 말이 의미하는 것── 동생 요루카를 위해서라는 건 명백했다.

"언니, 나도 갈래!"

"안 돼. 요루는 오지 마."

"왜?"

"요루가 없는 게 이야기가 빠르거든."

원활한 진행. 고작 그 이유만으로 아리아 씨는 요루카를 두고 가려고 한다.

"언니를 방해하진 않을게."

"있을 의미도 없잖아."

"키, 키스미가 걱정되니까!"

"그런 불순한 이유라면 더 안 돼."

아리아 씨는 조금도 귀담아듣지 않고 요루카가 무슨 말을 해봤자 전부 기각했다.

"하지만!"

"요루, 떼쓰지 마. 언니가 하는 말을 들어."

마법의 말처럼 요루카는 그 이상 아무런 말도 하지 못하게 되었다.

◇ ◇ ◇

"스미가 바로 내 의도를 알아차려 줘서 다행이야."

"아까는 너무 강압적이었어요. 요루카, 굉장히 혼란스러워하던데요. 조금 더 온건하게 할 수 없었어요?"

"그래서 스미가 '학급 임원으로서 잠깐 사정만 듣고 올 뿐이야'라고 마지막에 잘 설득해줬잖아."

'브라보!'하며 내 순발력을 칭찬하는 아리아 씨.

아리아 씨와 교내를 걸으면서 교무실로 향했다.

"연인으로서는 굉장히 마음이 아팠는데요……."

"하지만 너도 필요하다고 생각했으니까 따라온 거잖아?"

내 눈동자를 들여다보듯이 물었다.

"그야, 요루카를 위해서니까요."

알아차린 이상 나도 무시할 수는 없다.

칸자키 선생님이 결혼해서 교직을 그만두게 된다면 담임이 바뀐다.

요루카는 천적으로 대하지만, 누가 봐도 칸자키 선생님은 학생들을 이해하고 애정을 쏟는 우수한 교사다.

설령 요루카 본인이 순순히 인정하지 않아도 우리는 상당한 도움을 받고 있다.

4월의 아침 귀가 소문이 퍼졌을 때도 칸자키 선생님과 아리아 씨의 연계 플레이가 있었기에 지금도 평온한 고교 생활을 보내고 있다.

아무리 연인이자 학급 임원인 내가 도와준다고 해도 학생의 힘에는 한도가 있다.

물론 연이 닿아 칸자키 선생님이 원해서 결혼하는 거라면 축복할 것이다. 그 결과 교사를 그만둔다고 해도 따뜻하게 환송해야겠지.

하지만 아리아 씨가 이렇게 방해하려는 이상, 무언가 특별한 사정이 있는 게 틀림없다.

"그래. 우리는 언제나 요루를 위해 행동하는 거야."

"설령 동생이 싫어해도요?"

"인생에는 고통스러운 선택을 강요받을 때도 있단다."

"귀여운 동생의 기분보다 옛 담임의 맞선을 방해하는 게 중요한 건가요."

복도를 걷는 수수께끼의 미녀에, 우리를 스쳐 가는 학생들은 반드시라고 해도 될 만큼 돌아보았다.

손님용 슬리퍼조차 패션 아이템으로 보일 지경이니 본인의 매력은 어마어마하다.

요루카라면 분명 언짢은 표정을 지을 법한 상황이지만 아리아 씨는 남의 시선을 전혀 신경 쓰지 않는다. 패션쇼의 런웨이를 걷는 것처럼 경쾌하게 나아갔다.

"──수단·방법을 가리지 못할 때는 대체로 아픔이 동반되는 법이지."

"그럴싸한 소리네요."

"끙. 옛날의 스미라면 순순히 믿어줬을 텐데."

"애초에 왜 제가 필요한 건데요?"

"스미가 비장의 패거든."

전혀 모르겠다.

맞선 당일, 억지로 쳐들어가서 자리를 망가트리기 위해서라면 나나무라처럼 체격이 좋은 남자가 효과가 좋을 것 같은데.

"그건 시즈루와 만난 뒤에 이야기할게."

"이번에는 무슨 무모한 짓을 요구하실 건가요."

이 앞에 기다리고 있을 전개를 우려한 나는 한숨을 쉬었다.

"하지만 와 줬잖아."

아리아 씨는 익히 구조를 알고 있는 모교를 주저 없이 걸어갔고, 나는 부하처럼 따라갔다.

"연인과의 즐거운 고교생활을 지키기 위해서니까요."

나는 내 위치를 강조했다.

아리아 씨에게는 해야 할 말을 하지 않으면 그 페이스에 자동적으로 휩쓸리게 된다는 걸 신물이 날 정도로 체험했다.

요루카도 이렇게 어릴 때부터 휘둘렸을 게 틀림없다.

본인은 기뻐하고 있지만, 그건 반쯤 임프린팅에 가깝다. 늘 언니를 따르고 언니와 똑같이 행동하는 게 유일무이한 정답으로서 요루카의 내면에 새겨져 있는 거겠지.

사춘기에 들어가 우수하기 그지없는 언니에게 반항심이라도 싹튼다면 순식간에 다른 길을 걸어갔을 테지만, 다행인지 불행인지 요루카는 지금도 아리아 씨를 진심으로 좋아한다.

지나친 동경은 때로 자신을 옥죄게 된다.

조금 전 아리아 씨가 두고 갈 때 요루카의 슬퍼 보이는 얼굴은 한참 나이가 어린 아이 같았다.

"말은 그렇게 하지만. 요루에게 끌린 것도 사실은 내 흔적을 느꼈기 때문이라거나?"

"말도 안 됩니다."

나는 아리아 씨의 헛소리를 일소했다.

"즉답은 너무하잖아. 진심으로 관심이 없다니 웃겨. 그런 말을 들은 건 처음이야."

이 미인은 남들의 눈도 아랑곳하지 않고 배를 잡고 깔깔 웃었다.

"그렇게까지 웃을 일이에요?"

"그 충실한 스미는 어디에 가 버린 걸까. 슬퍼라."

"감사는 하지만, 저는 딱히 대마왕의 신자가 아니거든요."

"후후. 너의 그 건방진 구석이 나는 꽤 마음에 들어."

"아, 네. 감사함다."

아리아 씨는 콧노래를 흥얼거리며 계단을 올라갔다.

"그러고 보면 이 옷 어때? 잘 어울려?"

"옷이 날개네요."

"뭐야아. 잘 보고 제대로 칭찬하라고."

화사한 사복을 보여주듯이, 계단 한복판임에도 빙글 한 바퀴 돌았다.

아니나 다를까 균형이 무너져서 넘어질 뻔했다.

나는 반사적으로 손을 뻗어 아리아 씨의 등을 받쳤다.

"계단에서, 그것도 슬리퍼로, 장난치지 마세요. 위험하다고요."

"스미라면 받아줄 거라고 생각했거든."

아리아 씨는 코앞에 있는 거리에서 나를 향해 웃었다.

"지금 당장 손 놔 버립니다?"

"오랜만에 모교에 와서 흥이 좀 났어. 그래서, 감상은?"

아리사카 아리아의 외모를 헐뜯는 녀석이 있다면 그건 명백한 질투나 열등감이다.

혹은 미적 감각이 현저하게 결여된 사람이다.

"위장이라고 해야 할지 변장이라고 해야 할지, 제가 아는 비포와 애프터의 차이가 어마어마합니다. 뭐, 요루카와 자매니까 당연할 테지만, 제대로 꾸미면 매력적이네요."

"고마워."

그렇게 말한 뒤 태연히 난간 대신 내 팔을 붙잡는 사람이 아리아 씨다.

"그러니까 가깝다고요! 옛날처럼 가볍게 달라붙지 마세요."

"뭐 어때. 소년만화 같은 털털한 스타일을 좋아한다고. 노력·우적·승리의 이인삼각, 무사히 지망교에 합격했도다!"

"지배·유도·강제의 스파르타 교육 스타일이겠죠. 생긴 것만 예뻐졌지 알맹이는 옛날 그대로라니 제발, 좀."

허세를 부리고 있지만 나도 다소 긴장했다.

남자로서 대단히 아름다운 얼굴이 가까이 있으면 가슴이 소란을 피우기도 한다.

안 돼. 자매다 보니 얼굴이 같은 계통의 내 취향이라서 자동적으로 심장이 두근거려.

"스미는 내 색기에 현혹되지 않고 공부에 집중했었으니까."

"그 시절의 대체 어디에 색기가 있었는데요?"

"그럼 지금은?"

"……원래 예쁜 걸 숨겼던 것뿐이잖아요."

아무래도 평정을 잃게 된다.

알맹이는 옛날과 달라지지 않은 털털한 누나.

하지만 현재 외모는 요루카에게 어른의 페로몬이라는 추가 장비를 장착한 퍼펙트 요루카 같은 상태다.

"하아……. 사진보다 실물이 더 미인이라니 다른 의미로 사기야."

"무슨 소리야?"

"한 번 요루카가 가족사진을 보여준 적이 있거든요. 그때 알아봤다면."

4월 구기대회의 참가종목을 정할 때 교실에서 도망친 요루카. 그녀를 쫓아가 계단 층계참에서 대화했을 때 봤던 아리사카가의 가족사진. 요루카를 많이 닮은 예쁜 누나라는 인상이었는데, 그 정체가 그 촌스러운 학원 강사였을 줄은 몰랐다.

외모와 내면이 여전히 일치하지 않아서 거리감에 고민하게 된다.

"너는 감을 못 잡았다는 거구나. 스미답네."

"사진에는 내면의 처참함이 찍히지 않는구나."

"뭣이라~~."

내가 팔을 풀자 아리아 씨가 못마땅해했다.

아리아 씨는 마치 걸어 다니는 광고탑처럼 교무실에서 어마어마한 인기를 보여주었다.

스타 졸업생, 모교에 개선! 이라는 듯 성대하게 환영을 받았다.

특히 베테랑 교사진의 환대가 대단해서, 순식간에 무리

가 만들어졌다.

늘 엄격한 학년주임 선생님마저 아리아 씨에게는 표정 근육이 풀어졌다.

다들 저마다 아리아 씨의 뒤를 봐주느라 고생했던 이야기를 어딘가 즐겁게 늘어놓았다.

아리아 씨도 모여든 교사진의 이름을 여전히 전부 기억하고 있었으니 무시무시한 기억력이다.

교무실의 주역이 된 졸업생의 존재감으로 인해 나는 엑스트라가 되어버렸다.

이게 타고난 스타성인 걸까. 배경의 일부가 된 나는 조용히 감탄했다.

아리아 씨는 칸자키 선생님을 불러 달라고 부탁한 뒤, 기다리는 동안 다른 선생님들과 대화하다가 요루카의 화제가 나왔다.

"아리사카의 동생은 지금 2학년이던가. 입학식의 신입생대표를 거절했을 때는 어떻게 될지 걱정했는데, 지금은 동생 쪽은 조금 부족할 정도야."

중년 교사가 농담처럼 아리사카 자매의 차이에 대해 이야기했다.

"동생이 저보다 성실하고 침착하니까요."

아리아 씨는 조용한 표정으로 대답했다.

"아리사카는 늘 눈에 띄고 소란스러웠지. 동생도 마찬가지로 무언가 대담한 짓을 저지를 줄 알았어."

맥이 풀렸다는 악의 없는 분위기가 그 중년 교사에게서 감돌았다.

나는 그 사소한 말이 무척이나 무신경하다고 느껴졌다.

말하는 본인이 무자각이기 때문에 묻어나오는 본심.

요컨대, 이 교사는 요루카에게도 아리아 씨 같은 떠들썩함을 기대했다는 거다.

아리아 씨는 1학년 때부터 학생회장에 취임하고, 학교 행사의 규모를 확대하고, 모델을 맡은 학교 안내 팸플릿에서 수험생 수를 폭증시키는 등 많은 전설을 남겼다.

아무리 자매라고 해도 그걸 동생인 요루카에게 요구하는 건 타당하지 않다.

한 번 거슬리자 점점 화가 났다.

내가 한마디 하려고 한 순간, 아리아 씨가 내 마음을 먼저 대변해주었다.

"무슨 소리세요, 자매라고 해도 다른 사람이잖아요. 우리 동생에게 이상한 기대는 하지 말아주세요. 만약 동생이 저 같은 애였다면 고생하는 건 선생님들인데요? 너무 그렇게 말씀하시면 동생의 보호자 대리로서 콕 찍어 클레임 넣을 거예요."

말은 어디까지나 부드럽고 농담처럼, 하지만 목소리에는 명확한 불만이 담겨있었다.

아리아 씨의 눈은 웃지 않았다.

"그도 그렇지, 미안하다. 하하하."

중년 교사는 당황하며 자신의 말을 취소했다.

"게다가 시즈——, 칸자키 선생님이 잘 가르치고 계시니까요."

아리아 씨의 목소리에는 신뢰가 물씬 느껴졌다.

으음. 이런 순간을 볼 때마다 누가 담임교사라도 똑같다는 말은 할 수 없어진다.

반대로 칸자키 선생님의 대단함을 새삼 통감하게 된다.

마침 그때, 칸자키 선생님이 부리나케 교무실에 나타났다.

우리 담임은 바로 내 존재를 알아차렸다.

"왜 세나 학생까지 여기에 있는 거죠?"

"저도 솔직히 모르겠습니다. 선생님이 맞선을 본다면서 끌려왔거든요."

목소리를 죽여서 설명하자 평소에는 무표정한 칸자키 선생님의 얼굴에 순간적으로 마귀가 스쳐 갔다.

칸자키 선생님은 모여서 담소하는 베테랑 교사진을 바로 해산시킨 뒤, 여느 때처럼 나와 아리아 씨를 다실로 데려갔다.

선두에 서서 복도를 걷는 칸자키 선생님의 뒤에서 나는 아리아 씨에게 슬쩍 말을 걸었다.

"아까 진심으로 화내셨죠?"

"편하게 졸업하고 싶다면 교사에게 대들지 않는 게 좋긴 해."

"제일 설득력 없는 사람이 그런 말을 해 봤자."

"──스미는 역시 의지가 된다니까."

아리아 씨는 내 어깨에 툭 손을 올렸다.

"나나무, 지금 이대로면 기말고사가 진짜로 위험해. 조금 더 영어 단어와 문법을 외우라고."

방과 후의 2학년 A반.

나, 미야우치 히나카는 남자 농구부의 에이스인 나나무라 류에게 공부를 가르치고 있었다.

"괜찮아, 미야우치. 여자아이와 친하게 지내기 위해선 내 외모와 넘쳐나는 든든함만으로도 여유로워."

"얼굴이나 태도로 시험 점수가 올라가진 않거든. 낙제를 받으면 공식전에 나가지 못하게 되잖아."

"으음. 그것만은 곤란하단 말이지."

"그럼 힘내자고."

평소에도 세계를 노린다고 호언장담하는 190cm 오버의 쾌활한 그이지만, 지금은 영어 문제집을 앞에 두고 쪼그라들었다. 운동신경이 탁월하고 여자에게 인기도 많지만, 공부 전반은 어려워한다.

에이스가 결장하면 팀의 전력은 반감된다. 그 때문에 팀메이트가 주는 압박감이 어마어마한지 영어가 특기인 나에게 배우러 온 참이었다.

키가 작고 금발에 귀에 피어스도 뚫은 나에게, 한눈에 봐도 스포츠맨답게 체격이 좋은 그가 쩔쩔매는 것이 재미있다.

기말고사가 가까워지자 교실에는 우리처럼 시험공부를 위해 책상 앞에 앉아있는 그룹이 여럿 있었다.

교단에선 담임인 칸자키 선생님에게 질문하는 애들이 우글거렸다.

그 중심에 있는 사람이 하세쿠라 아사키.

스미스미와 마찬가지로 학급 임원인 그녀는 밝고 사교적인 성격에, 늘 적극적으로 리더십을 보인다. 어깨 부근까지 기른 밝은 갈색 머리카락은 부드럽게 구불거리고, 단정한 이목구비에는 옅은 화장. 눈썰미가 좋으면 바로 알아챌 수 있는 자연스러운 멋부림이 우등생답다. 하복이 되어도 냉방 대책으로 카디건을 놓지 않고 허리에 묶고 있었다.

"칸자키 선생님, 감사합니다."

질문을 마친 아사키가 정중하게 인사했다.

그 순간 나와 나나무, 그리고 아사키의 스마트폰에서 동시에 라인 알림 소리가 울렸다.

세나회의 그룹 라인에 한 건의 메시지가 떠 있었다.

보낸 사람은 후배인 유키나미 사유다.

사유 : 여러분, 헬프! 도와주세요!

칸자키 선생님이 맞선을 보는데 카이 선배가 요루 선배의 언니에게 납치당했어요!

요루 선배도 무지막지 심기가 불편해요!

당장 안뜰에 와 주세요! 저 혼자서는 무리예요!

"맞선?!"

"아리사카의 언니에게 세나가 납치당했다고?!"

"요루요루가 화났어?!"

아사키가 가장 먼저 소리쳤다.

우리 세 사람은 묘하게 긴급도가 높은 메시지에 서로의 얼굴을 쳐다봤다.

"어, 칸자키 선생님 맞선 보세요?"

"무, 무슨 소린지……."

마침 아사키의 눈앞에 있던 칸자키 선생님은 명백하게 동요했다.

이어서 교실의 스피커에서 호출 방송이 나왔다.

『칸자키 선생님, 칸자키 선생님. 손님이 오셨습니다. 교무실로 돌아와 주시기 바랍니다. 다시 한번 반복합니다. 칸자키 선생님──.』

"손님? 그런 약속은 없었는데요."

당황하는 칸자키 선생님에게 아사키가 '저기, 선생님. 이거요' 하며 쭈뼛쭈뼛 스마트폰의 화면을 보여주었다.

"──, 아리아?! 잠깐 급한 손님이 왔으니 실례합니다! 질문이 있는 사람은 미안하지만, 내일 물어봐 주세요!"

안색을 바꾼 칸자키 선생님이 교실에서 나가버렸다.

늘 조용한 선생님에게서는 상상할 수 없을 만큼 당황한 모습이다.

"저기, 이거 어떻게 된 일일까. 왜 칸자키 선생님이 맞선을 보는데 아리사카의 언니가 키스미를 납치하는 거야? 전혀 모르겠어."

아사키가 고개를 갸웃거리며 우리가 있는 곳으로 걸어왔다.

"우선 공부하고 있을 때가 아닌 것 같아."

나나무는 바로 문제집을 덮었다.

"요루요루가 걱정되니까 가자. 아사키는?"

나도 일어났다.

"그야 세나회의 일원이라면 도와야지."

우리 세 사람은 바로 안뜰로 향했다.

"아리아! 대체 무슨 생각입니까! 왜 세나 학생에게도 이 야기한 거죠?"

다도부실로 쓰이는 다실에 도착.

후스마를 꼭 닫자마자 칸자키 선생님이 소리쳤다.

평소에는 조용한 요조숙녀의 전형 같은 미인 교사. 하지 만 오늘만큼은 다르다.

비단결처럼 고운 머리카락은 거꾸로 섰고, 하얗고 단정 한 이목구비는 새빨개졌고, 커다란 눈동자는 역삼각형이 되어 성대히 화내고 있었다.

내가 연인 선언을 한 것에 대해 설교했을 때에 필적할 만큼 소리를 높였다.

즉, 칸자키 선생님의 맞선은 농담도 뭣도 아닌 사실인 모양이다.

교실에서 느꼈던, 칸자키 선생님이 여느 때와 달라 보였 던 건 착각이 아니었다.

"그야 시즈루의 일생일대의 핀치잖아. 모처럼 상담해준 이상 나도 원하지 않는 결혼을 하게 둘 수 없어."

그런 칸자키 선생님을 앞에 두고도 아리아 씨는 산뜻한 표정이었다.

설교는 너무 많이 들려서 질렸다는 양 타타미 위에서 책 상다리를 하고 앉았다.

119

이 사람, 정말 거물이구나.

"사생활입니다! 세나 학생과는 상관없는 일이잖아요!"

진심으로 화가 난 칸자키 선생님은 직접적으로 감정을 드러냈다.

아리아 씨에 의해 교사라는 가면이 벗겨져, 칸자키 시즈루라는 개인으로서 격노하고 있었다.

"상관있고말고. 스미는 시즈루의 구세주니까."

"──스미? 무척 친근한 호칭이군요. 두 사람은 면식이 있는 겁니까?"

칸자키 선생님은 나와 아리아 씨를 번갈아 노려보았다.

"그 왜, 내가 대학교 1학년 때 학원 강사 아르바이트를 했었잖아. 그때의 제자가 스미야."

"……그럼 세나 학생은 아리사카 학생보다 먼저 아리아와 아는 사이였던 겁니까?"

"뭐, 순서를 따지자면 그렇게 됩니다."

내가 인정하자 선생님의 표정이 한층 험악해졌다.

"시즈루랑 스미와 마찬가지로, 우리도 깨끗한 사제 관계야. 그렇지? 스미."

아리아 씨가 내 팔을 잡아당겨 옆에 앉혔다.

"아리아…… 당신은 정말, 왜 매번 예상을 아득히 빗나가는 상황을 난데없이 가져오는 겁니까."

가느다란 손가락으로 관자놀이를 누르는 칸자키 선생님. 분명 재학생일 때부터 달라지지 않은 거겠지.

"시즈루에게 불평을 들을 이유는 없는데. 내가 학원 강사를 한 건 시즈루의 한마디가 계기였는걸. 말하자면 우리의 큐피드 같은 거야."

아무렇지도 않게 무시무시한 소리를 했다.

만약 칸자키 선생님의 한마디가 없었다면 아리아 씨는 학원 강사를 하지 않았다. 그랬다면 나는 에이세이에 합격하지 못했을 것이다. 그럼 나는 요루카와 사귀지도 못했다.

인간관계의 톱니바퀴가 운이나 인연에 의해 어떻게 맞물리는지 알 수 없는 법이다.

"또 큐피드인가요. 참나."

선생님은 나를 일별한 뒤 그제야 정좌했다.

변함없이 등을 꼿꼿하게 세운 아름다운 자세였다.

"아리사카 자매 쌍방에 연이 있는 세나 학생은 대체 정체가 뭡니까."

"그러게 말이야. 인기남!"

나는 아리아 씨가 이야기를 탈선시키기 전에 여기에 동석시킨 이유를 확인했다.

"우선 상황을 정리하게 해주세요. 칸자키 선생님이 맞선을 보게 되었고, 결혼을 하게 되면 교직을 그만둔다고 들었습니다. 아리아 씨는 그걸 막기 위해 저를 불렀다고 하는데 맞아요?"

나는 조심조심 물었다.

"오케이." "하나도 맞지 않습니다."

양극단의 반응에 휘말렸을 뿐인 나는 완전히 항복했다.

"단순한 이야기야. 시즈루는 선생님을 그만두고 싶지 않잖아?"

"당연합니다. 현재 결혼을 서두를 이유도 없고, 교사를 그만둘 마음도 없습니다."

"그럼 그걸 시즈루의 부모님에게 전달해서 맞선을 그만두게 했어?"

"그건, 그……."

아리아 씨가 놀리듯이 던지자 칸자키 선생님은 바로 머뭇거렸다.

이렇게 위축된 칸자키 선생님은 처음 본다.

"칸자키 선생님의 부모님은 그렇게 엄격한 분이세요?"

"시즈루의 어머니가 고명한 다도 사범이거든. 어릴 때부터 엄격한 예의범절을 교육받았고, 집안도 고풍스러워. 귀한 딸인 시즈루가 대학을 졸업하면 취직 같은 건 하지 않고 당장 결혼하길 원했을 정도니까."

요즘 세상에 믿어지지 않는다며 아리아 씨가 어깨를 으쓱했다.

"어, 하지만 지금은 이렇게 선생님이 되셨잖아요?"

"제가 교사가 될 때도 상당히 다퉜습니다."

칸자키 선생님은 깊은 한숨을 쉬었다.

"그럼 선생님의 부모님은 따를 사랑하는 나머지 멋대로 맞선을 진행하는 건가요?"

"맞아. 스미는 이해가 빨라서 편하다니까."

"그런데 왜 제가 필요한 거죠?"

최대의 의문점에 간신히 도달했다.

대화가 통하지 않는 부모에게 평범한 고등학생이 무슨 도움이 된다는 걸까.

"시즈루는 교사 일을 계속하고 싶어 해. 하지만 당장 결혼할 예정도 없지. 부모님은 아무튼 딸을 결혼시키고 싶어 해."

아리아 씨는 자신만만하게 계획의 핵심을 선언했다.

"그러니까, 중간으로 타협을 봐서 시즈루가 직접 연인을 소개하는 거야! 결혼할 의사도 예정도 있다고 부모님이 안심하면 이번 맞선은 회피할 수 있잖아."

"애초에 연인이 없으니까 그 방법은 성립되지 않습니다."

칸자키 선생님은 즉시 기각했다.

"──잠깐만요. 설마, 어, 설마하니 혹시."

반면 나는 아리아 씨가 의도하는 바를 눈치채고 말았다.

"역시 스미야. 그렇게 감이 좋아서 널 골랐지."

아리아 씨의 입가에 초승달 같은 미소가 번졌다.

내가 여기에 있는 건 서포트도 뭣도 아니다. 완벽하게 방패로 내세우기 위해서다.

"스미를 가짜 남자친구로 삼아서 시즈루의 부모님에게 소개하자!"

"아니 무리예요!" "말도 안 됩니다!"

나와 칸자키 선생님은 동시에 거부했다.

"둘 다 호흡이 척척 맞네! 봐, 스미라면 분명 가능하다고!"

아리아 씨는 혼자 확신에 찬 얼굴로 엄지를 세웠다.

"여태까지 당신을 여러모로 도와드렸습니다. 하지만 이번 일은 안됩니다. 가짜 남자친구라니 언어도단이에요! 심지어 세나 학생을 끌어들이다니. 그는 제 제자입니다!"

"맞아요! 아무리 그래도 너무 무모하다고요!"

나도 당연하게 반대했다.

"어렵게 생각하지 않아도 돼. 시즈루의 부모님을 만나서, 남자친구로서 행동하기만 하면 되는 간단한 역할이니까."

"그게 죽도록 난이도가 높거든요!"

어떻게 판단을 내리면 가짜 남자친구로서 담임교사의 부모를 만나는 게 간단한 역할이 되는 거냐.

"애초에 부모님을 속이는 건 내키지 않습니다."

칸자키 선생님의 고지식한 성격이라면 그것도 당연할 것이다.

"열심히 설득했지만 실패했잖아. 부모님이 걱정해줄 때가 좋을 때이긴 한데, 자신의 인생은 역시 스스로 정해야지. 시즈루는 이미 교사이고 훌륭한 어른인걸."

"하지만……."

"시즈루, 수단을 가릴 시기는 이미 지나버렸어. 눈물로 넘길 수 있는 부모도 아니고, 맞선을 보면 그대로 주위에서 몰아세워서 결혼까지 일직선이야. 그래도 괜찮아?"

아리아 씨의 말은 조용하지만 아픈 부분을 찔렀다.

칸자키 선생님은 괴로워하는 표정으로 아무런 반박도 하지 못했다.

"중요한 건 말 이상으로 행동하는 거야. 최악의 경우 들킨다고 해도 죽지도 않는걸. 가만히 있으면 정말로 결혼하게 될 거야."

아리아 씨도 무모하다는 건 당연히 안다.

알면서, 어디까지나 가짜 남자친구 아이디어를 밀어붙이려고 한다.

"칸자키 선생님에게는 죄송하지만, 백 보 양보해서 가짜 남자친구까지는 받아들일 수도 있는데요. 하지만 남자친구가 고등학생인 저인 건 아무리 생각해봐도 무모하거든요. 제 나이를 속인다고 해도 상당히 힘들어요."

나는 상식적인 의견을 내세웠다.

"맞습니다! 그는 아직 어린아이입니다. 그런 건 누가 봐도 알 수 있어요."

"뭐 어때. 연하 남친과의 순애라고 밀어붙이자고."

"들켰을 때 제 사회적 입장이 위험해집니다."

"시즈루. 호랑이굴에 들어가지 않으면 호랑이를 잡을 수 없어."

"그러니까 어린아이라는 게 제일 문제라니까요."

반대하는 칸자키 선생님은 궁지에 몰려서 조금 울상이

되었다.

"오히려 아리아 씨라면 대학에서 달리 부탁할 상대를 찾을 수 있지 않을까요? 일부러 실패할 위험을 키우지 않아도 될 텐데요."

현역 대학생인 아리아 씨라면 주위에 얼마든지 20살 이상의 남성이 널려있다.

여성에 익숙하고 경험이 풍부한 사람을 가짜 남자친구로 발탁하는 게 훨씬 현실적이라고 본다.

"싫어, 시즈루를 지킬 수 있는 남자는 스미 뿐이야."

"──보통 언니는 동생의 연인에게 담임의 가짜 남자친구를 부탁하지 않습니다."

내 정당한 반론에 칸자키 선생님도 고개를 크게 끄덕였다.

"고집불통인 상대에게 상식으로 임해봤자 소용없어. 최악의 경우 부모를 설득시킬 필요도 없어. 그냥 포기하게 만들면 돼. 그러기 위해서는 예상할 수 없는 방법으로 가야지."

아니, 전혀 모르겠는데.

"솔직히 시즈루의 부모님이 수긍하려면 어지간한 남자로는 부족하거든. 금방 들통나서 실패할 게 뻔해."

"……아리아 씨가 가짜 남자친구에게 요구하는 구체적인 조건은 뭔데요?"

부모님 이전에 아리아 씨를 설득하는 게 피곤하다.

내가 묻자, 아리아 씨는 손가락 세 개를 세웠다.

"가짜 남자친구에 적합한 조건 세 가지. 하나, 시즈루에게 진심으로 반하지 않을 것. 사랑하는 연인이 있으면서 바람도 피지 않을 남자가 베스트. 둘, 난적을 상대로 애드립으로 헤쳐나갈 수 있을 만큼 머리가 좋고 배짱이 있을 것. 셋, 시즈루와 나란히 섰을 때 그럴싸할 것."

"첫 번째밖에 안 맞는데요. 두 번째는 과대평가고. 세 번째는 완전히."

"그렇지 않아."

"진심으로 잘 될 거라고 생각하세요?"

나를 가짜 남자친구로 세워서 작전 성공률을 한층 내리려고 하는 것처럼 느껴질 정도다.

한편 아리아 씨에게만 보이는 승산이 있을 것 같기도 하다.

"무모하다는 건 나도 잘 알아. 하지만 스미라면 반드시 할 수 있어."

"_____."

아리사카 아리아의 무서운 점은 이거다. 바로 이거.

그녀의 말을 들으면 신기하게도 할 수 있을 것 같은 기분이 든다.

그런 마법에 걸린다.

"아리아. 아무리 그래도 안 됩니다. 세나 학생에게까지 폐를 끼칠 수는 없습니다."

"물러. **우리** 제자들은 시즈루를 진심으로 좋아한단 말이야."

아리아 씨는 처음으로 진지한 표정이 되었다.

"내 작전은 완벽하다고는 하지 않지만, 최고의 최선이라고는 생각해."

아리아 씨는 그 시절과 마찬가지로 확신을 갖고 선언했다.

옛날에. 중학교 담임에게 에이세이 고등학교가 제1지망이라고 밝히자 담임은 '무리일 테니까 무난한 곳으로 참아'라며 반쯤 웃으며 단정지었다.

물론 당시 내 조악한 성적표만 보면 당연한 일일지도 모른다.

닛슈 학원에 들어가 처음에 같은 말을 한 순간, 아리아 씨는 크게 폭소했지만── 불가능하다는 말은 한 번도 하지 않았다.

아리아 씨는 내 도전을 존중하고, 가능성을 발견해주었다.

합격한다는 보장은 당연히 없다. 마지막에 시험당하는 건 어디까지나 세나 키스미의 능력이다.

나는 도전해서, 결과에 승복하고 싶었다.

아리사카 아리아는 처음으로 내 가능성을 믿어주었다.

그래서 나도 믿고 끝까지 해낼 수 있었다.

아리아 씨가 할 수 있다고 단언한다면 나도 이 황당무계한 작전에 가담할 수도 있다고 생각했다.

공포의 대마왕이 내놓은 무모한 작전인가, 뛰어난 리더만이 간파해내는 대담한 계획인가.

지금은 판단할 수 없다고 해도 걸어볼 수 있다고 생각할

정도로는, 세나 키스미는 아리사카 아리아에게 개인적인
신뢰를 느끼고 있다.

"아리아 씨. 정말로 제가 적임자예요?"

"물론이지. 담임교사의 제자이자 동생의 연인인 너만이
가짜 남자친구에 적합해."

"과도하게 비상식적이에요."

"하지만 너와 함께라면 무모해도 원하는 결과를 낼 수
있어. 이번에도. 나는 그렇게 확신해."

이렇게 자신만만하게 행동하는 사람이 가까이 있으면
요루카가 동경하게 되는 심정도 이해가 간다.

아리아 씨는 너무 눈이 부시다.

그녀의 말은 새벽을 알리는 태양의 광채를 닮았다. 어둠
을 파고드는 한 줄기 빛처럼, 누구나 사로잡히기 쉬운 불
안이나 실망, 슬픔 등의 어두운 감정을 씻어낸다.

"⋯⋯저에게는 요루카가 웃으면서 보내는 게 제일 중요
해요. 사실은 언제나 제가 지켜주고 싶어요. 하지만 제가
아직 어리다는 건 통감하고 있습니다. 그걸 대신할 수 있
는 사람은 칸자키 선생님 말고는 없죠."

"나도 같은 의견이야. 시즈루만큼 의지할 수 있는 선생
님을 모르는걸."

칸자키 선생님은 언제나 요루카를 지켜봐 주었다.

설령 천적으로 취급하든 싫어하든, 요루카를 염려하고
필요하다면 힘을 빌려주는 것도 아쉬워하지 않는다. 요루

카를 위해 마련해준 미술 준비실이 있었기에, 나를 학급 임원으로 지명해주었기에, 우리는 연인이 될 수 있었다.

전부 칸자키 선생님 덕분이다.

그 은인의 위기를 묵묵히 보기만 해도 되는 걸까?

우리들만 행복하다면 그걸로 만족할 수 있는 걸까?

보은은 딱히 졸업하기 전에 해도 상관없을 터.

지금 이 순간, 칸자키 시즈루는 개인에게 도움이 필요하다면 나는 그에 부응하고 싶다.

아리아 씨의 보조와 내 각오가 있다면 이번에도 분명 넘어설 수 있다.

그렇기에, 세나 키스미는 여기에 불려온 것이다.

"──하겠습니다. 선생님의 가짜 남자친구, 제가 맡을게요."

◇ ◇ ◇

가짜 남자친구 역할을 받아들이자 아리아 씨는 내 두 손을 붙잡고 기뻐했다.

"고마워, 스미. 사랑해. 힘내서 시즈루의 독신을 지키자."

"사랑해주지 않아도 되니까 작전을 성공시킬 확률을 올려주세요."

"알았어. 스미의 협력에는 최대한 부응할게. 그럼 연락처를 교환할까."

제안이 통과되자 신이 난 아리아 씨가 스마트폰을 꺼냈다.

"어쩐지 찜찜한데. 연인의 언니와 연락처를 교환하다니."

"뭐 어때. 잦은 연락은 작전 성공의 중요한 열쇠야."

나는 새삼스럽게 아리아 씨의 연락처를 등록했다.

"참고로 나는 남자와는 거의 연락처를 교환하지 않아. 축하해."

"인기인은 고생이네요."

나는 대충 흘려넘겼다.

"더 기뻐하라고."

조금 전부터 무언가 생각에 잠겨있던 칸자키 선생님은 무거운 입을 간신히 열었다.

"역시 받아들일 수 없습니다. 졸업한 아리아는 몰라도, 현역으로 맡고 있는 세나 학생을 끌어들이는 건……."

"당사자인 시즈루가 고집부리지 마. 하고 싶은 말이 있다면 여기서 몽땅 말해. 나는 다 들을 테니까."

아리아 씨의 목소리에 살짝 힘이 들어갔다.

그것만으로도 다실의 분위기가 무거워진 느낌이 들었다.

이 사람도 칸자키 선생님 못지않게 그 자리의 지배력이 어마어마하다.

나도 어느새 목이 마르는 걸 느꼈다. 하지만 칸자키 선생님은 여느 때처럼 차를 내주지 않았다. 그만큼 선생님에게 여유가 없다는 건 명백했다.

"설마 세나 학생이 받아들일 줄은 몰랐으니까요……."

"의외인가요?"

"왜 거절하지 않은 거죠?"

아리아 씨는 끼어들지 않고 나와 선생님의 대화를 듣기만 했다.

가만히 앉은 칸자키 선생님에게선 평소 교단에 설 때의 기개가 없다.

훌륭한 교사이고자 하는 팽팽한 분위기가 없고, 평범한 여성으로서의 민낯을 보여주고 있다. 결혼과 커리어, 그런 인생의 중요한 분기에 고민하는 건 어른도 아이도 마찬가지다.

"대마왕의 신뢰와 실적이요. 실제로 저도 이 사람이 시키는 대로 해서 합격했거든요."

나는 아리아 씨 쪽을 보았다.

"아리아 씨는 묘하게 직감이 예리하다고 해야 하나, 발상의 정밀도가 높다고 해야 하나. 막상 실행해보면 가능하단 말이죠. 그러니까 선생님도 먼저 상담하신 거죠?"

나는 최대한 가벼운 말투로 대답했다.

가짜 남자친구 건을 너무 진지하게 생각하면 어색해질 테니까.

"그렇다고 해도 역시 교사인 제가 세나 학생에게 그, 가짜라고는 해도 남자친구 역할을 부탁하는 건……."

교사와 학생의 울타리를 넘어서는 것에 칸자키 선생님은 아직 주저하고 있다.

"이번 일은 뭐, 저에게도 특수 케이스니까요."

"아리사카 학생을 위해서일 테지만, 너무도——."

나는 선생님의 말을 끊고 먼저 내 심정을 늘어놓았다.

"저는 칸자키 선생님이 교사 일을 계속하고 싶다는 걸 알아요. 선생님에게 교사는 천직이죠. 우수한 선생님이 사라지는 건 다른 학생에게도 큰 손해고요."

예전에 교장이 될 때까지 계속 교사로 일하고 싶다고 말했던 걸 나는 기억하고 있다.

"제 개인적인 사정에 세나 학생이 그렇게까지 할 이유는 없습니다……."

"선생님. 저를 학급 임원으로 지명했을 때 말씀하셨잖아요. 교두보가 되라고."

"그건 학생들 사이에서 그렇게 해달라는 거고."

나는 고개를 저었다.

"똑같아요. 칸자키 선생님이 끝까지 담임으로 계셔주는 게 저희에게 최선이에요. 반의 대표로서 담임과 반 아이들 사이의 교두보 역할은 착실히 수행하겠습니다."

내가 생각하기에도 막무가내인 논리였다.

하지만 나도 이 사람을 신뢰하고, 졸업할 때까지 배우고 싶다.

"선생님도 여느 때처럼 저에게 무모한 일을 떠넘기시면 돼요. 그래서, 저는 불평하면서도 어떻게든 해보는 것뿐이죠. 학급 임원이니까요. 애초에 이 다실에 불려온 제가 거절한 적이 있었던가요?"

"이번만큼은 거절해도."

"반대 입장이라면 어떻게 하실래요?"

"……하세요. 라고."

"하세요."

"무리예요."

"하자고요."

"싫습니다."

"해 달라니까요!"

"그만 좀 하세요!"

완전히 교사의 위엄을 내던지고 전력으로 거부하는 칸자키 선생님.

"선생님이잖아요. 학생에게 멋있는 모습을 보여주세요."

"그런 회식에서 원샷을 강요하는 듯한 논리는 받아들일 수 없습니다!"

"와, 완고해라. 고집 정말 세시네요."

"이, 이제 와서 이런 추태를 세나 학생에게 보여주고 있잖아요. 하물며 가, 가짜 남자친구로 제 부모님과 만나게 한다니."

"그냥 연기잖아요."

"세나 학생은 제 어머니가 얼마나 무시무시하게 엄한 분인지 모르니까 쉽게 말할 수 있는 겁니다."

선생님은 궁지에 몰린 표정으로 토로했다.

"무시무시해요? 선생님의 어머니."

"아주 무시무시합니다. 어머니는 존경하지만, 아무튼 불편합니다. 막상 얼굴을 보면 긴장해서 아무런 말도 못 하게 되니까요."

"선생님에게도 약점이 있군요."

"같은 인간이니까 당연하죠."

설마 칸자키 선생님의 약점이 자신의 어머니라니 의외였다.

"약점을 극복할 좋은 기회라고 생각하자고요. 이번에 도전해 보면 의외로 선뜻 관계가 바뀔지도 모르잖아요."

"저도 어른입니다. 이 나이가 되어도 바뀌지 않는 것은 그리 쉽게 바뀌지 않습니다."

무지막지 소극적인 발언이다. 이런 정신 상태로는 언젠가 일에도 지장이 생길지도 모르겠는데.

나는 포기하지 않고 계속 말을 걸었다.

"하지만 맞선을 보고 싶지 않으니까 아리아 씨에게 상담하신 거잖아요?"

"아리아는 제 부모님에 대해서도 알고 있습니다. 그걸 염두에 두고, 저도 떠올리지 못할 획기적인 아이디어를 제안해줄 수 없을지 기대했습니다. 그게 설마 세나 학생까지 끌어들이게 된다니, 너무 엉뚱하다고요."

"이 사람이 엉뚱한 건 언제나 그렇잖아요."

나는 힘이 쭉 빠졌다.

"그래도, 제 부모님에게는 반드시 들통날 겁니다!"

칸자키 선생님은 정좌한 자세로도 절묘하게 부들거렸다. 이렇게까지 겁을 먹다니, 대체 뭘까.

선생님의 상상력은 나쁜 방향으로 너무 활달해서 긍정적인 발상이 전혀 떠오를 것 같지 않다.

"——뭐 어때요, 들통나라죠."

나는 힘이 빠진 목소리로 던졌다.

"네?"

"그야 싫다는 건 처음부터 말씀드렸잖아요? 그런데도 부모님께서 밀어붙이신 거고."

"맞습니다."

"부모님도 딸을 걱정하기 때문에 맞선을 추진하신 거잖아요. 오히려 가짜 남자친구를 세울 만큼 지금은 진심으로 싫어한다는 걸 부모가 알아보면 잘 된 거죠. 더 전해지라고 해요."

"제 어머니가 생각을 바꾸실 일은……."

"선생님은 계속 부모님에게 반항하지 않고 살아오셨죠?"

"맞습니다."

"인생에서 제일 대담한 행동이 이번 가짜 남자친구고요."

"네."

"그럼 분명 놀랄걸요. 설마 얌전한 딸이 이렇게 대담한 일을 하다니! 하고, 그것만으로도 충분히 임팩트가 클 거예요."

임팩트라는 단어에 칸자키 선생님의 안색이 바뀌었다.

"선생님. 이런 기습은 처음 한 번밖에 효과가 없습니다. 부모님이 상상도 하지 못할 만큼 엉뚱한 서프라이즈, 시험해본다면 지금뿐이에요."

나는 선생님의 눈동자를 빤히 응시했다.

"하지만……."

"괜찮아요. 당일엔 옆에 저도 있으니까요. 얼마든지 도와드리겠습니다. 선생님을 혼자 싸우게 하진 않을 거예요."

"세나 학생."

"늦은 반항도 좋잖아요. 화를 내시면 저도 사과 정도는 할 테니까요."

교사에게 함께 혼나자고 꼬드기다니, 나도 참 터무니없는 학생이다.

뭐, 지금은 평범한 학생과 교사라는 관계도 아니다.

4월에 요루카의 아침 귀가 소문이 퍼졌을 때, 칸자키 선생님은 교내의 소문을 불식시키는 것에 힘써주었다.

이번에는 내가 선생님의 맞선을 박살 내는 데 전력을 다하는 것도 좋겠지.

그게 나와 선생님이 쌓아 올린 신뢰 관계다.

칸자키 시즈루의 눈동자에서 주저의 색이 사라지고, 간신히 여느 때와 같은 명민한 얼굴로 돌아왔다.

"세나 학생, 후회하지 않겠습니까?"

"선생님, 이제 와서 거절해도 되겠어요?"

나는 시치미를 떼 보았다.

"안 됩니다. ──다시금, 제 쪽에서 부탁드리죠. 세나 키스미 학생, 힘을 빌려주세요."

"최대한 선처하겠습니다."

교사가 학생을 돕는 것처럼, 가끔은 학생이 교사를 도울 수도 있는 거 아닐까.

아리아 씨는 옆에서 흡족한 얼굴로 고개를 주억거렸다.

"결론이 났으니까, 세부 사항이 정해지면 또 작전 회의하자. 그럼 오늘은 해산."

아리아 씨가 일어났다.

"저기, 세나 학생. 제가 말하는 것도 그렇지만, 아리사카 학생 쪽은 괜찮은 겁니까?"

짧은 침묵이 흐르고 나는 정신을 차렸다.

"앗?!"

나는 가짜 남자친구의 임팩트가 워낙 강렬해서, 정작 요루카에게 허락을 받는다는 과정을 완전히 잊고 말았다.

◇ ◇ ◇

"나이스 역상담. 역시 비장의 패야."

다실에서 나오자마자 아리아 씨는 개를 귀여워하는 것처럼 내 머리를 마구 쓰다듬었다.

"저는 선생님을 설득하는 것도 포함한 인선이었군요."

139

아리아 씨는 처음부터 나에게 설득을 맡길 생각이었다.

그 증거로, 내가 가짜 남자친구 역할을 승낙한 뒤에는 '나는 들을 테니까'라면서 후반은 거의 가만히 있었다.

보라고. 이렇게 어느새 아리아 씨의 의도대로 움직여버린다니까.

"시즈루도 네 말이라면 들을 거라고 생각했거든."

"아리아 씨가 온갖 무모한 짓을 밀어붙여서 실현시킨 것도 이해가 가요."

"더 칭찬해도 돼."

"진짜는 지금부터라고요!"

복도를 걸어가던 도중 라인 알림 소리가 울리자, 나는 메시지를 보았다.

히나카 : 요루요루의 기분이 안 좋아.

세나회! 멤버끼리 합류해서, 더우니까 학생 식당에서 기다리는 중.

끝나면 이쪽으로 와!

미야치의 보고 라인을 읽은 나는 가장 먼저 해결해야 할 문제에 머리를 부여잡았다.

"뭐야? 요루가 삐졌어?"

내 표정으로 상황을 눈치챈 듯한 아리아 씨가 당연하다는 듯 스마트폰을 들여다봤다. 아니, 멋대로 화면 보지 말라고.

"누군가 씨 때문에요."

"같이 온 이상 너도 공범이야. 나만 악당으로 만들지 마."

"그래서 난감하다고요. 우선 저는 학생 식당에 갈 테니까요."

"그럼 나도 도와줄게. 목도 마르고."

당연하다는 듯 아리아 씨도 따라왔다.

"이 이상 요루카를 혼란에 빠트리지 말아주세요."

언니처돌이인 요루카에게 아리아 씨의 말은 지나치게 과한 영향을 주는 경향이 있다.

심지어 이번엔 칸자키 선생님마저 엮여있으니, 여느 때보다 더 고생할 것 같다.

"피곤한 스미 혼자서도 설득할 수 있다면 상관없지만, 어떻게 할래?"

이쪽의 체력 소모를 간파한 아리아 씨는 즐거워 보였다.

"······뭐, 같은 배를 탔으니까 그 정도는 해 주셔야죠."

"솔직하게 기대지 그래."

"나중에 무슨 요구를 들을지 알 수 없으니까요."

"나도 같은 인간이야."

"공포의 대마왕 이미지가 사라지질 않아서요."

"고등학생이나 되어서 아직도 그런 소릴 하다니."

"아, 넵. 아리아 씨가 보기엔 저는 아직 한참 어린애니까요."

"에이, 안 그래."

아리아 씨는 노래하듯이 말했다.

"아리사카. 사유의 라인을 봤는데, 무슨 의미야? 칸자키 선생님이 맞선을 보는데 키스미가 네 언니에게 납치당했다면서."

아사키가 빠르게 말하며 물어보았다.

우리는 요루요루와 사유가 기다리는 안뜰로 달려갔다.

"무슨 의미긴, 그 말대로야. 그 이상의 정보는 나도 몰라."

벤치에 앉아있는 요루요루가 가시 돋친 목소리로 대답했다.

"아사 선배, 와 주셔서 감사해요."

신경이 날카로워진 요루요루의 옆에 있었던 사유는 아사키에게 매달렸다.

"요루 선배의 언니, 진짜 위험해요. 무지막지 예쁜데 무지막지 눈치가 빨라서, 무지막지 비범해요. 요루 선배도 아까부터 허무 상태고요."

"그래, 착하지. 고생했구나, 사유."

아사키는 훌쩍이는 후배의 등을 토닥토닥 두드렸다.

"아리사카의 언니도 역시 미인이구나. 기다리면 만날 수 있으려나. 기대되는데~."

속물근성을 적나라하게 드러내는 나나무는 이 자리의 따끔거리는 분위기에도 일절 동요하지 않았다.

나는 요루요루 옆에 앉았다.

짜증과 당황이 뒤섞인 듯한 얼굴이었다. 솔직하게 분노를 폭발시키지도 못하고, 하지만 불만을 느끼고 있다. 무척 복잡한 사정이 있어 보였다.

"요루요루, 괜찮아? 뭔가 할 수 있는 일 있어?"

"아니. 우선 언니와 키스미를 기다릴 수밖에 없으니까."

마음이 콩밭에 가 있는 요루요루는 긴 속눈썹을 내리뜨며 발치에 시선을 떨어트렸다.

그늘진 곳이라고 해도 아직 더위가 버겁다.

오랫동안 머무르면 일사병에 걸릴지도 모른다.

"저기, 학생 식당으로 이동하지 않을래? 시원하고, 차가운 것도 마시자. 스미스미에게 연락해두면 그곳으로 와 줄 거야."

"응. 그게, 좋겠네."

요루요루의 반응이 미미하다.

"아리사카. 우선 처음부터 제대로 이야기해줄래? 조금 전의 설명으로는 아무것도 모르겠으니까. 칸자키 선생님이 맞선이라니, 우리 반에도 중요한 사항이잖아."

"그러니까 모른다고!"

아사키의 질문에 요루요루는 감정적으로 받아쳤다.

"……나한테 화풀이하지 마. 언니가 키스미를 데려가서 기분이 나빠지다니 어린애 같기는."

아사키도 날이 선 말을 돌려주었다.

"아사 선배도 임전 태세……."

사유는 재빠르게 아사키에게서 떨어졌다.

위험한 기척을 느낀 것은 나도 나나무도 마찬가지였다.

"학급 임원은 뭐든 다 참견하는 게 일이야?"

예민한 상태인 요루요루는 천천히 날카로운 시선을 보냈다.

"아리사카에게 도움이 필요하다면 힘을 빌려줄 건데."

"적어도 너한테는 안 부탁해."

아사키의 눈매가 바뀌었다.

"든든한 키스미가 두고 갔다고 시무룩해져 있던 사람이 어디의 누구더라?"

요루요루가 힘차게 일어났다.

"전부터 말하고 싶었는데, 하세쿠라는 키스미와 엮이기 위해 학급 임원을 너무 구실로 써먹어."

"그쪽이야말로 과하게 의존하잖아. 너무 무겁게 굴면 질려버릴걸?"

"아쉽게도. 키스미는 이런 나를 좋아하는걸."

두 사람 다 가차 없이 본심을 부딪쳤다.

"와, 불꽃이 튀네. 하세쿠라도 여느 때와 달리 공격적인걸."

"요루 선배도 진짜 키이 선배에게 너무 빠져있어요."

나나무와 사유는 피구처럼 아슬아슬한 말이 통통 오가는 상황에 분위기가 뜨거워지는 걸 기대하고 있는 느낌이었다.

"둘 다, 싸움은 나빠!"

나는 중재에 들어갔다.

"요루요루는 일단 침착하자. 아사키도 자극하지 마. 지금은 반의 중대사잖아. 그래서 세나회로서 모인 거야. 그러니까 상황을 자세히 공유하자! 응? 응?"

세나회의 내부 사정은 복잡하다.

연인인 요루요루 외의 나, 아사키, 사유 셋 다 세나 키스미라는 남자에게 고백했었다.

각자 태도는 다들 다르기 때문에 하나로 뭉뚱그려 말할 수는 없다. 하지만 아사키만은 현재진행형으로 키스미를 좋아한다는 걸 나는 알고 있다.

"요루요루. 언니에 대해 무슨 일이 있었는지 제대로 가르쳐줘."

그렇게 요루요루의 입에서 조금 전의 상황이 나왔다.

설명을 들은 우리는 언니가 터무니없이 파격적인 미인인 데다 심지어 스미스미와 중학생 때부터 면식이 있었다는 사실에 또 놀랐다.

"세나 주제에 유독 미인과 인연이 있단 말이지."

"언니가 자기보다 먼저 연인과 아는 사이였다니, 답답해질 만도 하네요."

"동감이야. 설령 친언니라고 해도 그렇게 끌고 가는 건 좀 짜증 나."

나나무, 사유, 아사키가 저마다 감상을 늘어놓았다.

나는 애매모호한 태도인 요루요루에게 조금 더 파고들

었다.

"요루요루가 화난 가장 큰 이유는 뭐야? 언니가 연인을 데려간 거? 아니면 다른 이유?"

"……언니 때문에."

"왜?"

조금 의외의 대답이었다.

영락없이 스미스미가 자신이 아닌 다른 사람을 우선한 것에 화가 난 줄 알았는데.

"나도 같이 있었는데, 언니가 데려간 건 키스미 뿐이니까."

"──서운했구나. 두고 간 게."

"그런 거 아니라니까."

요루요루가 발끈했다.

나는 스미스미에게 메시지를 보낸 뒤 세나회의 멤버와 함께 학생 식당으로 이동했다.

　학생 식당에는 세나회의 멤버가 보여 있었다.

　다들 나와 함께 나타난 아리아 씨의 번쩍번쩍한 아우라에 압도당했다.

　학생 식당 전체가 술렁거리고, 이쪽 테이블에 주목이 모이는 걸 생생하게 느꼈다.

　나와 아리아 씨가 마실 아이스커피를 사서 우리도 그쪽으로 합류했다.

　"만나서 반갑습니다. 아리사카 요루카의 언니 아리아입니다. 다들 동생과 친하게 지내줘서 고마워. 앞으로도 잘 도와주렴. 아, 목마르다면 사 줄게. 원하는 대로 더 주문해."

　아리아 씨는 생글생글 털털하게 인사하며 착석했다.

　요루카를 가까이서 보며 익숙해진 세나회. 하지만 비슷한 얼굴이 친근한 태도로 대하는 위화감에 당황한 나머지 새 마실 것을 주문하겠다는 사람은 아무도 없었다.

　나는 나대로 뭔가 학생 식당이 안 어울리는 사람이라는 생각을 하며 시원한 아이스커피로 목을 축였다. 아, 맛있어. 목마름이 해소된다.

　"스미는 블랙이면 돼?"

　"문제없어요."

　"그럼 검 시럽 줘. 단 게 좋아."

　그렇게 말하며 내 커피에 딸려 나온 시럽을 자기의 커피에 넣었다.

나는 아무 말도 하지 않는 친구들의 모습을 슬쩍 살폈다.

조금 전에 만난 사유는 경계하듯 긴장했고, 아사키는 웃는 얼굴을 유지하면서도 감정하는 듯한 시선을 보냈다. 요루카 옆에 배려하듯 앉아있는 미야치.

"……언니까지 올 줄은 몰랐어."

요루카는 의외라는 듯 언니 쪽을 보았다.

"그야 반가우니까. 학생 식당에서 휴식 정도는 하고 싶어지지."

"늘 바쁘면서. 영락없이 용건이 끝나면 바로 돌아갈 줄 알았는데."

"귀여운 스미가 도와달라고 부탁하는데 거절할 수 없었어."

"그야 부탁은 했지만, 오해를 부르는 발언은 하지 말아주세요!"

의미는 같아도 받아들이는 쪽의 인상이 달라진다.

보라고. 여성진의 시선이 한층 날카로워졌잖아.

"에이, 나 혼자 커피를 마셔봤자 심심한걸. 요루가 신세지는 친구들과도 만나보고 싶었고. 하지만 왜 이렇게 예쁜 애들이 모여있는 거지? 스미의 하렘이야?"

"그럴 리가요."

"연인이 생기면 갑자기 인기가 치솟는다고 하잖아. 설마 스미에게도 해당하다니."

"동생 앞에서 잘도 그런 농담이 나오시네요."

"그야 요루가 얼마나 푹 빠져있는지는 집에서 실컷 들었으니까."

"요루카, 그랬어?"

나는 기뻐서 그만 확인하고 말았다.

"언니가 억지로 물어보려고 하니까."

"에이, 그렇지 않아. 스미 이야기를 할 때의 요루는 행복해 보이는걸."

"아니야! 아니야! 그런 적 없어!"

가족의 증언으로 인해 만천하에 드러나는 요루카의 사생활.

일동은 따뜻한 시선으로 요루카를 바라보았다.

"부탁이니까 멋대로 내 이야기 하지 마. 키스미도 언니와 결탁하지 말고."

"스미. 더 알고 싶으면 뒤에서 몰래 하자. 응?"

연인의 언니가 윙크를 날렸다.

무지막지 궁금하다. 궁금하지만, 요루카 말고 다른 여성진의 시선이 너무 따갑다.

"키이 선배와 상당히 친해 보이네요."

"키스미는 연상도 수비 범위구나. 아, 칸자키 선생님과 그렇게 친해 보였던 것도 설마……."

"스미스미. 아무리 타입이라고 해도 연인의 언니거든."

뒷면을 파고들려고 하는 사유와 아사키. 미야치는 유독 걱정하는 얼굴이었다.

"아리아 씨는 내 중학생 때의 학원 강사! 그 이상도 그 이하도 아니야."

"맞아. 그 무렵의 스미는 건방진 애송이라서 연애 대상으로서 매력을 느끼기에는 좀 무리가 있었지."

말도 안 되는 의혹에 나와 아리아 씨는 농담거리도 안 된다며 부정했다.

현재의 미인 모드인 아리사카 아리아밖에 보지 못했다면 그런 방향으로 추리가 흐르는 기분도 이해한다.

하지만 내가 배웠을 때는 이런 외모가 아니었고, 스파르타 교사에게 사랑을 느낄 만큼 시간도 여유도 없었다.

"지금이라면 어떤데?"

"아사키, 아리아 씨는 요루카의 언니잖아. 지금이고 옛날이고 없어!"

아사키가 재차 엉뚱한 질문을 던졌다. 왜 오늘은 이렇게 물고 늘어지는 거지.

"그럼 아리사카의 언니가 아니라면?"

"그런 가정은 의미도 없고 지금은 상관없잖아. 아사키, 좀 이상한데?"

나는 무심코 퉁명스럽게 대답했다.

"그, 수험기의 키이 선배가 여유가 없었다는 건 제가 보장해요. 그런 기색은 눈곱만큼도 없었거든요. 만약 누군가를 짝사랑이라도 했다면 모르고 싶어도 제가 눈치챘을 테고……."

아사키답지 않은 태도에 사유가 바로 끼어들었다.

같은 중학교 후배였던 사유는 당시의 나를 봤으니 설득력이 있었다.

"유키나미는 헌신적이구나. 그렇게 자학적인 도움을 줄 필요는 없는데."

그런 말을 하는 나나무라는 평소 미인을 보면 일단 말을 걸면서 오늘은 유달리 얌전했다.

"나나무라, 웬일로 조용하네. 시험공부 하다가 컨디션이라도 안 좋아졌어?"

"멍청아. 나는 상대를 제대로 고르거든. 그게 승률을 올리는 요령이야. 세나처럼 지나치게 높은 목표에 돌격할 만큼 괴짜가 아니야. 그리고 네 트러블에 말려들고 싶지 않아."

"뭐야 그거."

나와 나나무라가 수군거리고 있었더니 아리아 씨가 툭툭 팔을 찔렀다.

"여보세요, 남자들. 당당하게 비밀이야기라니 무슨 생각이니?"

"죄송합니다, 누님. 세나는 저를 너무 좋아해서요."

나나무라는 익살을 부려 팽팽한 분위기를 풀어주려고 했다.

"그럼 어쩔 수 없네. 키가 큰 너는 상큼한 스포츠맨이라 인기 많아 보여."

"누님, 부디 저와 단둘이 데이트라도!"

즉시 공략에 들어가는 나나무라. 야, 조금 전까지 보여준 자중하는 자세는 어디로 갔냐.

"말은 기쁘지만, 지금은 바빠. 10년 뒤에 또 제안해줘."

"역시 연하는 연애 대상이 안 된다는 느낌인가요?"

거절을 당하고도 여전히 연애 토크로 파고드는 나나무라. 이것이 바로 인싸의 멘탈과 화술이라며 박수를 보내고 싶어졌다. 다른 사람들도 아리아 씨의 연애담에는 흥미진진해 보였다.

"매력을 느끼면 나이는 상관없지."

아리아 씨는 희망을 주듯 웃었다.

"언니는 옛날부터 너무 자유분방해."

요루카가 툭 중얼거렸다.

"요루, 아직 옛날 일로 화난 거야?"

"별로."

"그거 화났을 때의 태도인데."

요루카는 발끈하면서도 그 이상은 말을 하지 않았다.

"저기, 스미스미. 슬슬 칸자키 선생님의 맞선에 대해 말해줬으면 하는데."

타이밍을 가늠하고 있던 미야치가 조용히 화제를 던졌다.

나는 아리아 씨를 확인하듯 얼굴을 보았다.

"스미, 그만두는 게 좋겠는데."

"잠깐만요! 도와준다고 했잖아요!"

"마음이 바뀌었어."

"너무 변덕스러워!"

나는 어쩔 수 없이 내 입으로 털어놓았다.

가짜 남자친구가 되어 칸자키 선생님의 부모님을 만나 맞선을 거절한다는 작전.

이야기가 끝나자 나나무라만이 복근이 붕괴할 기세로 폭소했다.

"하나부터 열까지 말도 안 돼!"

격노하는 요루카.

"그 작전, 너무 어설프지 않아요?"

조소하는 아사키.

"아무리 언니라고 해도 너무한데요."

떨떠름한 미야치.

"왜 키이 선배로 가능할 거라고 생각한 거죠?"

당황하는 사유.

여성진이 일제히 아리아 씨를 향해 맹반발.

"나는 시즈루의 부모님과도 만난 적이 있고, 스미에 대해서도 잘 알아. 딱히 무모한 도박은 아니야. 걱정할 필요 없어."

아리아 씨는 안색 하나 바꾸지 않았다.

그 자신감에 넘치는 자세는 그것만으로도 수긍해버릴 것만 같은 설득력이 있다.

"저에게는 실패할 미래밖에 보이지 않는데요. 칸자키 선생님은 교사를 그만두고, 심지어 키스미와 아리사카가 헤어지는 결말이요."

아사키의 솔직하기 그지없는 감상에 나는 쓴웃음조차 짓지 못했다.

"잠깐, 멋대로 헤어지게 하지 마!"

요루카는 아사키에게는 바로 반박했다.

"불만이 있다면 내가 아니라 네 언니에게 말해."

"나도 아사키와 같은 의견이야. 요루요루도 이상하다고 생각하지?"

아사키의 의견에 미야치도 찬동했다.

"그건 그렇지만, 언니가 하는 말이니까……."

"왜 이럴 때만 감정적으로 되지 않는 건데? 지금이 바로 말해야 할 때잖아."

요루카의 미적지근한 태도에 아사키가 짜증을 냈다.

"자자, 애들 싸움은 언니가 돌아간 뒤에 하려무나."

아리아 씨는 맥 빠지는 목소리로 아사키의 말을 가로막았다.

"이번 일엔 시즈루의 인생이 걸려있어. 누구든 억지로 결혼하고 싶지 않을 거야. 그 탓에 보람이 있는 직업을 빼앗기는 것도 싫지?"

"그렇게 말하는 건 비겁해요. 칸자키 선생님의 사정과 키스미가 엮이는 건 별개의 문제라고요!"

"너무 떼쓰지 말고."

아리아 씨는 어린아이를 달래듯이 아사키의 항변을 넘

겼다.

"――착각하는 것 같으니까 확실하게 말할게. 내가 협력을 부탁한 건 스미 뿐이야."

아리아 씨는 부드러운 표정을 유지한 채로, 하지만 명확하게 선을 그었다.

"그래도 좀 더 방법이 있다고 보는데요."

"그럼 모든 사람이 행복해질 대단한 해결책을 언니에게 말해봐. 부탁할게."

당연히 아사키는 바로 대답하지 못했다.

"나는 세나 키스미가 적임자라고 판단했어. 그리고 그도 본인의 의사로 받아들였고."

아리아 씨의 말투는 여유로웠지만, 외부인의 의견은 듣지 않겠다는 태도였다.

"그러니까 받아들인 것 자체가 이상하다고요! 키스미, 분명 이용당하는 거야!"

발끈한 아사키의 목소리가 커졌다.

"저기, 왜 네가 그렇게 언성을 높이는 거니?"

"저는 칸자키 선생님을 존경합니다. 키스미와 같은 학급 임원이기 때문에 계속 교사로 일해주시길 바라는 마음은 같아요."

"어라, 나도 시즈루를 존경해. 너와 똑같네."

"일개 학생인 그가 담임의 사생활에 엮이는 게 문제라고 말씀드리는 거예요!"

"……그건 네가 그에게 내리는 평가잖아. 나는 다른걸."

"상식적인 판단이에요!"

"──하지만 너에게는 실패하는 게 더 좋지 않아?"

아리아 씨가 희미하게 의미심장한 미소를 지었다.

"무슨, 소리죠?"

"여기에는 다른 사람도 있는데 말해도 괜찮으려나?"

아리아 씨는 또다시 무언가를 간파한 모양이었다.

어른의 여유로 품평하듯이, 명백하게 아사키의 반응을
시험하고 있었다.

"아사 선배! 그 이상은 안 돼요! 스톱!"

소리친 사람은 사유였다. 테이블 위로 몸을 쑥 내밀고
제지했다.

"마음대로 하시죠!"

하지만 사유의 제지도 소용없이 아사키는 기세 좋게 날
아온 시비를 호쾌하게 받아들였다.

"너도 스미를 좋아하잖아."

"──────!"

아사키는 얼굴이 빨개졌고, 우리도 말문이 막혔다.

"오히려 나는 네 편이라고 볼 수 있지 않아? 이번 일이
실패해서 파고들 빈틈이 생긴다면 네게도 기회가 올지도
모르는데?"

공포의 대마왕 모드를 유감없이 발휘하며 남의 연심을
폭로하는 아리아 씨.

처음 만났을 때 같은 일을 겪었던 사유였기 때문에 이 전개를 미리 눈치챌 수 있었던 모양이다.

오늘만 두 번째인 가혹한 소행이다. 흉악해.

"네, 아직 좋아합니다! 문제 있나요!"

심지어 아사키는 요루카 앞에서 당당해졌다.

설마 했던 초월 전개에 나와 요루카는 굳어버렸다.

미야치와 사유는 원래 알고 있었던 건지 아이쿠 하는 반응이었다.

나나무라는 입에 있는 걸 모조리 뿜어버릴 뻔한 것을 필사적으로 참고 있었다.

나는 아연하게 아사키를 쳐다보았다.

"이쪽 보지 마!"

"죄, 죄송합니다!"

아사키에게 혼나고 반사적으로 고개를 돌린 방향에는——요루카가 있었다.

"역시 키스미에게 미련이 있었구나! 이제 그만 포기해!"

"따, 딱히 아리사카와는 상관없잖아."

"상관있고말고! 매번 어영부영 틈을 노려서 내 남자친구에게 고백하지 마!"

"고백한 거 아니야. 그냥 마음을 폭로 당한 것뿐이지."

"사실상 마찬가지잖아!"

"그러니까 클레임은 네 언니에게 걸어!"

아무리 아사키라고 해도 여느 때의 냉정함을 잃고 화풀

이하듯이 아리아 씨를 손가락질했다.

"둘 다 너무 소란피우지 않는 게 좋을 것 같은데. 여기 학생 식당이잖아."

나를 뒤에 제쳐두고 뜨거워지는 두 사람을 어떻게든 달래려고 했다.

""가만히 있어!!""

요루카와 아사키가 똑같이 소리쳤다.

미야치와 사유, 나나무라는 일어나서 두 사람의 싸움을 말리기 시작했다.

아리아 씨는 마지막으로 아이스커피를 우아하게 한 모금 마신 뒤 '그럼 나는 돌아갈게' 하고 자리에서 일어났고 나도 허둥지둥 뒤쫓아갔다.

나는 복도를 걷는 아리아 씨 옆에 섰다.

"배웅까지 해주는 거야? 신사네. 그런 점도 점수가 높아."

"불평하러 온 것뿐이거든요. 절 도와주는 거 아니었어요?"

이 사람은 그런 난장판을 만들어놓고 왜 산뜻한 표정을 유지할 수 있는 거지.

"그러니까 도와줬잖아."

"그 아수라장을 만들어놓고요?"

"오히려 불똥은 계속 깊은 곳에서 타고 있었어. 너희가 연애 감정이 얽힌 애들끼리 뭉쳐서 그룹을 만들었던 게 더 대단한데."

"객관적인 의견 감사합니다."

"에이, 천만에."

"비아냥거린 건데요."

나는 아리아 씨의 위험함을 절절히 실감했다.

조용하고 수동적인 요루카마저 그 존재감이 주위에 미치는 영향력이 크다. 그건 교실에 있는 요루카를 보면서 120% 이해하고 있다 생각했다.

하지만 언니인 아리사카 아리아는 의도적이면서 능동적이다. 그녀의 일거수일투족이 주위의 인간을 끌어들여, 좋게도 나쁘게도 자극을 주고 거대한 소용돌이를 생성한다.

"핵심을 찌르는 한마디만 있으면 사람의 마음이란 흔들리기 마련이야."

아니, 간단하게 말하지만 어렵거든요.

마치 도미노처럼 한 사람이 숨겨두었던 감정을 끌어내는 것으로 주위에 연쇄반응을 일으킨다. 그렇게 필연적으로 상황은 바뀔 수밖에 없다.

"그렇게 고1에 학생회장이 된 거예요?"

"나는 연설이 좀 특기인 것뿐이야. 겸사겸사 첫인상이 끝내주게 좋고."

"자신의 무기를 잘 알고 있는 건 상관없지만, 너무 악용하지 말아주세요."

"안 한다니까."

"동생의 마음을 휘저어놓고 세나회 붕괴의 위기를 초래했잖아요."

"학창 시절의 친구 같은 건 정말 친하지 않은 한 졸업한 뒤에도 계속되진 않아."

"씁쓸한 소리 하지 마세요. 한숨 나오게."

"그러니까 타성이 아닌, 오래 함께하는 상대는 귀중한 거야. 연애든 우정이든."

"평생 이어질지도 모르는 결속이 아리아 씨로 인해 붕괴하려고 하는데요."

"그 정도는 별거 아니야. 나는 오히려 감탄했을 정도니까."

"어디에요?"

"요루가 옛날과는 달리 다른 사람에게 강하게 자기주장을 하고 있잖아. 놀랐어. 그렇게 진심을 드러내는 걸 어려워하는 아이였는데."

"그야 요루카도 작년보다는 상당히 변했지만요."

"그 똑똑해 보이는 아이도 거물이야. 나나 요루를 상대로 주눅 들지 않고 의견을 제시할 수 있으니까. 그거 상당히 대단한 일이거든."

확실히 아사키도 대단하다. 아리사카 자매를 상대로 거리낌 없이 말을 나눈다. 어지간한 사람이라면 두 사람의 미모에 압도당해 커뮤니케이션을 제대로 취하지 못하게 되는데.

"하지만 좋게 평가는 하면서 도발한 거예요?"

"그야 시즈루나 스미 일로 불평하는 건 나도 마음에 안 들거든."

"……저, 아리아 씨를 이해하지 못하겠어요."

"연상녀는 알쏭달쏭한 정도가 딱 좋아."

"아리아 씨는 특급이거든요."

"좋은데. 나 특별 취급 좋아해."

아무래도 내가 무슨 말을 해봤자 아리아 씨를 재미있게 만들어줄 뿐인 모양이다.

"배웅은 여기까지면 충분해. 세부 사항이 정해지면 연락할 테니까. 또 보자."

이 사람에게는 못 이기겠다고, 또다시 절감했다.

◇ ◇ ◇

요루카와 아사키의 험악한 분위기는 수습될 기색이 없이 오늘의 세나회는 해산하기로 했다.

미야가 요루카에게, 사유가 아사키에게 각자 따라가서 나와 나나무라만이 남았다.

"어떻게 할래? 우리는 돌아갈까?"

"우리뿐이니까 가끔은 라멘이라도 먹자. 출출해."

나나무라의 제안으로 우리는 역 앞에 있는 단골 라멘집으로 향했다.

"그나저나 하세쿠라에겐 깜짝 놀랐어."

국물이 진한 라멘을 후루룩거리며 나나무라는 당연하다는 듯 학생 식당에서 일어난 일을 돌이켰다.

"아리아 씨를 데려온 게 완전히 역효과였어."

가짜 남자친구 건을 적절히 도와줄 거라고 기대했는데 정반대의 결과가 되었다.

"세나. 그 정도로 수라장이라고 생각하는 거라면 아직 멀었어."

"그런 수라장 경험 같은 건 하고 싶지 않아."

"이번에는 오히려 아리사카의 언니에게 도움을 받은 거야."

나나무라는 아리아 씨와 똑같은 소릴 했다.

"어디가?"

"모르겠어?"

"어."

"수업료, 차슈 하나로 쳐 줄게."

"비싼데."

나는 내 차슈를 나나무라의 그릇으로 옮겨주었다.

"애초에 가짜 남자친구라는 황당한 방법을 선택한 시점에서 난리가 날 건 뻔하잖아. 다들 깔끔하게 수긍하는 건 불가능해."

"그건 알고 있는데."

"세나. 너는 의리가 두텁고 좋은 녀석이지. 곤경에 처한 사람이 있으면 내버려 두지 못하고. 신세를 졌던 아리사카의 언니나, 현재진행형으로 신세를 지는 칸자키 선생님을 위해 의리를 세운 것도 이해해. 나도 어차피 매일 볼 담임이라면 칸자키 선생님 같은 미인이 좋고."

"그런 부분은 변하질 않는구나."

"사실이잖아. 인간은 다들 대체할 수 있지. 운동선수가 다치면 다른 선수가 시합에 나가. 학년이 올라가기만 해도 친구가 바뀌어. 담임도 그래. 졸업하면? 물론 만나는 녀석은 한정적이지. 연인 같은 건 더 잔인하다? 섹스까지 했어도 헤어질 때는 헤어지는 거야. 절대적인 온리 원은 거의 없어."

나나무라의 단언에 반론하고 싶었지만, 그게 현실이라는 것 정도는 나도 안다.

"그 누님은, 아리사카의 분노가 향하는 방향을 네가 아닌 다른 사람으로 바꿔준 거야. 가짜 남자친구 건이 흐지부지되고 너를 둘러싼 싸움이 되었잖아. 하세쿠라는 완전히 이용당한 셈이니까 안쓰럽긴 한데."

"하지만 그건 아무런 해결도 안 되잖아. 게다가 아사키의 심정도……."

"세나. 누군가를 선택한다는 건 다른 누군가를 선택하지 않는 거야."

나나무라는 내 눈을 보고 말했다.

"네게 제일 소중한 사람은 누구지? 그것만은 틀리지 마.

찬 상대를 계속 염려하는 건 친절함이 아니라 그냥 개인적인 감회야. 너는 이제, 아무것도 해줄 수 없어. 우선순위가 일일이 바뀌어선 그야말로 중요한 상대를 잃어버릴걸."

나나무라는 진지한 어조로 못을 박았다.

"알아. 내게 첫 번째는 요루카야. 그건 절대 변하지 않아."

내 대답에 나나무라는 만족한 듯 활짝 웃고는 내 차슈를 한입에 먹어 치웠다.

"뭐, 세나가 아리사카를 얼마나 좋아하는지는 의심하지 않아. 오히려 그렇다는 자각이 있으면서 다른 녀석들까지 염려하니까 성가시단 말이지."

"미안하다, 호구라서."

"세나는 평범한 사람인 주제에 이상은 높다고. 그러니까 괜히 더 고생을 늘리는 거야."

"알고 있지만……."

"작년에 도움을 받은 내가 할 말이냐 싶지만, 이리저리 치이다가 짓눌리진 마. 아리사카가 울 거야."

"아니야, 나나무라. 제일 심하게 치이는 건 요루카니까. 아리아 씨까지 나오는 바람에 여느 때처럼 되지 않아. 이래저래 복잡할 거야."

전원과 타인인 나는 인간관계가 망가지면 헤어질 수밖에 없다. 아니, 헤어질 수 있다.

하지만 이번엔 요루카만은 다르다.

최악의 경우, 불화나 불만을 느끼면서도 아리아 씨와는

가족으로 지내야만 한다.

"거기까지 알고 있으면서 너는 진짜."

"그러게. 요루카가 나에게 정이 떨어지진 않을지 조마조마해."

"……아직 그런 잠꼬대를 할 수 있는 거야?"

믿어지지 않는다는 얼굴로 나를 보는 나나무라.

"아니, 실컷 놀려먹은 내 잘못이기도 한가. 미안. 딱히 이제 너희를 수준 차이 나는 커플이라고 생각하는 녀석은 우리 반엔 없어. 교실에서 아리사카의 모습을 보면 진심이라는 것쯤은 다들 아니까. 세나는 아리사카의 덤이 아니라 —— 아리사카가 세나의 여자친구라고."

"나나무라, 너 좋은 녀석이구나."

"나는 늘 의지할 수 있는 남자 넘버 원이잖냐."

친구의 든든한 말은 내 나약해진 마음을 날려주었다.

"여기서부터는 서비스. 세나, 네 최대의 무기를 특별히 가르쳐줄게. 소위 비장의 수단이야."

"그런 게 나에게도 있어?"

"있어."

"뭔데?"

"너만이 아리사카의 진심을 끌어낼 수 있다는 것."

나는 우정의 감사함을 곱씹었다.

나나무라와 라멘을 먹은 뒤에 집에 돌아온 나를 기다리고 있었던 건 동생의 천진난만한 환영이었다.

"키스미, 어서 와!"

"다녀왔어."

"시험 기간이 코앞인데 늦었네. 요루카랑 데이트?"

"……에이는 언제부터 내 행동을 확인하게 된 거니."

"엄마가, 키스미가 농땡이 치지 않는지 보라고 그랬어."

엄마가 배후였나. 신용이 없잖아. 중간고사에서 순위를 올려놨으니까 조금은 관대하게 봐줄 수 있을 텐데.

"에이. 엄마에게는 제대로 공부하고 있다고 보고해줘."

"알았어."

초등학교 4학년치고 외모는 성숙하지만, 알맹이는 어린이인 동생이다. 쉽군.

나는 바로 내 방으로 가지 않고, 1층 거실의 소파에 누웠다.

솔직히 가짜 남자친구며 학생 식당에서의 사건으로 지쳤다. 라멘으로 배도 부르니 시험공부에 임할 기력이 조금도 솟지 않았다.

소파에 축 늘어져 있는 내 옆에서 에이는 자신의 스마트폰을 열심히 만지고 있었다.

"키스미, 공부 안 해도 돼?"

"오빠라고 불러. 그리고 지금은 휴식 중. 에이야말로 뭐 하는데?"

"친구랑 라인."

"그렇구나."

곁눈질로 살피자 에이의 손가락이 움직이는 속도는 나보다 훨씬 빨랐다. 상대방도 상당히 빠른 건지 알림 소리가 또롱또롱 끊임없이 울렸다. 요즘 초등학생은 대단하구나.

그나저나 소리가 시끄러운데.

"에이. 시끄러우니까 하다못해 매너 모드로 해줘."

"키스미가 방에 가면 되잖아."

"지금은 침대보다 소파에 누워있을 거야."

"에이도 지금부터 TV 볼 거야."

대화하면서도 알림 소리는 계속 울렸다.

어쩔 수 없다며 몸을 일으킨 나는 내 방으로 가려고 했다.

"아, 잠깐. 키스미!"

"엉. 내가 이동하마."

"──요루카랑 무슨 일 있었어?"

흠칫 놀라 바로 에이 쪽을 돌아보았다.

어떻게 된 거냐, 동생아. 오늘은 유독 날카롭지 않니. 뉴타입으로 각성이라도 한 거냐.

"갑자기 뭐야?"

"아무튼, 말해줘!"

"싸움이라고 해야 하나, 좀 문제가 생겨서 복잡한 상태야."

나는 초등학생에게 상담해봤자 별 소용 없다고 알면서도 말해버렸다.

"그럼 안 돼. 빨리 화해해야지. 또 봄방학 때처럼 그러는 건 싫어."

"그때 그렇게 심각했어?"

"키스미, 아주, 아아주, 아아아아아주 이상했어."

세 번이나 반복해서 강조했다.

에이가 이렇게 말할 정도라면 봄방학 대의 나는 상당히 엉망이었던 모양이다.

"그렇게 되지 않도록 노력할게."

"응, 힘내!"

나는 에이의 머리에 툭 손을 올렸다.

"그런데 왜 나와 요루카에게 무슨 일이 있었다고 생각한 거야?"

"으으음, 감!"

에이의 스마트폰에서 또 알림 소리가 울렸다.

"세나회, 여름방학을 앞두고 공중분해의 위기로군."

그게 내 솔직한 감상이었다.

기말고사를 앞둔 분주한 분위기도 더해져, 교실에서의 우리는 어영부영 대화가 줄어들었다.

나나무라나 미야치와는 가볍게 잡담을 나누지만, 가짜 남자친구 건이 화제로 오른 적은 없다.

아사키는 그 후로 학급 임원으로서 사무적인 연락 외에는 잡담조차 없어졌다. 나와 눈이 마주치면 피해버리고, 용건이 끝나면 바로 떠난다. 명백하게 학생 식당에서 한 커밍아웃의 영향이었다.

교단에 선 칸자키 선생님도 표면상으로는 아무 일도 없었다는 듯 행동했다. 하지만 가짜 남자친구 건을 아는 일부 학생들의 시선을 받고는 탁월한 철면피도 때때로 흔들렸다.

그리고 중요한 요루카.

점심시간은 여느 때처럼 미술 준비실에서 단둘이 점심을 먹는다.

"언니와 대화하려고 했는데 언니가 슬쩍 피해버렸어."

"그, 그래?"

"키스미도 뭐 들은 거 없어? 연락처도 교환했잖아."

"딱히. 내 쪽에선 한 번도 보낸 적이 없고, 연락도 안 왔어."

요루카에게 말한 대로 나는 아리아 씨와의 거리감을 신경 쓰고 있었다.

"……왜 그렇게 서먹서먹한 거야?"

"아니, 왠지 모르게 찜찜해서."

요루카는 맥이 풀린 정도로 평범하게 대화에 응해주었다.

"서먹해질 정도라면 가짜 남자친구 같은 건 받아들이지 말라고."

"죄송합니다. ……저기, 요루카. 화 안 났어?"

나는 요루카가 너무 평소 같은 태도라서 그만 물어보고 말았다.

"그건 누구에 대한 걸 가리키는 거야? 내 언니? 그 학급 임원? 아니면 담임?"

와……. 어느 걸 선택해도 오답이 될 것 같은 초고난이도 문제다.

"어어, 나 자신의 행동."

"내 연인이 오지랖이 넓고 곤경에 처한 사람을 지나치지 못하는 성격인 건 이미 알아. 그게 싫었다면 처음부터 사귀지 않았어."

요루카는 기가 막혀 했다.

내 연인의 관대한 마음에 더없이 감사했다. 동시에 이런 생각도 들었다.

"내 연인이 이렇게 성녀일 리가 없어!"

"의심병 걸렸냐고!"

요루카가 드디어 화를 냈다.

"아, 요루카다운 반응이다."

"왜 화를 내는 걸 기뻐하는 건데. 정서 불안정에도 정도가 있지."

"요루카가 친절하니까."

"이제 어리광 받아주지 말까……."

"거짓말입니다, 죄송합니다. 사랑하니까 용서해주세요."

"언니가 그렇게 의지하고 있다는 게 마음에 안 들거든요."

"요루카는 얼마나 아리아 씨를 좋아하는 거야?! 신이야?! 처돌이를 넘어서 광신도잖아!"

나와 요루카 사이에 문제의식의 차이가 어마어마하다.

"나도 언니가 왜 키스미만 의지하는 이유를 모르겠어."

"그렇지? 나는 그냥 공부를 배운 것뿐인데."

"……옛날의 언니에게 이상한 짓을 하진 않았지?"

"할 리도 없고, 가능하지도 않아. 뭐든 다 요루카가 처음이야. 새삼 이런 말 시키지 마."

내가 말해놓고 민망해지는 바람에 나는 요루카에게서 시선을 피했다.

시선 끝에 있는 테이블 위 석고상은 오늘도 하얀 나신으로 꼼짝도 하지 않고 입도 벙긋하지 않는다. 단순한 물체라면 주눅 들지 않고 쳐다볼 수 있는데, 살아있는 여성을 대하는 건 늘 어렵다.

경험치가 적기 때문에 매번 고민하고 휘둘리는 것이다.

나는 최대한 꾸며내지 않고, 요루카에게 솔직하게 대답했다.

그런데 요루카는 불현듯 입을 다물었다.

"⋯⋯⋯⋯⋯⋯⋯그, 그래."

시선을 돌리자 요루카는 쑥스러워하고 있었다. 아닌 척 기뻐하는 것처럼 보이기까지 했다.

집에 초대했을 때와 마찬가지로 손은 꼼지락꼼지락 머리카락 끝을 만지작거렸다.

세상에는 풍부한 경험이 강점이 되는 일도 많지만, 그게 전부라고는 할 수 없다.

그런 그녀의 사소한 행동에 나는 쉽게 구원을 받는다. 자신감을 얻는다.

말로 하는 건 중요하다.

하지만 말이 아닌 것으로 긍정해주는 일도 있다.

요루카는 무척 아름답고 우수하지만, 평범한 나를 의심의 여지 없이 사랑해주고 있다.

내가 좋아하는 여자아이는 특별하지 않은 나와 함께 있길 원해서 옆에 있어 준다.

"요루카에게 나는 지금의 나로도 괜찮은 거구나."

"? 그야 그렇지."

눈과 눈이 마주쳤다.

침묵이라 부르기에는 너무나도 짧은 시간. 그 찰나에도 서로에게서 눈을 떼지 못한다. 그 입술이 바로 앞에 있다.

나는 살며시 그녀에게 얼굴을 가져가려 했다.

"───, 안 돼! 아직 식사 중이니까!"

요루카가 밀치는 바람에 나는 바닥에 나동그라지고 말았다.

"앗, 미안해! 괜찮아?"

요루카는 바로 나를 일으켜주었다.

이런 아픔은 별것 아니다.

오히려 요루카가 언니를 과하게 동경하는 것이 묘하게 마음에 걸렸다.

◇ ◇ ◇

아무래도 점심시간의 키스 미수를 지나치게 의식해버린 요루카로 인해 오늘의 방과 후에는 모이지 않았다. 이대로 집에 돌아가도 나태해져 버릴 것 같았기 때문에 하교 시각까지 도서실에서 시험공부를 하고 돌아왔다.

오랜만에 혼자서 하교하고 있을 때 아리아 씨에게서 전화가 왔다.

『아, 여보세요. 스미? 지금 어디야?』

"학교에서 집으로 돌아가는 중이에요."

『마침 잘됐네. 지금부터 회의하자! 곧 나도 역 앞에 도착하니까, 스미도 와. 합류하자.』

"네? 지금부터요?"

『누나가 맛있는 저녁을 먹여줄 테니까. 도착하면 전화해.』

일방적으로 용건을 마친 뒤 전화가 끊어졌다.

타이밍 좋게 배에서 꼬르륵 소리가 났다.

"뭐, 사 준다고 하니까."

어차피 오늘은 금요일이다. 뭐라 잔소리를 듣지도 않겠
지. 오늘은 부모님도 집에 있으니 에이의 저녁을 걱정할
필요도 없다. 엄마에게 친구와 시험공부를 하는 김에 저녁
을 먹고 오겠다고 연락을 넣고, 그대로 역으로 향했다.

"혹시 모르니까 요루카에게도 전해둬야지."

키스미 : 아리아 씨에게서 가짜 남자친구 건으로 호출을 받았어.
끝나면 또 보고할게.

역이 보이기 시작했을 무렵 요루카에게서 답장이 왔다.

요루카 : 알았어. 연락 고마워.
언니와의 거리감은 조심해.
키스미에게 가까이 붙어도 되는 건 나뿐이니까.
이건 연인으로서 하는 질투야.

시스터 콤플렉스 동생으로서의 마음만이 아니라, 연인으
로서 순수하게 이성과의 거리감을 조심하라고 당부받았다.

나는 이런 요루카의 우회적인 호감 표현법도 귀여워서
견딜 수 없었다.

역의 로터리를 둘러보았지만, 아리아 씨로 보이는 사람

은 찾을 수 없었다.

아리아 씨에게 전화를 걸자 '그대로 똑바로 걸어. 앞에 있는 택시에 내가 타고 있어'라는 지시가 돌아왔다.

로터리에 정차해 있던 택시의 문이 열리고 아리아 씨가 얼굴을 내밀었다.

"아, 교복 입고 있네?"

"학교에서 직행했으니까요."

"요루랑 학교에서 놀고 왔어?"

"혼자 시험공부 했는데요."

"장하네. 제대로 시험공부를 하다니. 나는 거의 한 적이 없었는데."

"그건 머리 좋은 사람만 가능한 특권이고요."

"뭐, 됐어. 타."

시키는 대로 택시의 뒷좌석에 탔다.

"대학생은 이렇게 툭하면 택시를 타는 건가요?"

내가 안전벨트를 매자 택시는 역에서 조용히 출발했다.

"굽이 높은 구두를 신으면 걷기 힘들거든. 여자를 에스코트할 때는 발도 잘 체크해야 해."

"오늘도 꾸미셨네요."

"그야 스미를 만나기 위해 제대로 멋을 냈으니까."

"감사합니다. 하지만 저한테는 그냥 편하게 입고 오셔도 돼요."

솔직히 학원 강사 시절의 기합이 일절 들어가지 않은 복장이 나도 더 마음이 편하다.

"——친절하네. 그 마음만 받아둘게. 옛날과는 다르게 남들 앞에서 발표할 기회도 늘어나다 보니, 제대로 차려입으라고 주위에서 혼내거든. 최근엔 외출할 때 정도는 제대로 입도록 하고 있어. 오늘은 엄청 중요한 회의가 있었고."

"정말로 바쁘신 모양이네요. 요루카가 외로워해요."

"지금은 네가 있잖아."

"아리아 씨는 동생에게 연인이 생긴 걸 어떻게 생각하세요?"

"놀라움과 축복, 거기에 살의를 약간."

"흉흉한 속마음이네요."

"귀여운 동생이 좋아하는 사람과 맺어진 것은 솔직하게 축하해주고 싶지. 섬세하고 인간관계에 서툰 요루가 마음을 열 수 있는 상대를 만나서 다행이라고. 동시에 상처입히면 가만두지 않겠다고도 생각해."

"아리아 씨, 표정이 무서워요."

"다만, 상대가 스미라는 걸 알았을 때는 솔직히 납득도 갔고 안심도 했어."

"남쪽 섬에서 도촬 사진을 보냈을 때 말이에요?"

"그래. 세나 키스미라는 반가운 이름을 보고 얘라면 성실하니까 안심할 수 있겠네 했지."

"저는 공부를 배운 것뿐이잖아요. 아리아 씨에게 과대평가를 받을 만한 일이 있었던가요?"

아리아 씨는 잠시 생각하다가 이렇게 대답했다.

"——너는 뭐라고 해야 하나, 상대방을 솔직하게 만드는 구석이 있어."

"제가 너무 평범해서 얕보이기 쉽다는 뜻인가요?"

"조금 더 긍정적으로, 의지하기 편하다거나 기대기 쉽다는 식으로 받아들이렴. 모처럼 칭찬해준 거니까."

"그 탓에 가짜 남자친구 같은 걸 하게 되었는데요."

"아하하, 그건 그래."

참나, 제멋대로인 사람이다.

택시는 어느새 주택가 쪽으로 향하고 있었다.

"그보다 지난번에는 잘도 저지르셨던데요. 덕분에 세나회가 붕괴 직전이에요."

나나무라에게서 다른 각도의 의견을 듣긴 했지만, 나는 어떻게든 한마디를 해두고 싶었다.

"귀여운 동생의 연인을 옆에서 노리는 방해꾼을 발견했는걸. 걱정이 될 만도 하지 않겠니."

"굳이 다른 애들 앞에서 폭로할 건 없잖아요. 아무리 그래도…….."

"본심을 죽이고 다들 친하게 지내자는 태도가 조금 마음에 들지 않았어."

"보통은 간파하지 못하고, 숨기는 걸 파헤치는 게 더 악랄하지 않아요?"

그 뛰어난 통찰력은 상대방을 훌훌 벗겨버린다.

사소한 힌트를 놓치지 않고, 정확하게 전체상을 짜 맞춰서 발언하기 때문에 아리아 씨의 말은 그 영향력이 강할 수밖에 없다.

　설령 아리아 씨가 나를 옹호하기 위해서 한 행동이었다고 해도, 아사키의 입장을 생각하면 속이 답답했다.

　"그건 스미에게 불리해지기 때문에?"

　아리아 씨는 흥미진진한 눈동자로 이쪽을 보았다.

　"그렇죠. 그 애는 학급 임원 파트너거든요. 아사키와 사이가 어색해지면 바쁘기로 유명한 체육제나 문화제를 잘 처리할 자신이 없어요. 누구 씨가 학교 행사를 화려하게 만들어놓는 바람에 부담이 크다고요!"

　"치사하게 도망가네."

　"치사한 건 그쪽이죠. 이 이상 귀찮은 일이 늘어나서 요루카와 보내는 시간이 줄어드는 건 저도 싫다고요."

　사실은 올해야말로 학급 임원을 할 마음이 없었다.

　그걸 받아들이게 된 건 오로지 칸자키 선생님의 부탁이었기 때문이다.

　"후후, 같은 반에서 연애한다는 건 성가시구나."

　"그걸 알면서 휘저어놓은 건 어디의 외부인이었죠?"

　"스미, 화났다아."

　어린아이가 떼를 쓰듯이 내 교복 넥타이를 억지로 붙잡는 아리아 씨.

　"잠깐, 너무 조여요! 안 된다고요!"

"——나는 네가 생각하는 것만큼 어른이 아니라고."

억지로 넥타이를 잡아당겨 끌려간 곳에 있는 아리아 씨의 얼굴. 나는 도망치지 않고 그녀의 눈동자 속을 들여다보았다.

"어, 잠깐. 그렇게 열렬하게 쳐다보지 마."

아리아 씨가 넥타이를 놓았다.

"아리아 씨. 질문에 대답해주실 수 있어요?"

"에이, 엉큼한 질문은 NG야."

"제가 알고 싶은 건 요루카와 아리아 씨의 과거에 대해서예요."

나는 아리아 씨의 장난을 무시하고 말을 이어갔다.

"역시 엉큼한 이야기잖아."

"어디가요?"

"여자의 과거를 뒤지는 건 여자의 내면에 관심이 있기 때문이잖아?"

아리아 씨는 의미심장하게 웃었다.

"뭐, 처형이 될지도 모르는 사람이니까 장래의 가족으로서 파악해두고 싶은 마음은 있는데요."

"후후, 고등학생 주제에 결혼까지 생각했어? 조숙하긴."

"저는 진심입니다."

"내가 허락할 리 없잖아."

"아리아 씨에게 그 정도의 권한은 없잖아요?"

"그래도 스미에게는 안 줘."

나는 조금 더 아리사카 자매의 과거에 파고들었다.

"그렇게 과보호를 한다면 요루카와 마주 봐주세요. 자기 좋을 대로만 귀여워하는 게 아니라, 제대로 요루카의 심정을 들어주세요."

며칠 전 아리아 씨가 학교에 나타나 나를 데려갈 때, 요루카는 언니의 말에 거역하지 못했다.

동시에 아리아 씨도 일부러 요루카의 말을 듣지 않으려고 하는 것처럼 보이기도 했다.

요루카에게 미치는 과도한 영향력을 알기 때문에 일부러 커뮤니케이션을 최소한으로 억누르고 있는 것처럼 느껴졌다.

"알고는 있는데. 요루는 고지식하고 너무 순진해서, 내 말을 지나치게 잘 듣는단 말이지."

아리아 씨는 시선을 창밖으로 피했다.

"요루카도 이제 고등학생이에요. 섬세할지도 모르지만, 스스로 생각하고 판단할 수 있어요."

아리아 씨가 생각하는 것만큼 요루카는 이제 어린아이가 아니다.

"있잖아, 스미. 요루는 왜 대인관계를 기피하게 되었다고 생각해?"

"일부러 질문한다는 건, 아리아 씨는 원인으로 짐작 가는 게 있는 거군요."

"헤에, 제대로 행간을 읽어내네."

"저에게 출제자의 의도를 읽으라고 가르친 사람은 아리아 씨예요."

"그래서, 네 대답은?"

요루카의 집에서 중학 시절의 이야기를 들었을 때는 어디까지나 요루카 시점.

본인은 그저 언니라는 목표를 좇는 걸 결과적으로 그만두었기 때문에 정신적인 미아가 되었다. 언니를 따라 하는 것 말고는 어떻게 해야 할지 알 수 없어서 주위의 시선을 한층 스트레스로 느끼는 것 같았다.

"주변에서 생각하는 아리사카 요루카의 이미지와 요루카가 스스로를 인식하는 모습과의 차이인가요?"

요루카의 목표는 어디까지나 언니인 아리아 씨처럼 되는 것.

설령 자매라고 해도 다른 사람이니, 아무리 요루카가 우수해도 완벽하게 똑같아지는 건 불가능하다.

"대단해, 꽤 근접하잖아. 역시 스미야."

"정답을 가르쳐주세요."

"──다들 요루에게서 내 모습을 너무 찾기 때문이야."

택시라는 밀실에서, 아리아 씨는 참회하듯이 말을 흘려냈다.

"지난번 교무실에 갔을 때처럼, 이요?"

졸업생인 아리아 씨를 에워싼 교사들은 추억을 이야기하며, 지금 다니는 동생을 끌어왔다. 그리고 언니와는 다르다며 하나하나 비교했다.

아리아 씨는 입꼬리를 끌어당기며 '네가 그렇게 기억력이 좋으니까 에이세이 합격한 거겠지' 하고 만족스러워했다.

지극히 자연스럽게 손을 뻗어 내 머리를 가볍게 쓰다듬었다.

"그래. 내 입으로 말하는 것도 좀 그렇지만 나는 아주 우수하거든. 내 맘대로 하면서 남들보다 뛰어난 결과를 내놓을 수 있지. 칭찬을 받으면 기쁘고, 새로운 도전은 자극적이라 그만둘 수 없어. 나는 즐겁고, 주위에서도 재미있어 하니까 매번 결과적으로는 해피엔딩이야. 나는 매일 즐겁게 살았어."

타고난 카리스마성으로 넘쳐나는 아리사카 아리아는 자신이 떠받들어지는 걸 좋아하고, 남이 그녀를 구실로 떠드는 것도 긍정한다.

──즉, 본인의 자질과 평가가 일치했다.

"나는 남이 기대하는 모습을 내가 원하니까 딱히 상관없어. 즐겁거든. 하지만 그걸 동생에게까지 요구하는 건 무책임하고 잔인한 짓이야."

아리아 씨는 냉소했다.

얼핏 보이는 하얀 이는 짐승의 송곳니처럼 보였다.

"나와 요루카는 4살 차이. 초등학교는 중간까지 같이 다녔지만, 졸업한 뒤의 일은 몰라. 중학교도 같은 곳에 갔지만 3년 과정이니까 엇갈렸지. 그래서 내가 졸업한 뒤의 영

향 같은 전 조금도 신경 쓰지 않았어. 그런 상황에서 요루가 어떤 식으로 보냈는지도. 그래서 요루는 에이세이가 아니라 다른 고등학교에 진학했으면 했지. 내 흔적이 없는 장소라면 더 자유롭게 자랄 수 있을지도 모른다고."

아리아 씨의 걱정은 타당하다. 에이세이에는 아리아 씨의 전설이 많이 남아있다.

"다만, 요루카의 성격상 어렵지 않을까요. 오히려 에이세이라면 칸자키 선생님이 있고, 지금은 저도 있으니까요."

"나도 지금은 그렇게 생각해."

그 한마디에서 언니의 답답함이 전해졌다.

"옛날부터 지난번 같은 가벼운 농담조로 졸업한 위대한 언니와 비교를 당했군요. 같은 것을 기대받은 어린 요루카는 무의식중에 부응하기 위해 너무 노력했고."

"그래. 초등학교 고학년 때부터 중학교에 다니던 도중까지 요루는 적극적으로 리더십을 발휘하려고 했어. 나처럼 되려고. 기특하지."

"썩 와닿지는 않지만, 상상은 가요."

"평범한 아이라면 바로 포기하거나, 적당한 시점에서 불가능하다는 걸 깨달을 테지만. 그 아이는 똑똑하니까 따라 할 수 있었단 말이지."

나는 아리아 씨가 품은 고뇌의 일면을 엿보았다.

가족이 학교생활을 모두 파악하는 건 불가능하다.

요루카가 했던 일은 동생이 언니를 따라 한다는 훈훈한

에피소드가 아니다.

재현할 수 없는 존재인 아리사카 아리아에, 동생이 요루카만은 근접해버린다.

다른 사람은 그런 요루카에게 아리사카 아리아의 재래를 멋대로 기대한다.

하지만 아무리 발버둥 쳐도 진짜 아리아 씨에게는 미치지 못한다.

"요루의 성격으로는 괴롭기만 할 뿐인데, 그 아이는 필사적으로 주변의 무책임한 기대에도 부응하려고 했어. 그렇게 나 같은 사람이 되지 못하는 자신을 점점 책망하게 되었지. 늘 집에서 대화하면 진지하게 조언을 청하는 거야. 언니 가르쳐줘, 어떻게 해야 해? 라면서."

"그래서 바쁘다는 이유로 요루카의 상담을 피하게 된 거군요."

"노력하는 건 존중하고 싶지만 동생이 나와 비교하는 바람에 상처받는 걸 그만두지 못하니까. 모든 사람이 내 말은 들어주는데, 가장 중요한 요루만이 들어주질 않는 거야."

"그래서 칸자키 선생님에게 상담한 거군요."

드디어 과거와 현재의 연결고리가 뚜렷하게 보이기 시작했다.

존경하는 언니를 모범으로 삼아 필사적으로 따라 하다가 마모되어 가던 요루카.

그런 한결같고 노력가인 동생을 지켜볼 수밖에 없어서

고민하던 아리아 씨.

아리사카 자매는 서로를 무척 좋아한다.

두 사람은 근본적으로는 변함없이 친한 사이지만, 지금도 마음속 어딘가에서는 거리를 제대로 잡지 못하고 있다는 느낌이 들었다.

"시즈루는 진지하게 내 이야기를 들어주었어. 조언도 많이 해주고, 내 마음은 한결 편해졌지. 하지만 요루를 돕는 건 실패했어."

언니를 너무 동경한 동생과 그런 순수한 동생만큼은 제대로 이끌지 못했던 언니.

"'실망하면 다른 방향을 모색한다'."

"……시즈루, 역시 스미에게는 말했구나."

"우연히 가르쳐주신 것뿐이에요. 구체적으로는 어떻게 하셨는데요?"

"으음, 온갖 설득은 통하지 않았는데 어쩌다 한 말이 효과가 있었다는 느낌?"

"그거, 고등학교에서 남자친구가 생겼다는 거예요?"

"뭐, 시즈루를 남자 선생님이라고 하고서 남자친구라고 설명한 것뿐이었는데."

참으로 선뜻, 터무니없는 사실을 털어놓았다.

"…………네? 지금 뭐라고요?"

"그러니까 시즈루와 학교에서 있었던 일을, 요루에게는 남자 선생님과 있었던 이야기라고 말해봤어. 그렇게 화내는 요루는 처음이었지."

"혹시나 해서 하는 말인데요, 요루카는 에이세이에 입학할 때까지 칸자키 선생님이 여성이라는 걸 몰랐던 거 아니에요?"

어쩐지 이 사람의 성격이라면 말하지 않았을 것 같았다.

"스미, 어떻게 알았어?"

"진짜 너무한 사람이네! 좋아하는 언니에게 손을 댄 남자 교사라고 착각하게 만들었다면 요루카가 칸자키 선생님을 천적으로 대할 만도 하지!"

옛날부터 발상이 너무 엉뚱하다.

담임교사의 성별을 바꿔서, 심지어 사귄다는 설정으로 동생에게 설명했다? 온 세상의 보호자가 기절할 법한 미친 소리에 속할 것이다.

"그럴 나이잖아. 언제 남자친구가 생겨도 이상하지 않고."

"성별을 사기 쳤지만!"

요루카도 진심으로 충격이었겠지.

최애인 언니의 첫 스캔들에, 열혈팬 동생은 막대한 정신적 대미지를 받았을 터이다.

칸자키 선생님이 여자라는 걸 안다고 해도 당시 요루카의 원한이 사라질 리도 없다.

"나를 따라 하는 건 그만뒀지만, 반동으로 이번에는 다른 사람을 모조리 멀리하게 되어버렸어."

"인간불신이 콱 박힐 만도 하죠."

"요루도 참 극단적이야."

"과격하기 짝이 없는 언니의 입에서 그딴 말이 나옵니까?"

"스미, 아까부터 말에 가시가 돋쳤는데. 좀 더 부드럽게 해줘."

"웃기지 마. 설령 과거라고 해도 남의 연인의 정신을 휘둘러놓고! 반성 좀 해!"

이리하여 천진난만한 언니에 의해 내가 잘 아는 인간불신 아리사카 요루카가 되었다.

"그렇게까지 해야만 했을 만큼 옛날의 요루는 내 환영에 사로잡혀 있었다고. 나도 동생을 속이고 싶진 않았어……."

아리아 씨의 옆얼굴에는 지금도 쓸쓸함이 묻어났다.

늘 밝고 장난치듯이 행동하지만, 불현듯 보이는 진지하게 고민하는 일면은 요루카를 무척 닮았다.

"──나도 평범한 언니라면 좀 더 편했을까."

"동생의 연인에게 담임의 가짜 남자친구를 부탁하는 사람에게는 무리가 아닐까요."

나는 성의 없이 흘려넘겼다.

"스미, 나 싫어해?"

"싫다고 대답하면 택시에서 내리라고 할 거예요?"

아리아 씨는 어리둥절한 얼굴이 되었다.

"달리는 차에서 뛰어내리면 죽어."

"안 뛰어내려!"

하다못해 정차해달라고. 그런 할리우드 영화 같은 장면

은 너무 위험하잖아.

"이제 와서 그런 말 하지 말고, 끝까지 끌고 갈 거야."

"돕겠다고 한 이상 한 입으로 두말하진 않아요."

"그래, 그래. 만약 전부 실패해도 나만은 스미의 아군이 되어줄 테니까."

"성은이 망극합니다."

택시가 멈춘 곳은 주택지의 한 곳에 있는 맨션 앞이었다.

"어라? 레스토랑 같은 가게가 아니네요?"

"더 맛있으니까 안심해."

엘리베이터를 타고 위로 올라가 어떤 집 앞으로 향했다.

"야호. 작전 회의하러 왔어. **전남친님.**"

"──왜 세나 학생도 있는 겁니까?!"

문을 열고 나온 사람은 앞치마를 걸친 칸자키 선생님이 었다.

"저기, 담임선생님의 자택에 실례해도 되는 건가요?"

"아리아가 막무가내인 건 하루 이틀 일이 아니지만, 이번에는 제 문제이니 어쩔 수 없죠. 단, 다른 사람에게는 비밀로 부탁드립니다."

칸자키 선생님도 마지못한 기색으로 나를 안으로 들여보내 주었다.

내가 교복을 입은 채로 와 버린 탓도 있어서 선생님도 상당히 갈등하는 게 전해졌다.

학교에서의 딱딱한 인상이 강한 칸자키 선생님이지만, 파스텔톤의 낙낙한 실내복을 입고 맨발에다 화장도 지우고 있으니 무척 부드러운 분위기가 되었다. 긴 머리카락은 아래쪽에서 묶어 옆으로 흘렀다.

"여보세요, 스미. 선생님의 탈을 벗은 시즈루를 보고 넋을 놓는 기분은 이해하지만 멈춰 서 있지는 마. 안에 들어가지 못하잖아. 빨리 신발도 벗어."

"아, 알고 있거든요."

"이미 작전 회의는 시작되었어. 잘 부탁한다고."

아리아 씨는 나를 두고 유유히 안쪽으로 걸어갔다.

"실례, 합니다."

"……들어오세요."

내 긴장이 전염된 건지 칸자키 선생님도 어딘가 **뻣뻣했다**.

연상의 아름다운 여성, 심지어 담임교사의 자택에 방문한다는 사태에 남자 고등학생이 당황하지 않을 리가 없다.

현관에서 안쪽이 보이지 않도록 문으로 구역을 딱 나눠두었다.

그곳을 열자 아리아 씨는 당연하다는 듯 옷을 벗기 시작했다.

"잠깐, 왜 그러는 거예요?"

"아, 그만 습관으로. 금방 갈아입을 테니까 신경 쓰이면 저쪽 보고 있어."

칸자키 선생님의 거실에서 난데없이 옷을 갈아입는 아리아 씨. 변함없는 마이페이스다.

"아리아! 지금 당장 침실로 가세요!"

"뭐 어때. 딱히 보여줘도 되는 사람에게만 보여주는걸."

"일단 저도 있는데요."

"스미는 지난번에 봤으니까 이제와서 뭘."

아리아 씨가 냉큼 폭로하고 말았다.

"세나 학생?!"

"단순한 사고예요!"

나는 여차저차 아리사카가에 방문했을 때 일어난 일을 칸자키 선생님에게 설명했다.

"그런 것 치고는 아리아의 태도도 너무 무른 것 아닌가요."

"동생의 남자친구다 보니 남자로 계산하지 않는 것뿐입니다!"

나는 강하게 밀어붙였다.

그러는 사이에 옷을 갈아입은 아리아 씨가 침실에서 돌아왔다.

반들반들 광택이 나는 재질의 여름용 실내복. 위에 입은 캐미솔은 어깨와 등의 노출이 묘하게 많고, 아래쪽의 쇼트 팬츠도 품이 넉넉했다.

둘 다 늘 이런 식으로, 자기 취향에 맞는 옷으로 갈아입고 모여서 놀곤 했던 거겠지.

"시즈루, 배고파. 아, 맥주 한 캔 마실게."

완전히 자기 집 모드인 아리아 씨는 냉장고에서 꺼낸 캔 맥주로 순식간에 술자리를 만들기 시작했다.

여보세요. 작전 회의는 어쩌고?

"……선생님. 뭐 도와드릴 일이 있을까요?"

"그럼 젓가락이나 식기를 테이블에 날라주세요."

할 일이 없는 나는 여느 때와 같이 칸자키 선생님의 지시에 따랐다.

칸자키 선생님의 집은 그 고지식한 성격대로 깔끔하게 정리정돈된 공간이었다. 색의 가짓수를 줄인 필요최저한의 가구에는 통일감이 느껴지고, 물건을 어디에 두는지도 전부 정해놨을 것 같았다. 업무용 책상과 의자, 서류와 책이 꽂힌 책꽂이. 큼직한 이파리가 우거진 관엽식물. 편히 쉬기 위한 큼직한 소파에 로우 테이블, 반대쪽에는 벽걸이 TV가 걸려있다.

하지만 방구석에 난잡하게 쌓여있는 맞선 사진 다발만이 칸자키 선생님의 정신 상태를 여실하게 드러내고 있었다. 버리지 못하고 남겨두고 있는 점이 선생님다웠다.

"네, 그럼 건배!"

아리아 씨의 선창에 맞춰 잔을 들어 올렸다.

어른 두 사람은 술, 나는 미성년자답게 콜라를 마셨다.

"자, 시즈루가 만든 요리에 감동하렴!"

"왜 아리아 씨가 자랑하는 건데요?"

벌써 캔맥주 하나를 다 비우고 이미 흥이 올라있는 아리아 씨.

아리아 씨는 작전 회의라고 칭했지만, 이건 완전히 자택 술파티 아닌가.

테이블 위에 떡하니 올라온 메뉴는 전골 요리였다.

"왜 여름에 전골이에요?"

"아리아의 리퀘스트로 김치찌개 전골입니다."

보글보글 끓는 붉은 냄비. 채소와 버섯과 돼지고기, 해산물 등의 건더기가 가득 들어가 보기만 해도 식욕을 자극했다. 다만.

"죽도록 매워 보이는데요."

"더울 때는 매운 걸 먹는 거야. 이게 제맛이지."

아리아 씨는 굳이 실내의 냉방을 끄고 손수 세 사람의

접시에 나눠 담았다.

한 입 먹자 야채와 고기의 단맛과 국물의 매운맛이 절묘한 하모니를 이루며 퍼져나갔다. 식욕을 자극하는 향신료의 매운맛이 층층이 쌓여서 압도적으로 맛있다.

게다가 칸자키 선생님은 나에게 쌀밥을 퍼 담은 밥그릇을 건네주었다.

나는 찌개의 건더기를 밥에 올려서 입에 넣었다. 거의 영구기관이다. 젓가락이 멈추지 않는다. 진짜 너무 맛있다.

그렇게 순식간에 밥그릇이 비어버렸다.

"한 그릇 더 필요합니까?"

"주세요."

젊은 육체는 식욕에 저항하지 못한다.

"벌써 느낌이 좋은데? 둘 다."

신이 난 아리아 씨는 어느새 맥주가 아닌 하이볼을 마시고 있었다.

얼음을 넣은 잔에 위스키와 시원한 탄산수를 따라서 희석한다. 그 속도는 무척 빨라서, 금방 다음 잔을 만들었다.

"저렇게 빠르게 마셔도 괜찮은 거예요? 얼굴이 꽤 붉은데요."

나는 걱정이 되어 칸자키 선생님에게도 확인했다.

"아리아는 주량이 세고, 자신의 한계도 잘 알고 있습니다. 뭐, 취하면 그대로 자고 가는 게 평상시의 패턴이지만요."

"선생님은 안색이 안 변하시네요."

"저는 즐기는 정도이니까요."

그런 말을 하며 칵테일 계열의 달달한 술을 홀짝홀짝 마셨다.

칸자키 선생님은 식사하는 모습도 고상하고 반듯하다. 술도 마시지만 안색에 변화가 없다.

"스미, 비밀 이야기 하지 말고. 자, 매울 테니까 콜라 더 마셔."

아리아 씨가 나를 염려하며 새 콜라를 따라주었다.

"……응? 뭔가 이 콜라, 맛이 이상한 것 같은데?"

"착각이야, 착각! 매운 걸 먹다가 혀가 맛이 가서 그래."

혀가 얼얼한 느낌이라 콜라의 단맛이 평소보다 약했다.

"남학생은 이렇게 많이 먹는군요. 그래서 아리아가 오늘은 평소보다 많이 만들라고 했던 거군요."

칸자키 선생님은 내가 먹은 양에 감탄했다.

"조금 더 자중하는 게 좋을까요?"

"아뇨. 다 먹어주는 게 저도 만든 보람이 있습니다."

"자, 스미. 그릇 줘. 비었으니까 담아줄게."

"그럼 부탁드릴게요."

나는 아리아 씨에게 비어버린 그릇을 넘겼다.

그런 식으로 저녁 식사는 화기애애하게 진행되었다.

냉방도 끈 더운 실내에서 매운 것을 먹으면 자연스럽게 몸이 뜨거워진다.

　아리아 씨는 이걸 예상한 듯 처음부터 얇은 옷차림. 칸자키 선생님도 어느새 앞치마를 풀어버린 데다 입었던 것도 벗었다.

　내 존재는 아랑곳하지 않는 모습에 나는 점점 눈을 둘 곳이 난감해졌다.

　"어라라? 스미, 어째 얼굴이 빨간데?"

　"캡사이신 때문에 몸이 뜨거워서요. 슬슬 냉방 켜면 안 되나요?"

　"그럼 스미가 패배했으니까 벌칙을 줘야겠네."

　"언제부터 인내심 대결을 시작한 건데요."

　"오. 말대꾸라니 용서 못 해."

　활발한 사람에게 알코올이 들어가면 3배는 더 질척거린다.

　아무리 아리아 씨가 미녀라고 해도 너무 성가시다.

　주정뱅이를 상대하는 것에 익숙하지 않은 나는 어떻게 대해야 하는지 난감했다.

　"칸자키 선생님은 용케 아리아 씨를 상대하시네요."

　"이젠 익숙합니다."

　무언가를 체념한 듯한 눈동자가 살짝 아래로 향했다.

　"우후후훗. 시즈루의 그런 점이 좋아앙~~."

　그런 타이밍에 전화가 울렸다.

　소리가 난 건 칸자키 선생님의 스마트폰이었다. 화면에

표시된 발신자를 보자마자 갑자기 표정이 날카로워졌다.

"누구?"

아리아 씨가 물었다.

"제, 어머니입니다."

"안 받아도 돼? 무시하면 나중에 시끄럽잖아?"

"맞선을 재촉할 게 뻔하니까요."

"시즈루. 그것 때문에 우리가 여기에 모인 거잖아. 적이 침공했으니까 반격해야지. 무슨 일이 생기면 옆에서 내가 지시할 테니 들을 수 있도록 스피커폰으로 통화해."

아리아 씨는 TV를 음소거로 돌리고 나에게는 조용히 있으라며 입술에 손가락을 올렸다.

칸자키 선생님은 스마트폰을 테이블 위에 놓고 액정을 눌렀다.

"여보세요, 어머니."

칸자키 선생님은 긴장한 목소리로 전화를 받았다.

『시즈루. 드디어 받았군요.』

첫마디부터 엄격하다.

"죄, 죄송합니다. 지금 막 귀가한 참이었습니다."

그 칸자키 선생님이 무지막지 긴장하고 있다.

『일이 무척 바쁜 모양이군요. 열심히 하는 건 좋지만 아버지도 걱정합니다. 어서 맞선 날짜를 정하죠.』

쓸데없는 잡설은 집어치운다는 양 난데없이 본론에 들어갔다.

"몇 번이고 말씀드렸지만, 지금은 일에 집중하고 싶으니 맞선 건은 거절하겠다고."

『이렇게 불안정한 시대이기 때문에 제대로 된 상대와 가정을 꾸리는 것이 중요합니다. 당신은 옛날부터 자기주장을 잘하지 못하니까 걱정이에요.』

"걱정해주시는 건 감사합니다. 하지만."

『시즈루, 후회해도 시간은 돌아오지 않습니다. 설령 지금은 내키지 않아도 나중에 안심할 때가 옵니다. 부모로서 책임을 지고 제대로 된 사람을 준비할 테니까요.』

칸자키 선생님이 아직 말을 하는 도중인데 억지로 자기 이야기를 밀어붙였다.

어. 나 이렇게 저돌적인 사람을 상대로 가짜 남자친구를 연기할 수 있을까? 너무 힘들지 않아?

아리아 씨는 나와 칸자키 선생님의 표정을 보고 혼자 재미있어하고 있다.

궁지에 몰린 칸자키 선생님은 이를 악물고 스카이다이빙이라도 하는 기세로 작전을 실행했다.

"저, 저기, 실은 저에게는 교제하고 있는 남성이 있습니다! 그 사람과 장래에 대해서도 생각하고 있습니다! 그러니 맞선은 나갈 수 없습니다!"

칸자키 선생님답지 않은 큰 목소리, 어울리지 않는 빠른 어조로 말했다.

『――그럼 바로 소개하세요.』

놀라거나 당황하는 기색이 없다. 마치 사전에 알고 있었다는 듯 즉시 받아쳤다. 얼마나 정신력이 단단한 어머니인 건지. 조금은 동요해달라고.

"고, 곤란합니다."

『어째서죠? 부모에게 소개하는 것이 부끄러운 사람과 교제하는 겁니까? 그런 상대라면 시간 낭비입니다. 지금 당장 헤어지세요.』

극단적인 소릴 하는 사람이네. 딸의 인생을 뭐라고 생각하는 거야.

아무리 부모라고 해도 조금 심한 과보호가 아닌가.

"곧 기말고사 기간에 들어가니 시간적으로 어렵습니다!"

『당신은 매번 바쁘다는 걸 도망칠 이유로 삼잖아요. 이번에는 양보할 수 없습니다!』

고집불통인 어머니의 말은 싸늘한 돌덩어리처럼 꽉 막힌 사람이라는 인상이었다.

칸자키 선생님의 표정이 어두워지고, 그 시선은 아리아 씨와 나에게 도움을 요청했다.

아리아 씨가 나를 보는 눈은 각오는 되었냐고 묻고 있다.

칸자키 선생님과 어머니의 대화를 듣고 더욱 물러날 수 없다는 걸 느꼈다.

여기서 도망치면 남자 망신이다.

나는 이번 가짜 남자친구를 성공시켜서 칸자키 선생님을 계속 담임선생님으로 둘 것이다.

그리고 개운한 마음으로 안전하고 안심할 수 있는 고교 생활을 요루카와 함께 보내며 졸업할 것이다.

나와 아리아 씨는 칸자키 선생님을 고무하듯이 동시에 엄지를 세워 괜찮다고 등을 떠밀었다.

"……알겠습니다. 그를 데리고 만나러 가겠습니다."

칸자키 선생님은 딱딱한 표정으로 간신히 그 말을 쥐어 짜냈다.

전화가 끝난 칸자키 선생님은 힘이 빠져 소파에 엎드렸다.

이미 내가 있는 것도 잊고 축 늘어져서 입을 꾹 다물고 있다.

"──어때, 강적이지?"

아리아 씨는 의기양양한 얼굴이었다.

"이런 전개도 예측하셨군요."

"딸의 의사를 얌전히 존중해주는 사람이라면 스미가 나설 차례 같은 건 없지."

"굉장히 버거워 보이는데요."

그 어머니를 설득하는 건 굉장히 힘들 것 같다.

"사람을 보는 눈은 있는 사람들이라 그 점은 믿어. 어설 프게 급조한 상대보다 평소 서로의 됨됨이를 알고, 시즈루 와 신뢰 관계를 구축한 스미라면 불가능하진 않아. 게다가 고비를 극복하는 건 특기잖아?"

"되게 가볍게 말씀하시네요. 압박감이 장난 아닌데요."

"그런 고로 두 사람의 친밀감을 조성하기 위해 서로를 아래 이름으로 부르는 연습을 해볼까!"

아리아 씨는 공포의 대마왕식 가짜 남자친구 트레이닝을 난데없이 실시했다.

"그, 그런 건 필요 없습니다."

소파에 엎드려있던 선생님이 벌떡 몸을 일으켰다.

"사귀는 사이인데 성으로 부르는 건 딱딱하지 않아? 금방 의심을 받고 거짓말이라는 걸 간파당할 거야. 사전준비는 최대한 해 둬야지."

애초에 계획이 무모한데, 참으로 논리정연하게 성공률이 올라간다는 양 설득해댄다.

물론 실패해서 제일 곤란한 건 다름 아닌 칸자키 선생님 본인이니까 부정하기도 어렵다.

변함없이 남을 잘 구워삶는다.

"알겠습니다. 하죠."

망설이는 칸자키 선생님을 뒤로 나는 먼저 승낙했다.

이런 곳에서 주저하다간 낮은 승산이 한층 내려갈 뿐이다.

"세나 학생?!"

"선생님, 지금은 각오하자고요. 다실에서 정했잖아요. 어중간한 게 제일 안 좋으니까요."

나도 민망하고 떨떠름한 부분이 있지만, 수단을 가리고 있을 때가 아니다.

"역시 스미야, 시원시원해!"

"성으로 부르면서도 친밀한 연인도 있습니다."

칸자키 선생님은 계속 부정했다.

"잘 들어. 객관적으로 봐서 두 사람은 아직 교사와 학생이야. 상하 관계가 있고, 선이 있고, 연인이라는 분위기가 제로라고. 딱딱해. 러브러브한 느낌이 부족하단 말이야."

"실제로 그런 사이니까요."

"어라라? 혹시 시즈루, 남자를 이름으로 부르는 게 긴장돼서 그래?"

"남녀칠세부동석입니다. 그런 허술한 태도는 취할 수 없습니다."

"와우, 금지옥엽. 어느 시대 사람이야."

"그런 고풍스러운 집안에서 자랐으니까, 지금 이렇게 고생하는 겁니다!"

칸자키 선생님은 울상을 지으며 호소했다. 자각은 있는 모양이다.

"선생님, 우선 연습해봐요. 네?"

"그래. 자, 전원 스마트폰의 전원을 끄고 가방에 집어넣을 것. 방해가 들어오지 않도록 해서 연습에 집중해야지."

아리아 씨가 재촉하는 대로 나도 전원을 끈 스마트폰을 가방에 넣었다.

나와 칸자키 선생님은 마주 보고 앉았다.

"호, 호칭으로 애정을 가늠한다니."

아직 고집을 부리는 칸자키 선생님.

나는 과감하게 선생님을 이름으로 불러보기로 했다.

"시즈루 씨."

"_____."

"어이쿠. 시즈루, 얼어버렸네. 스미도 의외로 금방 하잖아."

칸자키 선생님—— 이제는 시즈루 씨의 뺨을 아리아 씨가 손가락으로 콕콕 찔렀다.

"세, 세나 학생은 정말 사양하질 않는군요."

"저는 어디까지나 가짜 남자친구를 연기하는 것뿐이니까요."

"자, 시즈루도 세나 학생 말고 이름으로 불러. 그냥 연기한다고 생각하고."

"원망할 겁니다, 아리아."

교실에서의 명석한 위엄은 어디에도 없고, 우왕좌왕하는 사람이 그곳에 있었다.

시즈루 씨는 굳게 결의한 듯 딱딱한 입술을 떨었다.

"……키, 키스미, 씨."

비틀어 짜내는 듯한 목소리에 어색하기 그지없었지만 나를 이름으로 불렀다.

민망하다. 이거 되게 민망하다.

연기라고 해도 나마저 덩달아 부끄러워진다.

평소 가까이 가기 어려운 서늘한 연상의 여성이 보여주는 풋풋한 반응에 나도 평정심을 가장하는 게 고작이다.

반전에 의한 파괴력을 뼈저리게 맛보고 있다.

"좋아, 좋아. 풋풋한 느낌이 나기 시작했어. 나이 차 커플의 생생한 거리감이야. 자, 이번에는 계속해서 말해보자."

흥분한 아리아 씨와 달리 시즈루 씨는 이미 초췌한 상태였다.

"아직 남았습니까?"

"시즈루. 실전의 성공은 거듭되는 연습에 있어. 실전에서 자연스럽게 말할 수 있게 될 때까지 익숙해져야지!"

"크윽……."

신음을 흘리는 시즈루 씨.

교사의 직업병인지, 맞는 말을 들으면 무턱대고 반론하지 못한다.

여기서는 내가 주도권을 잡아야 할 것 같아 나도 정신을 차렸다.

"시즈루 씨."

"……키스미, 씨."

"시즈루 씨."

"키스미, 씨."

"시즈루 씨."

"키스미 씨."

"제대로 말씀하셨네요."

"제가 부탁해놓고 이렇게까지 여유가 사라지다니 한심하네요."

내 말을 들은 시즈루 씨는 반사적으로 고개를 돌렸다.

보고 있던 아리아 씨는 몹시 만족했다.

"좋은 것을 봤어. 이걸로 밥을 세 끼는 먹을 수 있겠다."

"아리아 씨, 진짜 악마예요. 옛 담임에게도 참 가차 없네요."

"글쎄, 무슨 소리인지~~."

새삼 공포의 대마왕의 교육방식에 부르르 떨었다.

이런 장난치는 태도로 무모한 요구만 해대지만, 계속하다 보면 어느새 할 수 있게 된다는 게 아리아 씨의 스파르타 지도였다.

"하지만 연애에 면역이 없는데 어째서 학생의 연애 상담은 정확하신 거죠?"

문득 소박한 의문이 떠올랐다.

"그건 간단해. 시즈루는 이렇게 예쁘니까, 주위에서 멋대로 연애를 많이 해 봤을 거라고 생각하거든. 학생에게 연애 상담을 가벼운 것부터 심각한 것까지 잔뜩 듣다 보니 간접경험만 풍부해진 거야."

"아하, 그렇군요."

풍부하고 적나라한 사례를 다양하게 축적하고, 여기에 칸자키 선생님의 사려 깊은 생각이 더해지면 그런 설득력 있는 말이 만들어지는 모양이다.

"그리고 의외로 로맨스 드라마를 보는 걸 좋아하고."

"그런 괜한 정보는 폭로하지 말아주세요."

"스미는 시즈루의 남자친구잖아. 남자친구라면 사소한 정보도 많이 알고 있어도 이상하지 않다고."

"어디까지나 가짜 남자친구예요!"

"에이, 심리적으로 한 번 받아들이는 게 힘이 들어가지 않아서 딱 좋은데. 지금만이라도 연인이라는 기분을 겪어봐."

"그런 건 아리사카 학생에게 면목이 없습니다."

아리사카 학생이란 당연히 요루카를 가리킨다.

칸자키 선생님의 이런 성실한 부분이 인망이 두터운 이유겠지. 말이 표리부동하지 않다.

그런 성격이기 때문에 이번 작전이 한층 더 고통스러울 것이다.

"그럼 계속해서, 당일 두 사람의 커플 설정을 설명할게. 아, 호칭은 이대로 유지해."

아리아 씨는 일부러 요루카 이야기에는 반응하지 않고 작전의 세부 사항을 전달했다.

"스미는 시즈루가 나왔던 대학에 다니는 4학년생이고, 세미나의 후배야. 시즈루가 이성과 만날 기회로서는 무난하지. 거기서 첫눈에 반한 스미가 맹렬하게 들이대서 고백, 정열적인 연하남에게 넘어가서 사귀게 되었다. 다음으로 대학생 스미의 프로필은——."

이후 나와 시즈루 씨는 아리아 씨가 생각한 커플의 상세 설정을 머릿속에 쑤셔 넣었다.

아직 고등학생인 나는 대학에 대해서 잘 모른다. 시즈루 씨에게서 디테일을 배우고, 두 사람의 대화에 어폐가 나오지 않도록 맞춰갔다. 대학의 이름부터 교수의 이름, 세미나의 연구 내용, 대학 근처에 있는 단골 술집 등 외워야 할 내용은 다방면에 걸쳐있다.

그런 식으로 칸자키 시즈루라는 여성의 경력에는 상당히 자세해졌다.

대화를 하다 보니 목이 마른 건지, 어째 시즈루 씨가 술을 마시는 속도가 상당히 빨라진 느낌이 들었다.

"뭔가, 정말로 이런 커플이 실존하는 것 같아요."

"신은 디테일에 있다. 연기자의 배역 분석 같은 거야."

한바탕 정보공유를 마치고 나는 감탄했다.

"시즈루도 외웠어?"

"대학생 설정인 세나 하──, 키스미 씨의 인물상은 파악했습니다. 다만, 데이트의 리얼리티가 좀 불안하군요."

"그건 실전에서 스미가 입을 정장을 사는 김에 겸사겸사 데이트를 하면 돼. 정말로 있었던 일이라면 자연스럽게 이야기할 수 있잖아."

""데이트?!""

나와 시즈루 씨의 목소리가 합창했다.

"뭘 놀라고 그래. 설마 스미에게 교복을 입고 오게 할 수는 없잖아. 사복이면 어린 느낌이 확 나니까, 딱딱하게 정장을 입히는 게 무난해."

"학생과 데이트라니 언어도단입니다!"

"시즈루. 설령 가짜라고 해도 스미가 남자친구야. 일일이 반응하는 건 이제 그만 자중해. 그런 식이면 단숨에 부모님에게 들켜."

그렇게 말하니 시즈루 씨도 강하게 나갈 수 없다.

"괜찮아. 오늘 일도 시즈루의 집에서 저녁을 먹고 하룻밤 자고 간 집 데이트였다는 식으로 말하면 되니까. 뭣하면 둘이서 더 연인 같은 행동을 해서 익숙해져도 괜찮고."

아리아 씨는 희희낙락 위험한 소릴 했다.

"말도 안 됩니다!"

진지하게 받아들인 시즈루 씨가 벌떡 일어난 순간, 그대로 휘청 쓰러졌다.

나는 반사적으로 받아냈다.

"스미, 나이스 캐치. 너는 여자를 받아내는 것에 초일류구나."

"요즘 계속 이래."

나는 투덜거렸다.

시즈루 씨는 몸에 별로 힘이 들어가지 않아, 내가 부축하지 않으면 서 있지도 못하는 상태였다.

"어, 시즈루. 상당히 취했잖아. 후반에 너무 많이 마셨구나."

아무래도 안색은 변하지 않은 채 계속 술을 마시다가 갑자기 전원이 꺼지는 타입인 모양이다.

"어, 잠깐만요. 어떻게 해야 하죠?!"

"그럼 시즈루를 침대까지 데려다줘."

"무리라고요. 도와주세요."

"나도 취했고, 이 얇은 팔로는 도움이 안 돼."

"하지만."

"시즈루를 업을 수 있다니 이득이잖아. 그 말랑말랑한 몸을 마음껏 만끽하렴."

"그냥 간호거든요. 그 이상도 그 이하도 아니니까요."

"나는 더 마실 테니까, 이쪽은 신경 쓰지 마. TV 소리 키워놓을까. 무슨 일이 있어도 닥치고 있을게!"

"옛 담임을 뭐라고 생각하는 거야."

"괜찮다니까. 스미는 마음에 들어 하니까."

"문제가 넘쳐나는데요."

"참 딱딱하구나, 스미는. 그런 건 침대 위에서만 하렴."

주정뱅이 짜증 나——!!

나는 시즈루 씨를 안아 들고 옆에 있는 침실로 데려갔다.

아리아 씨는 정말로 도와주지 않았다.

여성의 침실에 들어간다는 긴장감이며 두 팔에 가해지는 부드러운 무게에 마음을 다잡느라 필사적이었다.

거실과 마찬가지로 침실도 깨끗하게 정리되어 있기 때문에 침대까지 순조롭게 이동할 수 있었다.

나는 신중하게 침대 위에 눕힌 뒤 깨우지 않도록 조심하며 팔을 뺐다.

베개 옆의 사이드테이블에 놓인 간접조명의 불을 켰다. 잘 때 불편하지 않도록 침실의 냉방을 켜고 여름용 얇은 이불을 덮어주었다.

"으응…… 세나, 학생?"

"선생님. 속은 괜찮으세요? 물이라도 가져올까요?"

"번거롭게 해서 죄송합니다. 정말, 여러모로."

"여기까지 왔으면 운명공동체죠. 최선을 다해서 잘 헤쳐나가자고요."

"……왜, 이렇게 된 걸까요."

칸자키 선생님은 천장을 바라보면서 남 일처럼 말을 던졌다.

"선생님의 한 마디에 아리아 씨가 학원 강사를 시작했기 때문이 아닐까요."

나와 아리사카 아리아의 인연을 맺어준 것은 틀림없이 칸자키 선생님 본인이다.

"세나 학생. 이번 일로 아리사카 학생에게 폐를 끼친다는 건 저도 익히 알고 있습니다. 제가 할 수 있는 사과가 있다면 반드시 하겠습니다. 당신에게만 부담을 강요하고, 한심하기 그지없네요."

취기가 오른 시즈루 씨는 머뭇머뭇, 면목이 없다는 듯 중얼거렸다.

"별로 상관없어요."

나는 침대 가장자리에 걸터앉았다.

그야 나도 편하게 갈 수 있다면 그러고 싶다.

문제는 피하고 싶고, 즐거운 일만 하면서 살 수 있다면 불만도 없다.

하지만 평범하기 때문에 착실하게 노력할 수밖에 없는 어중간한 나를, 아리사카 요루카는 사랑해주고 있다.

만약 다른 식으로 살아온 세나 키스미라면 분명 거들떠보지도 않았을 테고, 그런 나도 굳이 요루카에게 호감을 느끼는 일도 없었을지도 모른다.

연애란 입장이나 환경에 쉽게 좌우되는 덧없고 연약한 것이다.

아주 작은 조건이 바뀌기만 해도 맺어졌을 사랑이 맺어지지 못하고 끝난다.

그러니 내가 요루카와 연인이 된 것도 일종의 기적이다.

그런 귀중하면서도 감사한 것을 소홀히 할 생각은 없다.

"하지만."

"이건 제 직감인데요, 요루카도 말로 하는 것치곤 선생님을 싫어하는 건 아니라고 보거든요."

"배려는 됐습니다. 학생에게 미움받는 것도 교사의 역할이니까요."

"뭐, 저도 싫어하는 사람의 가짜 남자친구를 받아들이진 않으니까 그 점은 안심해주세요."

"당신은 친절하군요."

"덕분에 연인의 언니에게까지 신나게 휘둘리고 있죠."

"세나 학생. 그래 봬도 아리아도 귀여운 부분도 있답니다."

"……역시 선생님도 거물이세요."

절절히 그렇게 느낀다.

아무리 친근감을 느낀다고 해도 나에게 아리사카 아리아는 공포의 대마왕인 은인이자, 연인의 언니이자, 다른 세상 사람이다.

"?"

"그 아리사카 아리아를 귀엽다고 말할 수 있는 사람은 선생님 정도예요."

"세나 학생, 착각하지 마세요. 그 아이는 정말로 동생을 소중히 여깁니다. 같은 고등학교에 입학하는 게 정해졌을 때, 동생이 입학하니 선생님이 힘이 되어달라고 바로 저에게 상담했죠. 뭐, 막상 얼굴을 본 순간부터 저를 눈엣가시로 여겼지만요."

"그야 칸자키 선생님이라는 존재는 미성년자인 언니에게 손을 댄 증오하는 **남자** 교사니까요."

그것도 알고 있었냐며 선생님은 쓴웃음을 지었다.

"처음 만났을 때 왜 여자인 거냐고 난데없이 화를 내더군요. 그 일도 있었기에 입학식 때 신입생대표를 거절한 건지도 모르겠습니다."

"1학년 때의 요루카라면 그 일이 없었어도 거절했어요."

"그렇다면, 다행인데요……."

그렇게 중얼거린 뒤, 시즈루 씨는 그대로 조용한 숨소리를 내기 시작했다.

"벌써 돌아왔어? 꽤 빨랐네."

"선생님 잠드셨어요."

"그래? 그럼 나랑도 놀아줘."

그렇게 취했었는데 아리아 씨는 또 새 술을 마시고 있었다.

이번에는 와인병을 열었는지 잔에 레드와인이 찰랑거렸다.

저렇게 다양한 종류의 술을 섞어 마셔도 괜찮은 걸까.

"과음은 안 좋지 않을까요?"

"즐거운 날엔 술이 술술 들어가거든."

"저는 난데없이 담임의 집에 오게 되어서 내내 긴장했는데요."

"기왕이면 택시에서 나와 단둘이 있을 때부터 긴장해줘."

"이제 와서 공포의 대마왕에게 무슨."

나는 코웃음을 치며 일단 쿠션 위에 앉았다.

"나를 상대로 그런 태도를 보일 수 있는 건 스미의 강점이야. 대부분은 허둥거리거나 위축되는 식이고 자연스럽게 대화할 수 있는 사람은 드물어."

"그런 게 좋으면 그렇게 해 드리고요."

"하지 마. 편한 상대가 줄어드는 건 쓸쓸하니까."

"저 그런 위치였어요?"

"그래. 너에게는 뭐든 말할 수 있지."

쾌활하게 이야기하는 아리아 씨는 지나치게 무방비했다.

환상적인 미인이 술이 들어가 얼굴이 발그레해져서는 경계심도 흐물흐물한 상황.

정말, 평소에는 가까이 다가가기 힘든 미인이 놀라울 정도로 빈틈투성이다.

"그렇게 경솔한 모습, 밖에서는 절대 보여주면 안 돼요. 침을 질질 흘리는 야수가 접근할 테니까 조심하셔야죠. 또 요루카가 충격을 받고 울 거예요."

"이럴 때 다른 여자의 이름을 꺼내다니 매너 없기는."

"자기 동생이잖아요. 심지어 제 연인."

"스미는 그런 거 신경 쓰는 타입이야?"

글렀다, 이 사람. 완전히 재미있어하고 있어.

"동생의 남자친구에게 추파를 던지는 건 대체 무슨 생각인데요."

아무리 농담이라는 걸 알고 있어도 경계하게 된다.

"남자와 여자 사이에 까딱 잘못하면 그렇게 되기도 하는 거야."

"그런 대학생의 적나라한 성생활은 노땡큐입니다. 저는 아직 고등학생이니까요."

"남고생의 7할은 성욕으로 구성되어있는데, 거짓말하지 마."

"7할은 물이고요. 무슨 성욕 과잉인 건데요!"

"관심 있는 주제에."

"이쪽은 콜라만 마신 제정신이라고요!"

"아, 그거 말이지이……."

의미심장한 침묵이 찾아왔다.

"잠깐만, 설마."

"콜라에 살짝 어른의 음료를 넣어서 스미의 자제심을 풀어주었어. 음식이 매워서 눈치 못 챘지? 그래서 평소보다 더 대담하게 행동할 수 있었던 거란다!"

어. 내가 선뜻 선생님의 이름을 부를 수 있었던 것도 어른의 음료가 준 힘 덕분인 건가?!

"돌아갈래요!"

나는 반사적으로 벌떡 일어났다.

"아쉬워라. 이미 막차는 한참 전에 끊어졌단다."

"여기서라면 걸어서 돌아갈 수 있어요."

"그만두는 게 좋아. 밤중에 교복을 입고 걸어 다니는 것만으로도 눈에 띄는데 심지어 술 냄새까지. 경찰에게 잡히기라도 하면 귀찮은 일이 일어날 거야. 그럼 가족이나 요루가 슬퍼할지도. 그러니 얌전히 자고 가."

헤실헤실 웃으며 나를 붙잡아두려고 하는 아리아 씨. 이젠 대놓고 술이라고 한다.

"당신, 처음부터 이렇게 되도록 꾸민 거구나!"

간담이 서늘해질 정도의 유도력. 평범한 대화를 하고 있었는데 어느샌가 아리아 씨가 의도하는 상황에 빠지고 만다.

"글쎄다~. 뭐, 포기하고 내 대화 상대가 되어줘."

그렇게 말하며 아리아 씨는 새 잔을 따랐다.

나는 포기하고 자리에 앉았다.

"매번 아리아 씨의 손바닥 위라는 건가요."

"뭐 불만이라도?"

"미인을 상대하는 건 긴장되거든요."

"내 귀여운 동생에게 침을 발라놓은 나쁜 남자가 말은 잘하지."

"그런 나쁜 남자를 의지하다니, 어지간히 궁지에 몰리셨군요."

나는 단순히 가벼운 응수로 던진 말이었다.

하지만 아리아 씨는 생각지도 못한 반응을 돌려주었다.

"그렇지 않았다면 끌어들이지 않았어."

늘 자신감과 쾌활함으로 가득한 아리아 씨답지 않은, 조용한 목소리였다.

"……아리아 씨?"

당황하는 나를 두고 아리아 씨는 몸을 기대듯 머리를 어깨에 올렸다.

나는 바로 떨어지려고 했지만, 아리아 씨가 그걸 붙잡았다. 의외로 힘이 강한 데다 어째서인지 저항하는 것도 주저하는 바람에 나는 그대로 있을 수밖에 없었다.

"말했잖아. 스미가 생각하는 것만큼 나는 어른이 아니라고."

"저에게 기대도 곤란한데요."

"뭐 어때. 푸념 정도는 조금 들어줘."

"듣는 것밖엔 못 해요."

"솔직하네."

"누군가 씨가 주입한 마법의 음료 때문입니다."

"그건 거짓말이야. 스미는 그냥 콜라밖에 안 마셨어."

"또냐!"

낄낄 웃으면서 아리아 씨는 바닥으로 벌렁 드러누웠다.

"잘 거면 침대나 소파에서 주무세요. 바닥에서 자면 감기 걸려요."

"그럼 스미가 간호해줘."

취한 아리아 씨가 어리광부리듯이 말했다.

"사양하겠습니다."

"너, 나 싫어하지?"

"글쎄요. 아무튼 이동합니다."

내가 아리아 씨를 일으켜 세우려고 하자 반대로 아리아 씨 쪽에서 내 손을 잡아당겼다. 순간적인 일이라 자세가 무너진 나는 그대로 아리아 씨 위로 쓰러졌다.

"잠깐. 장난치는 것도 적당히——."

"있지. 요루와 이미 키스했어?"

아리아 씨의 얼굴이 코앞에 있었다.

"……, 아직인데요."

"흐응."

"문제 있어요?"

"이미 끝낸 줄 알았는데."

"어쩌면 지난번에 끝낼 수 있었을지도 모르죠."

"아하하. 방해한 건 미안해."

연인의 언니는 한숨으로 쓰다듬듯이 달콤한 말을 속삭였다.

"그럼 사죄의 뜻으로 나와 키스할까?"

"네?"

"실전의 예행연습이라고 생각하고."

"네?"

"──좋아, 너라면."

연인을 무척 닮은, 다른 여성의 입술에 무심코 눈이 가버렸다.

눈과 눈이 마주쳤다.

촉촉하게 젖은 눈동자에 내가 비쳤다.

침묵이 거북한 상황도 있고, 반대로 침묵이 말해주는 경우도 있다.

눈앞에는 연인을 쏙 빼닮은 언니가 풀어진 분위기로 무방비한 모습을 드러내고 있다.

말로 하지 않아도 그녀의 눈이 모든 것을 허락한다.

나에게 전해진 것을 충분히 알면서, 그녀는 살며시 눈꺼풀을 감았다.

이 뒤는 마음대로 하라고, 마치 도발하듯이 긴 속눈썹은 미동도 하지 않는다.

조용한 거실에는 에어컨의 희미한 가동음과 내 심장 소리가 유달리 시끄러웠다.

내가 팔에서 힘을 빼기만 해도 그 부드러워 보이는 입술을 훔칠 수 있다.

이 상황에 기시감을 느꼈다.

처음 미술 준비실에 들어간 날, 이렇게 요루카를 자빠트렸다. 그때의 나는 아프기도 하고, 여자아이를 쓰러트렸다는 사실에 당황하는 바람에 상대방을 볼 여유도 없었다.

아, 이런 게 꿈에서까지 봤던 키스의 타이밍이라고 하는 거겠지.

흐름에 몸을 맡기기만 해도 행위에 도달할 수 있다.

그래, 너무나도 자연스럽기 그지없는 전개다.

이렇게 가까운 거리를 메우기 위해 그렇게 고생했던 건가.

여성의 상기된 피부, 가까이서 느껴지는 열기, 코끝을 간질이는 향, 호흡 소리.

머리가 아무리 논리를 비틀어 짜도 모든 것이 입술에 끌려 들어가는 상황이 된다.

뛰어넘는 데는 용기 같은 건 필요 없다.

그저 생각 안 하면 된다.

매력적인 연상 여성의 말에 넘어가 버리면 그만 아닌가.

남자라는 생물이기 때문에 두근거리는 건 어쩔 수 없다.

하지만—— 상대가 다르다.

설령 누구라고 해도 휘둘릴 수는 없다.

한때의 만족에 현혹되어 커다란 거짓을 만들어버리면 반드시 후회한다.

나는 살며시 몸을 일으켜 아리아 씨에게서 등을 돌렸다.

"……겁쟁이."

"어린애를 놀려먹는 게 즐거우세요?"

"즐겁지. 스미와 있는 건 재밌거든."

"진짜, 좀 봐 달라고요."

"비밀로 했을 텐데."

귓가에서 요염하게 속삭인다.

아리아 씨는 소리 없이 팔을 감아 뒤에서 몸을 밀착시켰다.

"이미 상당히 아웃입니다."

"처음 한 명밖에 모른다면 다른 여자를 모르는 것과 마찬가지라고 보는데. 더 넓은 시야로 다양한 상대를 보는 것도 중요하지 않아?"

"그럼 운명의 상대를 갑작스럽게 만나게 된 사람은 어떻게 되는데요. 경험이 부족해서 잘 풀리지 않고 놓쳐버린다거나?"

"그건 분명 붉은 실 같은 강한 인연이 작용하지 않을까?"

"그렇다면 경험 같은 건 운명 앞에서는 무의미하잖아요."

"……오, 한 방 먹었네. 나도 꽤 술이 돌았구나."

등에서 느껴지던 열이 떨어졌다.

아리아 씨는 '나는 시즈루의 침대에서 잘 테니까 스미는

소파를 써'라고 말한 뒤 침실로 사라졌다.

나는 테이블에 놓여있는 식기들을 부엌으로 가져가 설거지까지 해버렸다.

그렇게 정리를 마친 뒤 일단 소파에 누웠다.

살짝 열려 있는 커튼 틈새. 그곳으로 보이는 밤하늘에서 달의 모습을 찾으려고 했다.

하지만 정신적인 피로가 절정에 달한 나는 금방 잠들고 말았다.

침대에서 눈을 뜬 시즈루는 익숙한 저혈압으로 인해 머리가 잘 돌아가지 않았다.

심지어 숙취 때문에 두통이 심했다. 몽롱한 정신으로 침대에서 나오자 옆에 아리아가 쿨쿨 자고 있었다.

부엌에서 먼저 시원한 물을 마셨다. 이어서 잠든 사이에 흘린 땀과 이 불쾌한 기분을 씻어내기 위해 욕실로 향했다. 뜨거운 물로 샤워한 뒤에야 간신히 정신이 맑아졌다.

개운해진 시즈루는 그대로 목욕수건 한 장만 걸치고 거실로 나왔다. 따끈따끈한 몸에 에어컨의 찬 바람이 기분 좋다. 어젯밤에 끄는 걸 잊어버린 모양이다.

그제야 소파에서 자고 있던 키스미와 눈이 마주쳤다.

시즈루가 내는 소리에 마침 딱 눈을 뜬 모양이었다.

"—————."

"⋯⋯⋯⋯⋯."

세나 키스미의 얼굴은 경직한 채로 비지땀을 흘리고 있다.

그랬다. 어젯밤은 아리아와 함께 그가 와 있었다.

조금 전 부엌에 갔을 때 웬일로 설거지까지 다 끝나 있었던 걸 떠올렸다. 그때 눈치챘어야 했다. 아리아는 늘 먹기만 할 뿐, 굳이 설거지를 하지 않는다.

이해는 갔으나, 동요하는 바람에 시즈루가 두르고 있던 목욕수건이 풀어졌다.

눈이 부신 아침 해가 들어오는 거실에 시즈루의 비명이 울려 퍼졌다.

"어우, 시끄러워. 시즈루우. 으윽, 메슥거려⋯⋯."

시즈루의 목소리에 아리아도 침실에서 기어 나왔다.

"이젠 시집갈 수 없어요!"

"아니, 시집가지 못하게 모인 거라니까."

패닉에 빠진 시즈루에게 아리아가 졸린 목소리로 황당해했다.

"저는 아무것도 못 봤습니다!"

소파에 파묻힐 듯 엎드린 채 주장하는 키스미.

그 모습을 본 아리아는 '뭔가 애벌레 같고 웃기네'라며 크게 하품했다.

잠에 취한 아리아 씨가 시즈루 씨를 어르고 달랬지만 결국 쫓겨나다시피 맨션에서 나가야 했다.

옷을 갈아입은 아리아 씨는 여전히 잠에서 덜 깬 건지 눈도 반쯤 감고 있었다.

혼자서는 똑바로 걷는 것도 힘들어서, 아리아 씨를 부축하며 엘리베이터까지 데려갔다.

1층에 도착해도 혼자 걷는 게 귀찮은 모양이었다.

"못 걷겠어. 스미, 나 업어줘."

아리아 씨가 업고 가라고 요구했다.

"혼자서 걸으세요."

"무리. 배도 고파서 걸을 기력이 없어."

"편의점에서 아침 사 올 테니까, 셀프로 에너지를 회복해주세요."

"이런 미녀가 곤경에 처했는데 매정해라. 내가 변태를 만나면 어떻게 책임질 거야."

"그럼 미녀는 미녀다운 절도와 방범 의식을 제대로 갖춰주시든가요."

"너무해. 은인을 버리는 거야?"

"버릴 수 없으니까 난감해하고 있잖아요."

나는 한숨을 쉬었다.

"우후후, 그런 부분은 좋단 말이지. 좋아, 그럼 아침 먹자! 나를 날라줘."

엘리베이터에서 내렸다. 이대로 맨션 로비에 내던지고

싶은 마음이 굴뚝같지만, 이미 주민들이 이상한 눈으로 쳐다보고 있었다.

"나 공주님 안기가 좋은데."

"싫습니다."

"에이, 시즈루에게는 했잖아."

"그건 선생님이 걷지 못하는 상태라서."

"나도 못 걸어. 이러다 틀림없이 넘어질 거야."

"그렇게 굽이 높은 걸 신으니까 그렇죠."

"업어줘어어."

"어깨 빌려드릴 테니까 그걸로 참아주세요. 이 이상은 양보 못 합니다."

"스미, 쪼잔해."

높은 굽 때문에 비틀비틀 걷는 아리아 씨는 태연하게 나에게 체중을 실었다.

어제는 아무 일도 없었다는 듯한 태도는 솔직히 고마웠다.

"불만이라면 택시 타고 빨리 돌아가면 되잖아요."

"싫어. 같이 아침 먹고 싶어. 카페라도 가자."

"억, 또 끌고 가게요?"

"사 줄 테니까 먹고 싶은 거 먹어. 남자 고등학생은 인생에서 제일 굶주린 시기잖아."

"그야 배는 고프지만요."

"내가 사 주는 밥은 못 먹겠다?"

"고작 아침으로 협박하지 마세요."

그대로 술도 깰 겸 계속 대화를 이어가며 역 하나 거리를 걸었다.

친숙한 집 근처 역에 도착한 우리는 카페에 들어갔다.

아리아 씨는 눈에 보이는 샌드위치며 스콘을 닥치는 대로 주문.

지갑을 통째로 건네서 나에게 계산을 맡긴 뒤 먼저 자리에 가 버렸다.

수북하게 쌓인 트레이를 들고 아리아 씨를 찾자 그녀는 입구 근처의 창가 자리에 있었다.

아리아 씨는 께느른한 표정으로 멍하니 밖을 향해 시선을 던지고 있었다.

"스미, 늦었잖아."

내가 다가오는 걸 알아차리더니 손을 들며 내 이름을 불렀다.

가게 안의 냉방에 감사해하며, 여름의 하얀 빛 속에서 아침을 먹었다.

결국 아리아 씨는 식사에는 거의 손을 대지 않고 대부분 나에게 먹였다.

닛슈 학원에서의 추억, 요루카에 대해, 가짜 남자친구 작전의 상세, 혹은 영양가 없는 잡담을 나누자 시간은 금방 지나갔다.

그건 내가 고등학교 수험을 마치고 아리아 씨가 학원 강사 아르바이트를 그만둔 뒤로 만나지 않았던 2년의 공백을 채우기에는 넘쳐났다.

"——결국 우리에게는 이 정도가 딱 좋은 거겠지."

커피의 마지막 한 모금을 마신 뒤 아리아 씨가 그렇게
중얼거렸다.

"무슨 소리예요?"

"아무리 친해도 스미는 이미 요루의 연인이구나 싶어서."

뭘 진지한 얼굴로 아련한 소릴 하는 건지.

"아리아 씨는 지금 연인이 없으세요?"

"없어."

"금방 좋은 사람을 찾을 수 있을 거예요."

"이게 말이지, 신기하게도 확 꽂히는 상대와는 연이 없
거든."

"동생에게 연인이 생겨서 마음이 급해지셨어요?"

"그야 매일 행복해 보이는걸. 그래서 어떤 것인지 조금
알고 싶어졌어."

"어제 일 말인데요."

"응."

"술기운 탓으로 돌리실 거라면——."

"그건 내가 바라서 한 거야."

내 말을 기다리지 않고 아리아 씨가 단호하게 뱉었다.

흠칫 놀라 고개를 들자 창문 너머로 들어오는 아침 해를
받은 미녀가 자애에 가득한 눈빛으로, 조금 쓸쓸하다는 듯
웃고 있었다.

그 모습은 너무나도 그림이 되어서 무심코 넋을 놓았다.

이게 현실이 아니라면 나는 이대로 계속 바라보았을 것이다.

"하필이면 제일 아웃인 상대인 저로 시험하지 말아주세요. 정말로 무슨 일이 생기면 어떻게 하실 생각이셨는데요."

호기심이나 변덕이라고 해도, 불장난이라기에는 너무 악질적이다.

"그때는 함께 십자가를 짊어지고 나와 사귈 수밖에 없지."

아리아 씨는 더없이 당당하게, 천연덕스럽게 말했다.

나른한 미소는 농담으로도 진심으로도 보였다.

모르겠다. 연기력이 없는 아리아 씨인데 무슨 생각을 하는 건지 전혀 파악할 수 없다.

"행복해지는 이미지가 전혀 떠오르지 않는데요."

어차피 놀리는 것이라는 생각에 나는 적당히 말을 맞췄다.

"딱히 남의 축복 같은 건 필요 없어. 내가 널 행복하게 해줄게."

"이럴 때만 든든하다니까."

심지어 이상하게 설득력이 있다.

바삭바삭한 크루아상을 우물거리며 잠시 망상해 보았다.

드라마나 영화처럼, 이런 미녀와 휴일 아침을 맞는 건 확실히 행복의 한 가지 형태일 테지.

설령 금지된 사랑 끝에 모든 것을 내던지게 된다고 해도, 아름다운 파트너와 여유롭게 카페에서 아침을 먹는 과분한 시간을 보낼 수 있다면 결말로서는 나쁘지 않다.

아리아 씨는 수험이라는 인생의 한 시기를 농밀하게 보낸 상대, 이인삼각으로 열심히 헤쳐나간 여성. 그런 의미로는 틀림없이 특별한 사람이다.

처음 만났을 때의 우리는 대등하지 않고, 연애 대상으로서 서로를 의식하지도 않았다.

중학생인 나는 지금보다 더 어린애고 눈앞에 있는 것밖에 보이지 않았다.

아리아 씨도 비즈니스로서 대한 것뿐, 어디까지나 학원생 중 한 명에 불과하다.

2년의 공백을 거쳐 서로 조금 성숙해진 뒤에 재회한 시점에서 이야기는 시작된다.

그래, 러브스토리의 서두로는 흔하지만 타당하다.

그러나 치명적인 결함이 있다.

"사랑에 빠지기에는 너무 늦었죠."

현실에선, 지금 내 마음의 중심부에는 요루카가 있다.

"……그렇구나."

아리아 씨는 날씬한 다리를 반대로 꼬더니 긴 머리카락을 쓸어올렸다.

"그보다 칸자키 선생님의 문제도 끝나기 전에 어젯밤 같은 일을 저질러서 만에 하나 제가 도망치면 어떻게 할 생각이셨어요?"

나는 살짝 설교 모드에 들어갔다.

"그야 이게 끝나면 스미를 만날 구실도 사라지잖아."

"뭐, 아리아 씨가 굳이 저를 만날 이유는 없죠."

접점이 적은 상대와 기분에 따라 만나는 건 어지간히 친하지 않으면 어렵다.

"그런 게 아니라."

"네? 그야 아리아 씨라면……."

여느 때처럼 멋대로 와서 휘두를 거 아닌가요── 그렇게 말을 하려다가 멈췄다.

테이블에 턱을 괸 아리아 씨는 눈을 마주치지 않았다. 하지만 귀는 새빨개져 있었다.

그 부끄러워하는 모습은 동생인 요루카와 판박이였다.

"그 무렵, 널 가르치던 시간은 요루에게 죄책감을 느끼던 나에게는 구원이었어. 내 지도로 네 성적이 쑥쑥 올라갔지. 그렇게 동생에게 해주지 못했던 걸 다시 하고 있다는 느낌이라 무척 즐거웠어. 마음이 편해졌어."

"요루카 일로 계속 속앓이를 하고 있었군요."

초인 같은 아리아 씨가 흘리는 약한 소리.

"다만, 그런 건 아리아 씨에게는 당연한 일 아니에요?"

나는 영 와닿지 않았다.

실제로 나 말고도 여러 명의 학원생이 아리아 씨의 강의를 받고 제1지망에 합격했다.

별달리 우수하지도 않은 내 성적을 올리는 것에 특별한 의미를 느낀 이유를 알 수 없었다.

"나에게는 대부분의 사람이 예상한 범주 안이라서 지루해. 그래서 예상을 배신해주는 사람을 아주 마음에 들어하는 경향이 있어. 시즈루도 그랬지. 나를 특별대우하지 않았기 때문에 나도 따랐으니까."

"저는요?"

세나 키스미라는 평범한 소년에게 어떤 포인트가 있었던 걸까.

"처음에 내가 주는 과제를 절대 소화하지 못할 거라고 생각했어. 원래 목표가 너무 높았으니까, 보통은 포기하겠지 했지. 그런데 너는 계속 해냈잖아. 아무리 불평이나 불만을 늘어놓아도 반드시 제출일에 맞췄어. 그래서 나는 네 합격에 진심으로 감동했어. 게다가 네가 에이세이를 지망한 동기에도 언니로서 공감이 가는 게 있었고."

설마 공포의 대마왕에게 그런 회심의 일격을 주었을 줄이야.

당시의 그 촌스러운 안경과 마스크 아래에서 아리아 씨가 그런 식으로 느꼈을 줄은 눈곱만큼도 모르고 있었다.

"세나 키스미라는 남자아이는 내 예상을 넘어서 자력으로 대박을 터뜨렸어. 그런 건 어쩐지 멋있어 보이잖아. 그래서 내 기억에 선명하게 새겨졌던 거지."

조금 쑥스러운 듯이 말하지 마실래요. 저도 반응하기 난감하니까.

"중학생 때 그 말을 마스크 벗고 들은 게 아니라서 다행이네요. 당시였다면 이상한 착각을 해서 기대했을 거예요."

나는 진심으로 안도했다.

만약 지금의 아리아 씨에게 칭찬을 받았다면 무조건적으로 마음을 빼앗겼을 것이다.

예쁜 누나의 사소한 한마디에 자칫 인생이 비틀렸을지도 모른다.

사춘기 남학생에게 아리사카 아리아의 존재는 너무나도 눈이 부시니까.

"후후, 아까워라."

"남의 인생을 뭐라고 생각하는 겁니까."

"오히려 2년 만에 너와 재회해서 변한 건 내 쪽이야."

"그야 겉으로 보이는 인상은 상당히 다르지만요."

"외모 이야기가 아니거든."

"호들갑은, 나이 차가 갑자기 줄어든 것도 아니잖아요. 저는 아직 고등학생이고 아리아 씨는 대학생. 아리아 씨가 뭐든 다 훨씬 어른이에요."

"그렇긴 한데, 앞으로 몇 년 지나면 그 나이 차 같은 건 별다른 문제가 아니게 될 거라는 생각이 좀 든단 말이지."

"누구든 시간에는 못 당하니까요."

시간을 극복하는 건 아리아 씨라고 해도 불가능하다.

"요루를 보면, 나는 아직 진심으로 누군가를 좋아해 본 적이 없다는 걸 알게 되더라. 그래서 원래 아는 사이인 스미는 연애 상대로서 상상하기 쉬웠거든. 역시 자매니까,

비슷한 상대가 신경 쓰이는 거려나."

멋대로 자신의 연애 시뮬레이션 상대로 사용하지 말았으면.

그런 건 머릿속으로 혼자 하는 거지, 본인에게 굳이 보고하지 마.

"금단의 사랑은 픽션으로 충분하잖아요."

나는 가볍게 웃어넘겼다.

"용서받을 수 없으니까 괜히 더 끌리는 거겠지."

"어떻게 해볼 수 없는 거잖아요. 그냥 그것뿐이에요."

가정으로 도망치다니 아리사카 아리아답지 않다.

각색된 순수나 이상, 행복이 매력적인 건 현실과 타협하는 과정이 필요하지 않기 때문이다.

해피엔딩인 채로 끝낼 수 있다는 건 멋진 일일 것이다.

그렇기에 공연한 후일담이나 속편은 필요 없다.

행복의 여운을 일부러 망가트리지 않는다.

"분명 나는 짝사랑조차 아닌, 연애 미수의 감정 정도밖에 모르는 거겠지."

여름의 하얀 햇살이 가득한 창밖을 눈이 부시다는 듯 바라보며, 아리아 씨가 혼잣말처럼 중얼거렸다.

"아리아 씨는 어린아이로 생각했던 동생에게 갑자기 추월당하는 바람에 마음이 급해진 것뿐이에요."

이 사람은 분명 인생에서 져 본 적이 없는 타입이다.

좌절을 모르는 사람이 유일하게 추월당한 것이 연애 경

험이었던 것이리라.

"아하, 그래. 요루에게 진 건 처음일지도."

패배를 기쁘다는 듯 말하는 부분에서 아리아 씨가 얼마나 요루카를 소중히 여기는지 잘 알 수 있었다.

"역시 스미는 좋은 남자야."

"뭐, 요루카가 좋아해 주는 것만큼은 제 자랑거리니까요."

"뭐야, 그거. 애인 자랑? 재수 없어!"

웃으면서 내 어깨를 가볍게 때린다.

아리아 씨의 즐거워 보이는 미소는 역시 요루카와 무척 비슷했다.

"그럼 난 돌아갈게."

카페에서 나와 아리아 씨를 역 앞 택시 정류장까지 바래다주기로 했다.

기온은 쑥쑥 올라가 시원한 가게 안에 있다가 밖으로 나오자 더위가 더욱 가혹하게 느껴진다.

아직 이른 아침인데 피부를 태워버릴 듯한 강렬한 햇살에 땀이 조금씩 올라오기 시작했다.

"앞으로 더 더워지겠는데."

"여름을 만끽하기 전에 저는 기말고사를 극복해야죠."

"범재는 고생이 많구나. 누나가 특별히 공짜로 공부 가르쳐줄까?"

"진심으로 위험할 것 같을 때는 부탁드립니다."

"어라, 순순하네."

"실적만큼은 있으니까요. 아리아 씨는."

"자기 좋을 때만 불러내다니, 나쁜 남자야."

"표현법! 오해를 부르니까!"

"농담이라니까. 스미는 참 재밌어~."

"진짜, 심장에 나쁘다고요."

"오, 일사병에 걸리면 큰일이야. 선글라스라도 빌려줄까?"

아리아 씨는 자신의 핸드백을 뒤적거렸다.

"별로 필요없──."

"으억?!"

손에 정신이 팔려있던 아리아 씨는 발치에 주의가 소홀해져서 작은 턱에 걸려 휘청거렸다.

넘어질 뻔한 것을 알아챘을 때는 이미 내 손이 날아가 있었다.

균형이 무너진 아리아 씨의 가는 팔을 붙잡아 끌어당기자, 그 힘에 내 쪽으로 비틀거렸다. 급히 받아낸 순간 내 귀에 무언가 부드러운 것이 닿았다.

즉시 전류가 흐르는 것 같은 미지의 감각이 쏟아졌다.

"~~."

"후후. 역시 너는 받아내는 걸 잘해."

나는 그대로 옴짝달싹하지 못하게 되었고, 고개를 숙인

아리아 씨의 숨결이 쇄골에 닿았다.

내 몸에 밀착한 부드러운 감촉에 두근거렸다.

"내가 먼저 만났는데, 선택받은 건 요루라니 이상하지."

"아, 리아 씨?"

아리아 씨의 중얼거림에 당황하면서 나는 간신히 목소리를 짜냈다.

"마침 택시 왔네."

아리아 씨는 휙 떨어지더니 빠르게 뒷좌석에 올라탔다.

"스미, 얼굴이 빨개. 조심해서 돌아가."

"그만 좀 놀리라고요."

그렇지 않아도 아침의 역 앞은 귀문(鬼門)이다. 4월에는 요루카와 둘이 있는 걸 들키는 바람에 큰 문제로 발전할 뻔했고, 자칫 헤어질 위기에 빠졌다.

그때 도와줬던 칸자키 선생님도 눈앞의 아리아 씨도 이번에는 의지할 수 없다.

"또 봐."

차에 탔는데도 아리아 씨가 선글라스를 썼다.

문이 닫히고, 순식간에 그녀를 태운 택시가 멀어졌다.

나는 귀를 손으로 누르면서 택시가 보이지 않게 될 때까지 우두커니 서 있었다.

"——키스미."

목소리가 들린 쪽을 돌아보자 그곳에는 요루카와 스마트폰을 든 사유가 있었다.

"가십이에요! 스캔들이에요!"

문춘! 문춘! 하고 사유가 터무니없는 것을 봤다는 얼굴로 부들거렸다.

"잠깐만, 왜 요루카가 여기 있어? 게다가 사유도."

"저, 저도 이런 파파라치 같은 짓을 하고 싶진 않아요! 하지만 봐 버렸으니까요!"

사유가 스마트폰의 화면을 보여주었다.

그곳에는 나와 아리아 씨가 끌어안고 있는 모습이 찍혀 있었다.

"그냥 사고야. 쓰러진 걸 부축한 것뿐이라고. 요루카야말로 왜 여기에?"

오늘은 토요일이라 학교도 쉬는 날이다.

사복을 입은 요루카가 학교 근처에 있는 이 역에 아침 일찍부터 있을 이유가 없다.

"어젯밤에 언니가 집에 돌아오지 않았어. 키스미도 아침까지 연락이 없었고. 몇 번이나 라인을 보냈는데 답장이 없으니까. 걱정이 되어서 사유에게 부탁해 같이 키스미의 집에 가려고, 역에서 만나기로 했더니……."

요루카의 목소리는 조용하다.

나는 당황하며 스마트폰을 꺼냈다. 전원을 꺼 놓은 채였기 때문에 메시지가 온 걸 전혀 눈치채지 못했다.

젠장, 또 연락을 게을리했네. 왜 이렇게 중요할 때에 타이밍이 안 맞는 건지.

"잠깐, 요루카. 아니야!"

"그럼 왜 교복이야? 어젯밤에 외박했다는 뜻이잖아. 밤새 언니와 함께 있었지?"

요루카는 여전히 고개를 숙이고 있지만, 별안간 어조만이 강해졌다.

"그건, 그런데."

"──믿었는데."

"요루카."

내 부름을 무시하고, 요루카는 가 버렸다.

"뿌우! 키이 선배, 실망했어요. 저질이에요!"

사유도 경멸하는 얼굴로 일별하고는 바로 요루카를 쫓아갔다.

연인의 등을 당장에라도 쫓아가고 싶었다.

하지만 귀에 남아있는 요루카의 상처받은 목소리에 망설이고 말았다.

쫓아가서, 어떻게 해명해야 하는 거지.

우연을 우연이라고 증명할 적당한 말이 떠오르지 않아, 그 자리에서 움직일 수가 없었다.

"키스미에게 배신당했어."

모여있는 세나회 멤버들을 앞에 두고 요루카는 심각한 표정으로 중얼거렸다.

역 앞에서 언니와 있었던 일부 광경을 목격한 요루카와 사유는 패밀리 레스토랑으로 이동하면서 간사를 제외한 세나회 멤버를 긴급 소집했다. 예상치 못한 요루카의 호출 및 키스미의 부재에 심상치 않은 기색을 느낀 아사키, 히나카, 나나무라 세 명은 바로 달려왔다.

그렇게 듣게 된 요루카의 묵직한 한 마디에 어떻게 반응해야 할지 난감해했다.

"'키스미에게라면 배신당해도 괜찮다'고 했더니 정말로 배신당했으니까요."

"사유. 그런 거 일일이 기억하지 마."

"저는 감동했는데 말이죠. 아, 이게 증거예요."

사유는 조금 전에 찍은 사진을 세 사람에게 보여주었다.

뒷모습인 키스미, 그리고 밀착한 아리아. 두 사람의 표정은 보이지 않지만, 서로의 얼굴 위치가 겹쳐져 있기 때문에 키스하는 것처럼 보였다.

"키이 선배, 그렇게 요루 선배 일편단심이라고 말해놓고 아침 귀가인 데다 작별의 키스라니. 이번만큼은 수습할 수 없어요! 완전히 대역죄인이에요!"

분노하는 사유는 처음부터 바람이라고 단정 짓고 말했다.

"유키나미는 위험한 걸 자주 보는구나."

가십을 좋아하는 나나무라지만 여느 때처럼 폭소하며 기뻐하는 게 아니라 유독 냉정했다.

"이거 정말로 키스하는 걸까? 그런 식으로도 보이지만, 우연히 붙어버린 것뿐일지도?"

히나카도 회의적인 태도였다. 입술이 맞물린 결정적인 키스 장면이 찍힌 게 아닌 이상 바람이라 단정하는 건 성급하다.

"두 분이 키이 선배 편을 드는 건 상관없지만, 이렇게 요루 선배는 상처받았잖아요! 아사 선배도 이건 완전히 아웃이죠?!"

사유는 이 자리에서 제일 성을 내고 있었다.

오랜 짝사랑 끝에 고백해서 일단락을 짓게 되었다. 키스미와 요루카의 인연은 강하고, 타인이 끼어들 여지가 없다. 그렇기 때문에 사유는 수긍하고 물러날 수 있었다. 그런데 배신과도 같은 장면을 눈앞에서 목격하는 바람에 정도 이상으로 감정적이 되어 있었다.

"네 언니, 드디어 본성을 보였구나."

아사키는 표정은 고요했으나 목소리에서 노기를 숨기지 못했다.

"언니의, 본성?"

무슨 소리냐고 이해하지 못한 요루카는 고개를 기울였다.

"스톱! 하세쿠라도 유키나미도 근본적인 부분을 착각하고 있어."

나나무라가 바로 끼어들었다.

"너무 성급해! 애초에, 아리사카가 언제 세나의 바람을 의심했는데?"

""어?""

아사키와 사유의 놀란 목소리가 겹쳐졌다.

"그야 배신당했다면서 아리사카 본인이 화냈잖아."

"맞아요! 키이 선배의 당황한 모습을 보면 명백하게 아웃이에요."

"경위가 어떻든, 세나가 아니어도 누군가를 껴안고 있는 걸 연인이나 아는 사람에게 보여주면 당연히 당황하지. 그 상황에 태연한 쪽이 오히려 수상해. 뭐, 나는 가능한데."

나나무라 본인은 그렇다 치고, 하는 말에는 일리가 있었다.

"아리사카가 화난 건 다른 이유야. 세나의 바람은 1mm도 의심하지 않잖아. 그렇지? 아리사카."

세나 키스미가 아리사카 요루카에게 바치는 일편단심을 알고 있다면 바람은 말도 안 된다.

"응."

요루카도 선뜻 긍정했다.

어디까지나 연인이 자신의 언니와 함께 있었다.

그 이상의 가능성을 요루카는 일절 상상도 하지 않았다.

"그 상황을 보면 보통은 키스미와 언니의 바람을 의심하지 않아?"

아사키는 여전히 믿지 못하고 재확인했다.

"내가 마음에 들지 않는 건 키스미가 연락을 소홀히 한 것과 언니에겐 접근하지 않겠다고 약속한 걸 깬 거야."

요루카는 물론 화가 났다.

다만 그건 격노라기보다는, 토라졌다고 표현할 수 있을 귀여운 부류에 속했다.

"그럼 '키스미에게 배신당했다'는 헷갈리는 표현을 쓰지 말아줬으면 하는데……."

과거 요루카가 진심 어린 감정을 부딪쳤던 아사키는 그게 거짓말이 아니라는 걸 알았다.

그런 게 아니어도 사유의 사진을 보고 다름 아닌 아사키 본인이 화가 났는데.

"그렇다면 요루 선배는 왜 역 앞에서 도망치신 거예요?"

현장에 있었던 사유는 요루카의 행동을 갑자기 이해할 수 없어졌다.

"그야 걱정해서 일부러 와 봤는데, 키스미는 밤새 언니와 함께 있었잖아. 나만 따돌려진 것 같은 게 속상해서."

"얼마나 언니도 키이 선배도 좋아하는 건데요!"

아사키는 이해할 수 없다는 듯 얼굴 근육을 꿈틀거렸다.

"물론 다른 여자라면 조금은 의심하지. 하지만 내 언니니까."

아리사카 요루카는 의심하지 않는다.

그 한계를 돌파해버린 신뢰에 다른 사람들은 입을 뻐끔거릴 수밖에 없었다.

대부분의 사람은 멀리하지만, 인정한 상대에게 철저한 신뢰를 보낼 수 있다는 게 대단하다.

즉, 요루카가 흔들림 없을 만큼 키스미를 좋아한다는 증명이었다.

"친언니라고 해도 남자와 여자니까 무슨 일이 있었어도 이상하지 않거든. 그야말로 키스 정도는 했어도."

아사키는 심술을 부리듯이 일부러 흔한 사고방식을 던져보았다.

"―――어?"

요루카는 이번에야말로 진심으로 놀랐다.

"아리사카가 언니를 존경하고 좋아하는 건 상관없는데, 현실의 언니는 다르지 않을까. 아무리 우수하고 대단해도 대학생이니까, 마음에 드는 사람이 있다면 호감이 가듯 유혹도 하고 구실을 만들어서 만나려고도 하겠지. 관계를 진전시킬 기회가 있다면 일부러 빈틈을 보이고. 그런 당연한 연애의 테크닉을 발휘하는 거 아니야?"

"연애의, 테크닉."

"너도 짐작 가는 거 있지 않아?"

아사키의 지적에 요루카는 생각에 잠겼다.

"설마, 그런 건……."

부정하는 목소리에는 힘이 없다.

요루카의 머릿속에는 여태껏 언니가 키스미에게 보인 과잉 스킨십이 수도 없이 떠올랐다. 냉정한 눈으로 보면 옛 자제를 대하는 것이라기에는 너무 친밀함이 담겨있었다.

"아리사카의 언니에게 어디까지 자각이 있을지는 몰라도, 호감이라는 건 의외로 남에게는 훤히 보이기도 하니까. 그건 너 자신이 제일 잘 알고 있잖아?"

"_____."

스스로를 돌아본 요루카는 언니에게 의문을 품고 말았다.

세나 키스미가 반 아이들 앞에서 연인 선언을 한 순간, 요루카는 끝났다고 생각했다.

구경거리처럼, 호기심 어린 시선에 노출되는 불쾌한 나날이 시작된다고.

그런 절망으로 인해 당황했으나, 반 아이들에게 요루카의 마음은 이미 다 들통나 있었다.

불안은 기우로 끝나고, 세나 키스미의 연인이라는 게 당연하게 받아들여진 채 오늘까지 평온하게 지냈다.

"미안하지만 가족을 상대로 환상이 너무 커. 어떻게 받아들이든 네 자유지만, 그 언니를 제대로 보지 못하는 건 위험해."

아사키의, 협박이라고 부르기에는 너무도 다정한 조언.

요루카는 눈이 핑글핑글 돌아가는 것 같았다.

자신의 언니가 연적이 된다고? 그런 현실이 일어날 수 있나?

"키스미는 절대 키스 같은 건 안 했어! 나하고도 아직이 니까!"

요루카는 반사적으로 말할 필요가 없는 것까지 외쳐버 리고 말았다.

"……네가 좋아하는 사람을 한없이 의심하지 않는 물렁 물렁한 성격이라는 건 잘 알겠네."

"요루 선배, 그쯤 되면 무서워요. 본처 느낌이 장난 아니 에요."

사유도 키스미에게 품은 분노보다 오히려 요루카에게 두려움을 느꼈다.

"뭐, 아리사카네 언니의 어른의 색기로 유혹이라도 받는 다면 아무리 세나라고 해도──."

요루카는 찌를 듯한 시선으로 나나무라의 말을 가로막 았다.

"으억, 아리사카가 노려보니까 너무 무서워."

나나무라는 널찍한 어깨를 크게 으쓱했다.

"걱정할 필요 없어. 분명 스미스미라면 넘어지려는 언니를 부축했다거나 그런 거 아닐까? 누가 볼지도 알 수 없는 역 앞 에서 그 스미스미가 그런 대담한 짓을 할 리가 없잖아."

히나카는 힐끔 사유 쪽을 봤다.

"하, 하지만, 이 사진은 어떻게 설명하실 건데요? 가짜 남 자친구 건으로도 큰 문제인데 요루 선배의 언니와 키이 선배 가 가까워지면 수라장으로는 끝나지 않을 것 같은데요……."

점점 침착해진 사유는 잔뜩 꼬여버린 현 상황을 올바르게 파악하려고 시도했다.

"내버려 두는 건? 나는 아직 키스미에게 마음이 있는데. 아리사카의 언니가 말한 대로, 이번 건이 실패하는 게 나에게는 이득이 있을지도."

아사키는 못 어울려주겠다는 듯 내던졌다.

"우와, 여기 와서 선전포고! 세나에게 세운 플래그는 역시 꺾이지 않았구나."

"아사키는 왜 이렇게 가차 없는 걸까."

"아사 선배, 대담해!"

세 사람은 요루카의 반응을 기다렸다.

시선이 자신에게 모인 것을 무시한 채 요루카는 계속 생각에 몰두했다.

아이러니하게도 주변 사람 중 1순위 요주의 인물인 하세쿠라 아사키의 말이 오히려 요루카를 냉정하게 만들었다.

궁지에 몰리자 탁월한 두뇌가 제 실력을 발휘했다.

위축된 마음과 잡념, 폭발할 뻔한 감정도 전부 제쳐두고 냉철한 사고가 온갖 가능성을 고속으로 검토하고 앞으로 일어날 수 있는 전개에 대해 자신이 취해야 할 최선의 행동을 끌어낸다.

"요루, 요루……?"

침묵하는 요루카에게 히나카가 말을 걸었다.

현재 고매한 이성의 괴물이 된 요루카는 자신과 피를 이

어받은 언니의 본심을 해석하고 있었다.

어릴 때부터 동경한 이상적인 언니가 아니라, 있는 그대로의 아리사카 아리아를 재구축해간다.

그리고 요루카 나름의 답이 나왔다.

"딱히 하세쿠라가 지켜보는 건 상관없어. 하지만 언니가 하세쿠라가 의심하는 것 같은 사람이라면 결국은 나도 너도 아닌── 반드시 언니가 승리하게 될 거야."

요루카는 위협하듯이 고했다.

그 얼굴을 본 세나회 멤버들은 그 언니를 겹쳐보았다.

"실패하면 그 담임마저 그만두는 거잖아. 하세쿠라가 가만히 있는 것에 어떤 이득이 있는데?"

하세쿠라 아사키로는 아리사카 아리아를 제치지 못한다 ── 요루카는 은연중에 그렇게 단언했다.

"……그럼 아리사카라면 어떻게 할 거야?"

아사키는 살짝 듣는 자세로 전환했다.

"담임 건은 나에겐 아무래도 상관없어. 가짜 남자친구도 언니가 억지로 부탁한 거고, 키스미의 성격이라면 거절하지 못한다는 것도 알아."

"만약 언니가 널 배신했다면?"

"나는 언니를 아주 좋아하고 계속 목표였어. 그러니까 만약 언니와 비교를 당한다면 이길 자신이 없어."

요루카는 솔직한 마음을 토로했다.

자신의 언니는 우러러보는 존재이고, 여태까지 이기고

싶다는 생각은 한 번도 한 적이 없었다.

"──그래도 키스미만은 안 돼."

요루카는 스스로도 놀랄 만큼 또렷한 목소리를 냈다.

"언니만이 아니야. 누구에게도, 줄 생각 없어."

그렇게 단언하며 아사키를 바라보았다.

"하세쿠라, 제안이 있어. 나 혼자서는 언니를 제대로 볼 수가 없어. 너도 언니에게는 못 당해. 하지만 힘을 빌려준다면 현상 유지는 할 수 있지. 적어도 나는 이 세나회 모임을 나쁘지 않다고 생각해. 오히려 즐겁기까지 해. 그러니까 어떤 여자아이가 들어와도 불평할 생각도 없어."

그건 연인인 요루카의 양보이자 분명한 약속이다.

설령 자신의 연인을 노리는 상대가 가까이 있어도 거절하지 않는다. 그 존재를 요루카 본인이 받아들인다.

"만약 키스미를 자신의 연인으로 삼고 싶다면 언니보다나를 상대하는 게 훨씬 승산이 있지 않을까?"

"그 아리사카가." "교섭을 하잖아?!"

요루카의 제안에 나나무라와 히나카가 동시에 놀랐다.

키스미와 요루카의 연애를 보조해 왔던 친구 두 사람은그 괄목할 만한 성장에 감동마저 느꼈다.

"아리사카는 그래도 괜찮아?"

아사키가 사나운 미소를 지었다.

"나는 언니와 제대로 마주 봐야만 하니까."

만약 아리아가 키스미를 마음에 들어 한 이유에 '연애 감정'이 있다면──.

요루카는 모든 것을 후회하기 전에, 우러러보던 이상과
대치해야만 한다.

"하지만 구체적으로 지금부터 어떻게 할 거야?"

"우선 키스미에게 사실을 확인해야 하지 않을까?"

"그러고 보면 요루 선배, 떠날 때 '믿었는데.'라고 무지
오해할 법한 말을 했어요."

"했지……."

요루카는 실수했다는 표정을 지었다.

"저런……. 세나 녀석, 아마 집에 돌아가 침대에 엎어져
있을걸."

나나무라는 소리 죽여 웃었다.

"어, 어쩌지."

"어쩔 수 없네, 요루요루는. 여기선 내가 팔 걷어붙일게."

"어쩌려고? 미야우치."

"초강력 도우미의 힘을 빌리겠어!"

히나카는 스마트폰을 꺼내 세나 키스미와 가장 가까운
사람에게 메시지를 보냈다.

잠시 지나자 답장이 바로 돌아왔다.

"그럼 이렇게 된 거, 다 같이 갈까."

"내 여름이 끝났어."

기말고사가 끝나기 전에 모조리 끝나버렸다.

땡볕 아래에서 거의 좀비나 마찬가지인 상대로 간신히 귀가했다.

찬물로 샤워해서 잡념을 씻어내려고 했지만 소용없었다.

팬티만 입고 침대 위로 굴렀다. 옷을 입는 것도 귀찮다. 머릿속이 난장판이 되어서, 잠이 부족한데도 졸음이 통 오질 않았다.

냉방이 돌아가는 침실에 누워있는 나는 마치 살아있는 시체다.

숨만 쉬고 있을 뿐인 허무 덩어리다.

아무것도 할 마음이 들지 않는다. 위험한 상태인데 어떻게 해야 하는지 모르겠다.

급한데 기어가 맞물리지 않는 것처럼 마음만이 헛돌고 있다.

그래도 포기하지 못하는 나는 머릿속 한구석으로 생각했다.

"요루카, 어떻게 해야 용서해줄까……."

어젯밤은 너무 많은 일이 일어나서 스마트폰의 전원을 켜는 걸 잊어버렸다.

중간에 잠들었다가 허둥지둥 일어난 뒤에도 계속 아리

아 씨와 대화했다. 마무리로 최악의 타이밍을 보여줬다.

"걱정해서 일부러 와 줬는데, 무슨 짓을 한 건지."

나 자신을 아무리 욕해도 부족하다.

그렇지 않아도 가짜 남자친구 건도 있는데 이 이상 상황을 악화시켜서 어쩌자는 거냐.

요루카를 위해 받아들였는데, 애초에 요루카와 헤어지면 본말전도 아닌가.

"처음부터 거절해야 했나……."

그만 우는 소리가 튀어나왔다.

어떤 이유가 있다 한들 요루카를 상처입히는 일이라면 의미가 없다.

설령 가짜 남자친구 작전이 성공한다고 해도 나 때문에 요루카는 더욱더 칸자키 선생님을 미워하게 될 것이다.

"──잠깐, 나는 왜 헤어지는 걸 전제로 생각하는 거야!"

내버려 두면 금방 마이너스 사고로 달려갈 것 같은 나에게 채찍질을 했다.

일어나지도 않은 일에 지나치게 상상력을 발휘해봤자 내가 우울해질 뿐이다.

중요한 건 현재 상황을 정리하고 해야 할 일을 분명하게 도출한다.

"아리아 씨를 받아낸 건 그냥 우연. 요루카는 나를 걱정해서 보러 왔을 뿐. 칸자키 선생님 건은 어디까지나 연기. 그리고 나는 요루카를 사랑함. 불행한 우연이 겹쳐진 것뿐이야!"

딱히 누군가가 잘못한 건 아니다.

그저 타이밍이 나쁠 뿐이다.

생각해라. 생각해라. 생각해라.

이 이상 후회하기 전에 행동해야 한다.

모두가 상처받고 끝나는 최악의 결말을 맞지 않기 위해서, 할 수 있는 최선을 떠올려라.

설령 완벽하지 않다고 해도 최고의 최선을 끌어내자.

『세나. 누군가를 선택한다는 건 다른 누군가를 선택하지 않는 거야.』

라멘 가게에서 나나무라에게 들은 말이 지금은 다른 의미를 가지려고 한다.

단순하게 연애만의 이야기가 아니다. 할 수 있는 일에는 한도가 있다.

선택이란 명확한 우선순위를 매기는 것.

내 목표는 요루카와는 계속 연인으로 지내고, 칸자키 선생님이 끝까지 담임을 맡아주는 것이다.

연인이나 친구, 선생님 중 누구 한 명 빠지지 않고 에이세이 고등학교를 졸업할 때까지 즐겁게 보내는 일이다.

"응? 어라. 나 왜 세나회 멤버들은 빼고 생각했지?"

나는 이제 와서 눈치챘다.

아리아 씨는 선생님의 사생활 문제라는 이유로 나에게만 협력을 요구했다.

잘 생각해 보면 사유가 그룹 채팅방으로 맞선 건을 퍼트려서 세나회 전원이 알고 있다.

그런 그들을 외부인이라며 선 밖으로 밀어 두는 게 의미가 있나?

"……아리아 씨는 나 혼자서도 충분하다고, 진심으로 그렇게 생각하는 건가?"

출제자의 의도를 풀이하듯이 현재의 상황을 만들어놓은 인물의 생각을 한번 더 헤아려보았다.

신뢰해주는 건 고맙지만, 아쉽게도 나에게 그 정도의 자신감은 없었다.

오히려 든든한 친구들의 도움이라면 얼마든지 필요하다.

"──그래. 그렇게 하면 돼."

나는 늘 누군가의 힘을 빌려서 극복해왔다.

그렇게 나 나름의 대책과 각오를 굳혔을 때, 불현듯 떠들썩한 목소리가 들렸다.

"키스미! 손님 왔어!"

동생 에이는 내 사정 같은 건 아랑곳하지 않고 노크도 없이 방으로 들어왔다.

심지어 여느 때보다 더 신이 났다.

"손님? 누구?"

내가 방문을 보자 요루카, 아사키, 미야치, 사유, 나나무라가 총출동해 있었다.

"너희들……."

"키스미, 먼저 옷을 입어!"

요루카가 소리쳤다.

"?!"

나는 팬티 하나만 입고 있었다는 걸 깨닫고 허둥지둥 옷을 입었다.

"세나, 굉장히 장래성이 넘쳐 보이는 동생인데."

"말 걸면 죽여버린다."

"조건 빡빡하지 않아? 아무리 그래도 초등학생은 사양이거든."

나나무라가 태평하게 방에 들어오자, 뒤를 이어 여성진도 쭈뼛쭈뼛 발을 들여놓았다.

별로 치워놓지 않았으니까 너무 빤히 쳐다보지 말았으면 좋겠다.

"어어, 대체 무슨 일이야? 다 같이, 우리 집에……."

나는 난처해하면서 친구들을 둘러보았다.

"아까 히나카에게 라인 왔어. 지금부터 다 함께 키스미를 만나러 간다고 하길래, 오라고 했지."

대답한 사람은 어째서인지 에이였다.

"에이, 그런 건 먼저 나에게 확인해야지. 그리고 오빠라고 불러."

"그렇지만 요루카랑 히나카를 만나고 싶었는걸."

에이는 어디까지나 순수하게 놀고 싶다는 마음으로 기꺼이 OK 한 거겠지. 뭐, 초인종이 울린 것도 눈치채지 못할 만큼 얼이 빠져있던 내가 제대로 된 반응을 할 수 있었을지도 의심스럽지만.

"미야치도, 언제 에이와 연락처를 교환한 거야?"

"미안. 실은 작년에 집에 왔을 때 슬쩍."

미야치는 덧니가 보일 만큼 씩 웃으며 애교 있게 비밀로 했던 걸 고백했다.

"금시초문인데……."

"종종 메시지를 주고받긴 했어. 에이, 자판 속도 빠르더라."

"아. 혹시 아리아 씨가 학교에 왔던 날에 에이와 대화한 사람이 미야치였어?"

"정답. 용서해줘, 스미스미."

"에이가 뭐 괜한 소리 한 거 없지?"

나는 천진난만하기 때문에 뭐든 다 대답해버릴 법한 에이와의 대화가 마음에 걸렸다.

"안심해. 에이가 스미스미를 아주 좋아한다는 걸 잘 알게 된 것 정도니까."

"불안해."

나는 에이가 불러들인 세나회를 앞에 두고 기합을 넣었다.

"에이. 중요한 이야기가 있으니까 방에서 나가줘."

"싫어. 에이도 같이 놀래. 나만 빼놓지 마!"

칭얼거리는 동생에게 요루카가 무릎을 굽히고 말을 걸었다.

"미안해, 에이. 내가 키스미랑 조금 싸웠거든. 그러니까 화해할 수 있도록 대화하게 해줄래?"

"요루카랑?"

"응."

"누가 잘못했어? 키스미? 요루카?"

"아마도 둘 다."

"……또 키스미가 봄방학 때처럼 되는 건 싫어."

"봄방학?"

"응. 올해 봄방학에 키스미 계속 이상했어. 내내 정신 사납고, 갑자기 뭘 하다가 그만두다가 하는 게 좀 무서웠어."

요루카에게 고백하고 답변을 기다리는 동안의 나는 그렇게 동생에게 걱정을 끼쳤던 건가.

"그러니까 꼭 화해해!"

에이는 요루카를 향해 또랑또랑하게 외쳤다.

"대단한데. 세나의 동생, 저 아리사카를 상대로 설교하고 있잖아."

나나무라가 중얼거리자 미야치가 옆구리를 때렸다. 그 기습에 나나무라의 길쭉한 몸이 ㄱ자로 푹 꺾였다.

"응, 꼭 화해할게."

"에이는 요루카도 좋아하니까. 이렇게 또 놀러 와. 약속
이야."

감격에 겨운 요루카는 에이를 꽉 끌어안았다.

에이가 방에서 나가자 나는 다시금 몇 시간 만에 요루카
와 마주 봤다.

"요루카. 내 말을 들어줘. 그리고 판단해줘."

"질문할 테니까 바로바로 대답해."

요루카도 처음부터 그럴 생각이었던 모양이다.

"알았어."

"언니와 바람피웠어?"

"아니."

"어젯밤엔 뭘 했어?"

"가짜 남자친구 건으로 칸자키 선생님의 집에서 회의.
그래서 어젯밤엔 셋이 같이 있었어."

"흐응. 연락을 안 한 건?"

"이런저런 준비 때문에 전원을 껐어."

"……아침까지?"

"오래 걸렸거든. 아무리 그래도 한밤중에 교복을 입고
돌아다니다가 경찰에게 보호 당하면 성가셔지니까."

"더 일찍 돌아올 수 있었잖아? 왜 아침까지 언니와 둘이
있었어?"

"카페에서 아침 먹었어. 영수증 있는데 확인할래?"

이때까지 막힘없이 질문을 던져대던 요루카가 살짝 머뭇거렸다.

"역에서, 언니와 끌어안고 있었던 건?"

"넘어지려는 걸 반사적으로 붙잡은 것뿐이야."

"키스하는 것처럼 보였——."

"안 했어!"

나는 큰 목소리로 대답했다.

전원이 안도의 한숨을 흘렸다.

"키이 선배, 죄송해요. 제가 성급하게 판단했어요. 잘못했습니다."

사유가 누구보다 먼저 사과했다.

"요루카와 아침부터 계속 같이 있어 줘서 고마워, 사유."

"그런 오해를 부르는 친절함으로 여자를 현혹하지 말아주세요. 아사 선배도 수긍했죠?"

민망해하던 사유가 아사키의 반응을 기다렸다.

학생 식장에서의 사건 이후 아사키와는 껄끄러워서 표면적인 대화밖에 하지 않았다.

그렇기 때문에 이렇게 제대로 서로를 보면서 이야기하는 건 오랜만인 느낌이 든다.

"내 상황은 별로 변하지 않았어. 오히려 지금부터인걸."

아사키는 여느 때처럼 나를 똑바로 바라보았다.

더는 숨기지 않는다고. 미혹을 털어낸 것처럼 여유로운

미소로 그렇게 대답했다.

"그럼 의문은 해소되었으니 다음 이야기로 넘어갈까."

미야치가 방의 중심부에 섰다.

"여기에 오기 전에 상의했는데, 우리들도 칸자키 선생님이 앞으로도 계속 담임이었으면 좋겠어. 그래서 세나회에서 스미스미 개인을 보조하려고 해."

"요컨대, 세나가 다른 여자와 단둘이 있는 것에 울분을 느끼는 사람들이 득시글하다는 거지. 그러니까 도와주는 대신 좀 더 정보를 공유해달라는 뜻이야."

나나무라의 직설적인 말에 나는 쓴웃음을 지었다.

"고마워, 나도 같은 생각을 했어."

최악의 타이밍도 있지만, 이렇게 최고의 타이밍이 겹쳐지는 순간도 있다.

나는 솔직한 심정을 털어놓았다.

"가짜 남자친구로 맞선을 피할 수 있다면 그게 제일 좋긴 해. 하지만 실제로 성대한 거짓말을 하는 도박이야. 아무리 아리아 씨가 승산이 있는 계획이라고 해도, 반드시 성공한다는 보장은 없다고 봐. 그러니까 예기치 못한 사태에 대비해 너희들이 보험이 되어줬으면 좋겠어."

나는 내가 나름대로 생각한 맞선 저지 작전을 위해 친구들의 힘을 요청했다.

"요루카. 칸자키 선생님을 위한 일이라서 내키지 않는 건 잘 알아. 하지만 요루카가 없으면 안 돼."

──특히 작전의 주축이 되는 요루카의 협력이 불가결하다.

"나도 키스미에게 상의할 게 있어."

대화한 끝에 최종적으로 요루카를 포함한 전원이 승낙해주었다.

"키스미. 칸자키 선생님을 위해서도 네 제안에는 학급임원으로서 찬성해. 하지만 마지막으로 한 가지 의문이 있는데."

"뭔데? 아사키."

"키스미가 어디까지나 아리사카의 언니를 믿는 건 자신을 합격시켜준 은인이기 때문이라는 건 알겠어. 하지만 애초에 에이세이 합격에 집착한 이유는 뭐야?"

"집에서 가깝고, 대학 수험을 생각한다면 편차치가 높은 곳이 좋잖아."

나는 바로 대답했다.

"정말, 그게 다야? 죽을 둥 살 둥 공부할 이유치고는 약한 느낌이 드는데."

아사키가 탐색하듯이 눈을 가늘게 떴다.

"……꼭 말해야 해?"

"키스미, 듣고 싶어."

다른 세나회 멤버들도 내 대답을 기다렸다.

여기까지 끌어들인 이상 솔직해질 수밖에 없겠지.

"에이가, 울어서. 2년 전이면 아직 초등학교 2학년이라

지금보다 더 어린애잖아. 내가 멀리 있는 고등학교에 가면 같이 집에서 나갈 수 없게 되는 게 싫다고 엄청 떼를 썼어. 그래서 제일 가까운 고등학교가 에이세이였는데, 하는 수 없이 그 에이세이에 합격해주겠다고 선언해버렸거든. 에이도 기뻐하길래 이거 진심으로 노릴 수밖에 없겠다 했지. ……그걸 이뤄준 사람이 아리아 씨야."

나는 부끄러운 걸 참으며 털어놓았다.

"키스미, 시스콘." "키스미는 대단한 시스터 콤플렉스구나." "스미스미, 시스콘이네." "키이 선배, 너무 과보호예요." "세나, 동생은 언젠가 반드시 자립하기 마련이야."

요루카, 아사키, 미야치, 사유, 나나무라에게서 예상했던 반응이 돌아왔다.

"그러니까 말하기 싫었다고! 합격이 정해졌을 때는 막상 펑펑 울면서 떼쓰던 에이 본인조차도 완전히 잊어버렸고!"

실내에서 터진 웃음소리에, 에이가 '화해했어?' 하며 조심조심 이쪽을 살피러 왔다.

마침내 결전의 날이 왔다.

회장이 될 장소는 정원으로 유명한 도내의 호텔.

"음, 둘 다 아주 만족스러워."

시즈루 씨는 곱디고운 기모노를 입고 있었다. 긴 머리카락을 틀어 올린 모습이 무척 아름다웠다.

나는 사전에 아리아 씨, 시즈루 씨와 함께 백화점에서 산 정장을 입었다. 낯선 옷에다 헤어스타일도 어른처럼 세팅해놓자 완전히 다른 사람 같았다.

실제로 오늘의 나는 대학생인 세나 키스미로, 칸자키 시즈루의 남자친구로서 장래까지 고려하며 사귀고 있다는 설정이다.

조금 전부터 몇 번이나 화장실에 났는데도 자꾸만 조마조마했다.

"두 사람 다 표정이 딱딱해. 모처럼 밤의 특훈까지 했는데 실전에서 발휘하지 못하면 의미가 없다니까. 릴랙스."

"아리아 씨, 표현 좀." "문란합니다. 파렴치합니다."

그 태평한 말에 우리는 아주 조금 긴장이 풀렸다.

"괜찮다니까. 울어도 웃어도, 여기서 무조건 일단락이 될 테니까. 쫄지 말고 제대로 커플 연기하고 와."

"아리아 씨. 여러모로 감사합니다."

나는 먼저 인사를 했다. 그런 기분이었다.

"끌어들인 건 나니까. 스미야말로 협력해줘서 고마워."

"겸사겸사 실전에서도 동석하지 않으실래요?"

"사양할게."

"오늘은 유독 소극적이네요."

"나는 나대로 할 일이 있으니까."

아리아 씨는 애매모호하게 대답했다.

"이 일이 무사히 끝나면 제 쪽에서도 인사하겠습니다."

시즈루 씨도 청했다.

"오. 그럼 여름방학이니까 여행 가자! 시즈루네 별장이라거나."

"아리아. 계속 그를 끌어들일 생각입니까?"

시즈루 씨는 아리아 씨의 마이페이스에 기가 막혀 했다.

"……딱히 스미를 데려가겠다곤 안 했는데. 뭐야, 시즈루. 엉큼해~."

"마, 말이 그렇다는 겁니다!"

말꼬리를 잡혀버린 시즈루 씨는 당황했다.

문득 내 주머니에 넣은 스마트폰에서 알림 소리가 났다.

"스미. 매너 모드. 대화 도중에 소리가 나면 인상이 나빠져."

"죄송합니다. 바로 바꿀게요."

나는 빠르게 대답한 뒤 품에 넣었다.

"조금 이르지만 슬슬 갈까요, 시즈루 씨."

나는 아버지에게 빌린 손목시계를 새삼 확인했다. 약속 시각이 다가오고 있었다.

"네. 잘 부탁드립니다, 키스미 씨."

시즈루 씨는 내 옆에 섰다.

"둘 다 건투를 기원할게."

로비에서 아리아 씨의 배웅을 받으며 우리는 지정된 레스토랑으로 향했다.

호텔 안에 있는 일식 레스토랑.

우리가 안내받은 곳은 일본 정원을 면한 차분한 개별실이었다.

자리에 앉은 뒤 얼마 지나지 않아 전통복이 멋지게 어울리는 부부가 나타났다.

나는 처음 본 순간 시즈루 씨의 부모님에게서 나오는 박력에 도망치고 싶어졌다.

먼저 아버지의 외모가 무지막지 무섭다.

짧게 친 뻣뻣해 보이는 머리카락에 네모난 얼굴형, 미간에는 깊은 주름이 잡혔고, 날카로운 눈매, 입꼬리가 내려간 입매. 한눈에 봐도 심기가 불편해 보였다. 덩치가 크고 두툼한 체형이라는 건 몬츠키 하카마 위로도 알 수 있었다. 굵은 손목에는 금색으로 빛나는 고급 시계를 찼다.

솔직하게 말씀드려서. 야쿠자세요?

화장실에 다녀왔는데도 찔끔 나올 것 같은데요.

옆에 있는 어머니도 기모노가 잘 어울리는 전통미인이

었다. 시즈루 씨를 쏙 빼닮은 이목구비에 나이가 든 엄숙한 미모에 무심코 '누님!'이라 외치며 머리를 조아릴 뻔했다. 의지가 강해 보이는 예리한 눈매와 말대꾸를 일절 허락하지 않는 박력은 딸인 시즈루 씨와는 비교도 되지 않는다. 우리 학생은 교실에서 얼마나 선생님들로부터 배려를 받았는지 통감했다. 이렇게 엄해 보이는 어머니 밑에서 자란 시즈루 씨가 성실하고 고지식한 사람이 된 것도 이해가 간다. 거슬렀다간 무슨 일이 일어날지 모르겠다.

이쪽도 완전히 야쿠자의 아내다.

문을 열면 부하들이 대기하고 있다거나 그런 거 아니지?

그렇지 않아도 가짜 남자친구라는 위험한 입장으로, 상상 이상으로 엄해 보이는 부모님과의 대면.

거짓말이 들켰을 때는 과연 어떻게 될까?

나, 살아서 돌아갈 수 있을까.

"아버지, 어머니. 오랜만에 뵙습니다."

자리에서 일어난 시즈루 씨는 공손히 머리를 숙였다.

나도 옆에서 따라 했다.

"시즈루, 건강해 보이는군요. 일에만 매달리지 말고 집에도 오세요. 그렇죠? 여보."

"음."

팔짱을 낀 채 중후한 목소리로 살짝 고개를 끄덕일 뿐인 아버지는 거의 나를 보려고 하지도 않았다.

대화의 주도권은 어머니에게 있는 모양이다.

이렇게 무섭게 생긴 남편과 결혼해서 시즈루 씨를 키운 여걸. 분명 배짱이 두둑할 것이다.

오랜만에 만난 가족 간의 화기애애한 분위기는 눈곱만큼도 없고, 압박 면접에 가깝다.

"그리고. 그쪽이 시즈루와 교제하고 있는 분이신지?"

이 자리에 동석한 이상 처음부터 뻔히 알고 있으면서 일부러 물어본다는 걸 보면, 환대하고 있지 않다는 게 명명백백하다.

"네, 네! 그는 세──키, 키스미 군은. 아."

시즈루 씨, 꽝꽝 얼었잖아!

제대로 말이 나온 건 첫인사까지. 교단에 섰을 때의 늠름한 모습은 흔적도 없다. 시즈루 씨는 내 예상보다 10배는 더 긴장했다. 목소리는 갈라지고 숨도 제대로 쉬지 못한다.

어, 친부모를 상대로 이렇게까지 굳는 거야?

저기, 아리아 씨. 처음부터 형세가 너무 안 좋은데요!

마음속으로 나를 끌어들인 장본인에게 클레임을 걸었지만, 당연히 들릴 리가 없다.

"시즈루, 갑자기 뭐죠. 그렇게 머뭇거리는 태도로 교사 일을 제대로 하는 겁니까."

마치 뱀 앞의 개구리다. 시즈루 씨는 완전히 움츠러들었다.

보다 못한 나는 직접 자기소개를 하기로 했다.

"인사드리겠습니다. 시즈루 씨와 교제하고 있는 세나 키

스미라고 합니다. 처음 뵙겠습니다. 오늘은 시간을 내어
주셔서 감사합니다. 부모님과 만나 뵙는 것을 기대하고 있
었습니다."

나는 최대한 호청년을 연기하려고 노력했다.

"──당신, 무척 젊군요. 고등학생 정도로 보이는데요."

보자마자 지적당했다!

"도, 동안입니다! 그래서 시즈루 씨도 처음에는 전혀 상
대해주지 않으셨습니다."

"시즈루와는 어디서 알게 되었죠?"

"대학 세미나의 술자리입니다. 졸업하신 선배님들도 오
셨는데, 그중 한 명이었던 시즈루 씨에게 첫눈에 반했습니
다. 그 후로 열렬히 따라다닌 끝에 사귀게 되었습니다."

아리아 씨가 주입한 설정대로 말을 이어갔다.

기말고사를 위한 공부 시간까지 희생하면서 가짜 남자
친구 대학생 세나 키스미의 날조 이력을 머리에 쑤셔 넣었
다. 어디서든 와라. 전부 헤쳐 나가주겠어.

어머니는 나를 품평하듯이 빤히 응시한 뒤 시즈루 씨에
게 질문했다.

"당신은 그의 어디에 끌렸죠?"

"그게, 그는……."

"시즈루. 좋아하는 이유도 바로 대답하지 못하는 겁니까."

아직 3초도 안 지났겠다. 얼마나 빠른 대답을 원하는 거
냐고.

말을 하려고 하기도 전에 지적이 날아오면 자신이 하고 싶은 말도 하지 못한다.

음, 제대로 된 커뮤니케이션을 나누는 건 상당히 어렵다.

이거 패배 확정 이벤트 아닐까.

"실례합니다. 식사를 준비해드리겠습니다."

절묘한 타이밍에 호텔 직원이 찾아왔다.

좋아, 일단 이 흐름을 끊었다.

시즈루 씨는 그동안 정신력을 다시 잡아주시고요.

점심 회식이었기 때문에 미리 정해진 호화로운 도시락이 나왔다.

고급스러운 느낌의 상자에 각양각색의 맛있어 보이는 요리가 담겨있다.

"우선 먹도록 할까요."

어머니의 한마디를 신호로 잠시 식사에 몰두했다.

좀처럼 먹을 수 없는 호텔 식사에 기분이 좋아질 법도 했지만, 너무 긴장한 나머지 배고픔도 느껴지지 않았다.

젓가락을 움직여보긴 했으나 영 맛을 즐길 수 없다.

아까워라. 정말로 아쉽다.

"어머니."

시즈루 씨는 크게 심호흡했다.

"키스미 씨는 타인이 곤경에 처한 것을 내버려 두지 못하는 마음 착한 사람입니다. 자신의 손해·득실을 고려하지 않고 남을 위해 노력을 아끼지 않습니다. 저는 그런 성실한 그를 신뢰하고 존경합니다. 아버지와 어머니께 자신 있게 소개할 수 있는 훌륭한 남성입니다."

설령 가짜 남자친구라고 해도 시즈루 씨에게 칭찬을 받는 건 기뻤다.

"확실히 당신이 연인을 데려온 건 처음이죠."

"네. 저는 진심입니다."

시즈루 씨는 겁먹지 않고 대답했다.

어머니는 옆에서 조용히 있는 아버지와 힐끗 얼굴을 마주 본 뒤 내 쪽을 보았다.

"부모로서 알고 싶은 건, 당신이 시즈루 씨의 반려로서 걸맞은 사람인가. 그것뿐입니다."

"저는 미숙하지만 좋아하는 사람을 위하는 마음은 누구에게도 지지 않습니다."

"그런 건 당연합니다."

"그럼 어떤 말씀을 드리면 교제를 인정해주시겠습니까. 경력이나 향후의 취직처입니까?"

"그런 이력서에 쓸 수 있는 내용은 흥신소에 조사를 시키면 그만입니다. 거짓말을 간파할 필요도 없으니까요."

어쨌거나 딸의 연인인 사람을 앞에 두고 호의적인 반응은 일절 보이지 않는다.

아니, 이쪽도 가짜 남자친구이긴 한데.

"구체적으로 이 아이의 어디에 끌린 거죠?"

"시즈루 씨는 무척 섬세하게 배려할 줄 아는 사람입니

다. 주변을 잘 보고, 이쪽의 고민을 먼저 알아차려 줍니다. 성실하게 상담에 응해주고, 주의를 받는 일도 많지만 망설이고 있을 때는 살며시 등을 밀어줍니다. 저 자신도 그렇게 몇 번이나 도움을 받았습니다."

나도 제자로서 칸자키 선생님 밑에서 많은 일이 있었다.

입학 직후, 갑자기 학급 임원으로 지명 당해 온갖 행사에 동원되며 고생했다. 나는 적극적으로 주도하는 타입이 아니라서 주변을 이끌고 지시하는 게 특기인 것도 아니다. 하지만 꾸준히 계속하다 보면 힘이 되어주는 법. 힘들었지만 조금은 자신감이 되었다.

초여름에는 농구부 사건으로 상당히 폐를 끼쳤다. 나는 후회하지 않지만, 선생님은 계속 신경을 썼다는 건 면목이 없었다.

그리고, 요루카.

나는 칸자키 시즈루에게 도움을 받은 은혜를 잊지 않는다.

그렇기에 가짜 남자친구라는 무모한 계획도 받아들인 것이다.

"당신이 시즈루에게 좋은 감정을 느끼는 것은 부모로서 기쁘게 생각합니다. 그럼 반대로, 시즈루에게 고쳐주길 바라는 부분은 뭐죠?"

"고쳐주길 바라는 부분이요?"

"좋아한다고 해서 상대방의 모든 것을 허용할 수 있는 건 아닙니다. 물론 받아들이는 자세는 건 필요하지만, 받아들일 수 없는 부분이 있을 때 제대로 대화할 수 있는지가 제일 중요하죠."

이 어머니의 대화법이 교실에 있을 때의 칸자키 선생님과 똑같다는 걸 깨달았다. 옆에 진짜 시즈루 씨가 있는데 묘한 기분이다.

어쩐지 교실에서 선생님과 대화하고 있다고 생각하자 긴장도 누그러졌다.

"아무것도 없습니다——라고 말씀드리고 싶지만 딱 하나. 술을 마실 때 안색이 바뀌지 않더군요. 그래서 갑자기 한계가 오기 때문에 적당히 마셨으면 합니다."

얼마 전 시즈루 씨의 집에서 발견한 것을 솔직하게 말했다.

"자, 잠깐, 키스미 씨?!"

예상치 못한 폭로에 시즈루 씨도 긴장이 날아간 모양이다.

"하하하, 어머니를 쏙 빼닮았구나."

아버지에게서 뜻밖의 긍정적인 반응이 돌아왔다.

"제 이야기는 지금 상관없지 않습니까."

조용한 일갈에 험상궂게 생긴 아버지가 바로 입을 다물었다. 단단히 잡혀 사는 모양이다.

"시즈루. 정말로 밖에서는 조심하세요."

"네."

순순히 반성하는 시즈루 씨.

"지난번에는 집이었으니까 바로 누울 수 있었지만요."

나는 연인이라는 느낌을 강조하기 위해 일부러 말해봤다.

그런데 그 말을 듣자마자 부모님이 깜짝 놀랐다.

"시즈루. 그를 집에 들인 겁니까?"

어머니의 목소리가 전에 없을 만큼 딱딱해졌다. 지금까지 보인 위압감을 주기 위한 것이 아니라, 진심으로 걱정한다는 게 전해졌다.

옆에서 아버지도 팔짱을 끼고 눈을 가늘게 떴다.

시즈루 씨도 어머니의 변화를 알아차리고 어떻게 대답해야 할지 고민했다.

"대답하세요. 그가 당신의 자택 안에 들어갔습니까?"

같은 질문을 반복한다.

시즈루 씨는 내 쪽을 보았다. 어쩌죠. 눈이 그렇게 묻고 있다.

우리가 대답하기도 전에 인내심이 다한 어머니의 말에 우리는 굳어버렸다.

"시즈루, 그가 설령 진짜 연인이라고 해도 고등학생 남자아이를 교사의 집에 들이는 건 몹시 파렴치한 짓입니다."

칸자키 시즈루의 부모님은 세나 키스미의 정체를 알고 있었다.

"무슨 말씀입니까? 저는──."

나는 바로 부정하려고 했다.

"연극은 끝입니다. 세나 키스미 군, 당신은 시즈루가 맡은 반의 제자라고 하더군요. 담임을 위하는 마음은 기특하지만, 아무리 노력해도 당신이 스물을 넘은 나이로는 보이지 않습니다. 그 말투도 상당히 부자연스럽습니다."

"──가르쳐준 사람은 아리사카 아리아입니까?"

나는 바로 정보를 유출한 범인을 떠올렸다.

"네. 며칠 전 집에 와서 일부러 가르쳐주었죠."

바로 인정하는 어머니.

시즈루 씨는 심한 충격을 받았다.

협력해준 아리아 씨 본인이 뒤에서는 부모님에게 계획에 대해 밝혔다는 서프라이즈.

하지만 지금은 시즈루 씨의 정신적 충격을 돌볼 여유도 아리아 씨의 진의에 대해 궁리할 여유도 없다.

눈앞에 있는 상대방에게 전해야 할 말을 해야 한다.

"……거짓말을 한 것은 사과드립니다. 죄송합니다. 그러니 이번에는 다시금 칸자키 선생님의 학생으로서 발언하게 해주세요. 저는 앞으로도 선생님께 배우고 싶습니다."

여기서 거짓말을 계속하는 건 좋은 선택이 아니다.

나는 과감하게, 진짜 세나 키스미로서 설득을 시도했다.

"세나 군. 당신에게는 고등학교 3년간의 문제일지도 모르지만, 딸에게는 평생의 문제입니다."

"하지만 요즘 세상에 아이의 결혼을 부모가 정한다는 건 지나친 간섭 아닌가요?"

건방지다는 걸 알면서도 물러나면 휘말린다.

나는 시간을 두지 않고 내가 생각한 것을 바로 말하기로 했다.

"알고 있습니다. 시즈루가 혼자서 결혼 상대를 찾을 수 있다면 간섭할 생각은 없습니다. 하지만 이 아이는 모처럼 미인으로 자랐는데 학창 시절에도 그러한 이야기를 한 번도 들은 적이 없고, 사회인이 된 뒤에는 일만 하고 있죠."

"천직을 찾아서 몰두하는 겁니다. 충실한 인생이고, 저는 훌륭하다고 봅니다!"

"그렇게 시즈루는 20대 후반이 되었으니, 충분히 결혼을 의식할 나이입니다."

"타이밍은 자유입니다. 애초에 결혼한다고 해서 행복해진다는 보장도 없습니다."

"그렇기 때문에 제대로 된 상대를 고를 필요가 있습니다."

이건 평행선이다.

행복의 정의를 하나로 정하려고 하는, 답이 없는 문답.

내가 고등학생이라 제대로 상대해주지 않는다는 것도 안다.

그래도 칸자키 선생님이 아직 결혼을 바라지 않는다면, 나는 이쪽에 서서 전력으로 대신 주장할 것이다.

"부모와 자식은 별개의 존재입니다."

"결혼 상대는 바로 찾을 수 있는 게 아닙니다. 시작이 너무 늦었을 정도예요."

"하지만 그건 부모의 가치관을 강요하는 거죠."

"그럼 당신이 책임을 지고 딸을 행복하게 해줄 수 있습니까?"

"그건……."

"못 하겠죠. 그건 당신이 아직 어린아이이기 때문입니다. 사귀는 연인도 있다던데요. 만약 진지하게 각오가 되어 있다면 당연히 그 아이와 헤어져 줘야겠지만."

현실을 들이대자 나는 아무런 반박도 하지 못했다.

"――책임을 질 수 없다면 당신은 어디까지나 외부인입니다."

어머니는 일축했다.

"아무리 존경하고 딸을 응원한다고 해도, 여차할 때 지금의 당신이 할 수 있는 일은 없습니다. 그리고 저희는 시즈루의 부모로서 어른이 된 딸에게 책임이 있습니다. 앞으로도 진심으로 행복하게 살길 바라니까요."

무턱대고 결혼을 서두르는 게 아니다.

순수하게 아이의 장래가 걱정되니까 도움을 주려는 것이다.

우리 엄마가 내가 시험공부를 하는지 안 하는지 신경 쓰는―― 감정적으로는 그런 행동의 연장선일 것이다.

이 부모님은 결코 고지식한 가치관을 칸자키 선생님에게 강요하려는 게 아니다.

그건 직접 대화를 나눠보고 잘 알았다.

동시에 시즈루 씨가 태어나고 자라서 어른이 될 때까지 딱딱하게 굳어버린 부모·자식간의 역학관계를 뒤엎는 게 쉽지 않다는 것도.

딸인 칸자키 선생님은 여전히 부모님에게 아무런 말도

하지 못하고 있다.

"가짜 연인을 데려오면서까지 설득하는 각오를 볼 생각이었는데, 결국은 그 학생만이 말하고 있지 않습니까."

어머니는 실망했다는 듯 한숨을 쉬었다.

칸자키 선생님은 고개를 숙인 채 아무 말도 못 하고 움직이지도 않았다.

──사랑하기 때문에 어려운 것이 있다.

상대방을 너무 의식해서, 적절한 태도를 취할 수 없게 된다.

그건 연애가 아니어도 흔한 일이다.

하지만 연애와 달리, 가족과는 쉽게 거리를 둘 수 없다.

가족이기 때문에 무슨 말이든 할 수 있다는 보장은 없다. 가족인데 말하지 못하는 것이 있다.

"그럼, 저도 다른 집 아이에게 설교하는 취미는 없습니다. 여보, 아쉽지만 오늘은 돌아가죠. 시즈루, 맞선 건은 나중에 연락하겠습니다."

"기다려주세요!"

나는 칸자키 선생님의 부모님을 붙잡았다.

"……세나 학생, 이제 됐습니다."

"여기서 그만두면 제가 평생 후회할 거예요!"

"당신은 혼자서 충분히 노력했습니다."

"──저 혼자로 부족하다면, 친구들의 힘을 빌리면 그만이죠."

나는 스마트폰을 꺼내 '전화 한 통 실례합니다!' 하고 상
대방을 불러내 신호를 보냈다.

"너희 차례야. 지금 당장 와 줘."

『이미 도착했어.』

답변과 동시에 개별실의 문이 열렸다.

나타난 사람은 세나회 멤버들이었다.

"실례합니다!"

부활동을 할 때의 힘이 팍 들어간 인사처럼 큰 목소리로
위협하듯이 들어온 190cm의 거구 나나무라. 미야치와 사
유도 그 뒤를 따라 들어왔다.

『키스미가 불러내는 게 늦어서. 우리 차례는 없나 했잖아.』

마지막으로 스마트폰을 한 손에 든 아사키가 들어왔다.

나는 미야치와 눈이 마주쳤다.

그 시선이 괜찮다고 말하고 있다. 그렇다면 저쪽은 맡기자.

요루카만은 다른 장소에서 또 하나의 결판을 내려 하고
있었다.

우리—— 세나회도 칸자키 선생님의 부모님과 만나는 호텔에 모여 있었다.

레스토랑의 장소는 사전에 스미스미가 라인으로 알려주었다.

당초의 목적이 잘 안 풀릴 것 같을 때는 다 함께 응원군으로 달려간다는 게 스미스미가 말하는 보험이었다.

아사키의 제안으로 한눈에 알아볼 수 있게 다들 교복 차림이었다.

그리고 스미스미의 예상대로 선글라스를 끈 요루요루의 언니는 레스토랑이 있는 층의 소파에서 혼자 유유히 기다리고 있었다.

우리를 보더니 '오, 너희들. 또 만났네' 하고 털털하게 인사했다.

"어라. 너는 그쪽에 붙었구나."

요루요루의 언니는 아사키를 향해 아쉽다는 듯 말했다.

"이런 실패할 게 뻔한 작전을 왜 계획한 건지 생각했어요. 그래서 실패했을 때 누가 제일 손해를 덜 보는지 따졌더니 아리사카의 언니더라고요."

"너무해라. 나는 시즈루를 진심으로 걱정하는 것뿐인데."

"그럼 왜 학생 식당에서 저에게 화풀이하신 거죠?"

그 말에 요루요루의 언니의 안색이 바뀌었다.

"무슨 소리야?"

"저와 아리사카를 싸우게 만들어서 키스미에게 향할 비난의 화살을 돌려버렸잖아요. 굉장히 과보호하시네요."

"그야 내가 끌어들인 거니까——."

"언니는 키스미를 특별대우하는 거지?"

대화에 끼어든 사람은 요루요루였다.

"어라, 어제의 적은 오늘의 친구다 이건가?"

"언니, 얼버무리려고 하지 마. 나는 진지하게 묻는 거야."

요루요루는 진지한 얼굴로 언니 앞에 섰다.

"나중에 해. 모처럼 시즈루가 열심히 하고 있으니까 방해하지 마. 너희의 난입은 거절하겠습니다아."

자리에서 일어난 언니는 손으로 크게 엑스자를 그리더니 우리를 가로막았다.

"이건 키스미가 한 말인데요, 그는 자기 혼자서는 가짜 남자친구 계획은 실패한다더라고요."

아사키도 요루요루 옆에 섰다.

"변함없이 자기평가가 낮구나. 조금 더 자신감을 가져도 될 텐데."

"동감입니다. 하지만 그 겸손한 점이 키스미의 매력이라고 생각해요."

"……요루 앞에서 용케 그런 말을 하네."

요루요루의 언니는 따져보듯이 우리를 보았다.

"그쪽이야말로 자신감이 있는 사람은 대단하네요. 키스

미와 선생님이 궁지에 몰렸을 때 클라이맥스처럼 자기가 등장해서, 마지막에는 전부 밀어붙여서 해결할 생각이었던 거 아닌가요? 굉장히 똑똑한 각본이네요."

아사키가 상큼하게 웃으며 시비를 걸었다.

"_____."

언니는 선글라스를 살짝 내리고는 언짢아하는 시선을 보냈다.

"하세쿠라. 안쪽은 맡길게. 먼저 가."

요루요루가 말했다.

"정말로 멋있는 역할을 양보해주는구나."

"학급 임원이잖아? 파트너가 몸을 던져서 담임을 위해 노력하고 있으니까 너도 얌전히 도와주고 와."

요루요루가 아사키에게 맡긴다.

그건 어떠한 도발이나 신뢰마저 이겨버리는 무거운 배턴이었다.

"──키스미의 마음이 흔들려도 불평하지 마."

"그럴 일 없어."

요루요루는 코웃음을 쳤다.

아사키가 선봉장처럼 레스토랑으로 향했다.

"무슨 일이야? 요루. 굉장히 용감한 소릴 다 하고."

"언니, 둘이서만 대화하고 싶어. 자매싸움을 받아줘야겠어."

"…………그쪽이 더 재미있어 보이긴 하네."

요루요루의 언니는 선뜻 한 걸음 물러나 길을 비켜주었다.

"그럼, 세나를 어시스트하러 가 보실까."

"네. 요루 선배, 이쪽은 신경 쓰지 마세요!"

나나무와 사유도 아사키의 뒤를 따라갔다.

"히나카도. 나는 괜찮으니까."

"요루요루⋯⋯."

나는 또 구기대회 때처럼 스미스미에게서 몰래 부탁을 받았었다.

그는 언니와 대화할 때 요루요루가 언니의 기세에 밀려 버리는 걸 걱정했다.

하지만 그건 나나 스미스미의 기우다.

지금의 아리사카 요루카라면 괜찮다.

"힘내!"

그 등을 향해 응원한 후, 나도 다른 애들을 쫓아갔다.

"여러분, 어째서……."

서프라이즈로 등장한 교복 입은 제자들을 본 칸자키 선생님은 진심으로 놀랐다.

당연히 부모님도 같은 반응이었다.

"키스미에게서 선생님의 중대사라고 긴급소집을 받았거든요."

아사키가 짐짓 당연하다는 양 대답했다.

"선생님의 부모님이세요? 저는 키스미와 같이 학급 임원을 맡은 하세쿠라 아사키라고 합니다. 처음 뵙겠습니다. 오늘은 다 함께 선생님이 일을 그만두지 않도록 설득하러 왔습니다."

아사키는 위압감이 느껴지는 부모님 앞에서도 일절 기죽지 않고 당당하게 설명했다. 그 눈이 부실 정도로 환한 미소가 주는 좋은 인상과 부드러운 태도는 상대방의 경계심을 훅 내려버린다.

"사실은 반 아이들 전원이 찾아뵙고 싶었지만, 아무리 그래도 그 인원은 폐가 될 테니까 평소 신세를 많이 지고 있는 학생을 뽑아왔습니다."

아사키는 막힘없이 이 자리에 있어야 하는 필연성을 주장했다.

역시 파트너. 나는 진심으로 찬사를 보냈다.

가짜 남자친구라는 기책(奇策)이 실패했을 때를 대비해 내가 보험으로 걸어둔, 단순하면서도 고전적인 방법.

기습과 물량으로 밀어붙이는 직설적인 설득으로 전환하는 것이었다.

이 세나회의 다채로운 멤버를 보면 칸자키 선생님이 얼마나 다양한 학생들에게 사랑받고 있는지 일목요연하다.

평범한 남학생인 나부터 아사키처럼 눈에 띄는 모범생, 미야치 같은 개성파, 씩씩한 사유, 완벽한 체육인인 나나무라.

키가 큰 나나무라의 존재감은 결코 좁지 않은 개별실에 물리적인 압박감을 준다.

"이게 세나 학생이, 할 수 있는 일입니까?"

"기왕 이렇게 된 거, 선생님을 돕는 영광을 다 함께 나누려고 생각해서요."

"시험을 앞둔 주말에 다들 뭘 하는 겁니까. 정말로."

칸자키 선생님은 울상이 되었다.

"게다가…… 유키나미 학생마저."

혼자 학년이 다른 사유가 이 자리에 있다는 것에 당황했다.

"전에는 폐를 끼쳤습니다. 그, 사과는 아니지만 키이 선배가 꼭 도와달라고 부탁을 받아서 같이 왔습니다!"

사유의 어색하던 태도는 약해진 칸자키 선생님을 보고 바로 평소의 활발함을 되찾았다. 그리고 부끄럽다고 나를 핑계로 끌어들이지 마라.

"저는 뭐, 농구밖에 못 하니까요. 칸자키 선생님이나 거기 있는 세나에게 작년에 도움을 받았던 빚을 갚으러 온 것뿐입니다. 아, 세나가 실패했어도 제가 연인 역할이라면 어떠신가요?"

당당하게 무슨 어필을 하는 거냐. 나나무라의 저런 뻔뻔함에는 감탄이 나온다.

이 녀석이 와 준 것만으로도 험상궂게 생긴 아버지의 존재감을 눌러주는 것 같은 느낌이다.

"나나무, 연인 역할이라고 말한 시점에서 설득력이 곤두박질쳤어. 대충 던졌다는 게 들키잖아."

"미야우치, 착각하지 마. 나는 여성을 상대로는 언제나 아주 진지하거든."

"절도가 없는 거 아니고?"

"빡빡해라."

장신의 나나무라에게 제일 작은 미야치가 털털한 태도로 대한다.

눈이 부신 금발 쇼트 헤어, 커다랗고 둥근 눈과 동안 때문에 작은 동물처럼 귀여운 인상. 귀에는 피어스, 피부는 순백. 햇살에 약하기 때문에 여름에도 얇은 긴소매 옷을 입는데, 오버사이즈라서 소매가 남아돈다.

"저는 칸자키 선생님의 반이 즐거워요. 사실 옛날부터 꼬맹이 주제에 제 마음대로 행동한다고 안 좋은 일도 겪어서, 원래 학교를 썩 좋아하지 않았습니다. 하지만 지금은 제가 저인 그대로도 아무도 심술을 부리지 않아요. 그건 칸자키 선생님이 제대로 지켜보고 있기 때문이라고 생각합니다. 그런 선생님이 선택한 두 사람이 성실하게 학급 임원으로 일하고 있는 덕분에 저희 반은 따돌림도 없어요. 이건 대단한 자랑거리죠."

숨김없는 미야치의 말에 우리가 고개를 주억거렸다.

"저는 칸자키 선생님을 존경합니다. 선생님이 고문을 맡으신 다도부에도 들어가 공부 말고 다른 수많은 것을 배우고 있습니다. 선생님의 정확한 지도가 있기 때문에 더 위를 노릴 수 있다고 생각합니다. 그러니 그만두시면 아주 곤란합니다. 아주 섭섭합니다. 아주 싫습니다. 아주, 고통스럽습니다……."

아사키는 절실한 마음으로 호소했다.

다들 저마다 내가 모르는 곳에서 칸자키 선생님에게 도움을 받았다.

마지막으로 네 차례라는 양 세나회의 시선이 모였다.

"으음, 지적하신 대로 저에게는 연인이 있습니다. 그 아이와 지금도 계속 사귈 수 있는 건 칸자키 선생님과 여기에 있는 친구들 덕분이에요. 저는 딱히 대단한 사람이 아니지만, 담임선생님의 위기에 달려와 주는 친구가 있다는 건 조금 자랑스럽습니다. 정말로 도움을 받고 있어요. 이것도 다 칸자키 선생님의 따뜻하면서도 엄한 지도 덕분이죠."

그 후 나는 한층 덧붙였다.

"……선생님은 결혼하셔도 좋은 가정을 만드실 수 있다고 봅니다. 미인이고, 요리도 맛있고, 선생님과 결혼할 사람은 어마어마한 행운아겠죠. 그와 마찬가지로 좋은 선생님이십니다. 선생님께 배우고 졸업한 학생은 훌륭한 어른이 되어서 마찬가지로 누군가를 행복하게 해줄 겁니다. 칸자키 시즈루가 선생님으로서 지도해준 덕분에 장래에 더 많은 사람이 행복해질 겁니다. 그런 대단한 일을 하고 계십니다."

나는 칸자키 선생님을 보았다.

"세나, 처음부터 그 말을 하면 되는 거 아니냐?"

마지막에 들린 나나무라의 감상은 흘려넘겼다.

"다들 오지 않았다면 말할 수 없었어. 그렇죠? 선생님."

우리의 마음은 하나다.

그건 부모님보다 더 선생님 본인에게도 전해졌을 것이다.

선생님은 의자에서 일어났다.

"아버지, 어머니. 저는 교사를 그만두지 않을 겁니다. 이런 저를 신뢰해주는 소중한 학생들이 있습니다. 아이들의 성장을 도울 수 있는, 이렇게나 보람이 있는 일은 달리 없습니다. 그러니 지금은 믿고 기다려주세요! 언젠가 반드시 좋은 사람을 데려오겠습니다. 그때까지 조금만 더 시간을 주세요. 저에게는 이것 말고 드릴 말씀이 없습니다!"

칸자키 선생님은 자신의 껍질을 깨듯이, 당당해져서 큰 목소리로 선언했다.

짧은 침묵.

"……시즈루, 훌륭하게 노력하고 있구나."

험상궂게 생긴 아버지가 툭 중얼거렸다. 눈에서는 눈물이 떨어졌다.

"여보. 시즈루의 학생들 앞이잖아요."

즉시 어머니가 주의를 주면서 손수건을 건넸다.

"소리를 높이다니, 보기에 안 좋습니다."

반면 어머니는 딱 자르듯이 쏘아붙였다.

그렇게 열심히 외쳐도 안색 하나 바뀌지 않는다.

역시 이 사람에게는 닿지 않는 건가.

"시즈루."

"설령 뭐라 말씀하셔도 맞선은 거절하겠습니다!"

칸자키 선생님은 꺾일 것 같은 마음을 버티며 한층 주장했다.

"──마음대로 하세요."

"네?"

"당신은 부모가 모르는 곳에서 제대로 살아가고 있군요."

"그럼, 괜찮은 겁니까?"

"그렇게까지 큰소리를 친 이상 나중에 울며 매달려도 저는 모릅니다."

"네, 네!"

"학생의 신뢰를 저버리지 않도록 앞으로도 정신하세요. 당신도 언제까지 올 겁니까! 돌아가야죠!"

서두르듯이 아버지를 일으켜 세웠다.

"그럼 여러분, 시즈루를 앞으로도 잘 부탁드립니다."

떠날 때 보여준 아름다운 인사에, 칸자키 선생님의 행동거지는 어머니에게 배운 것임을 잘 알 수 있었다.

문이 닫히고 기척이 멀어지는 것을 확인한 후 우리는 전원 일제히 숨을 돌렸다.

팽팽해져 있던 공기가 단숨에 누그러들었다.

"정말로, 잘 풀리다니……."

특히 칸자키 선생님은 넋이 나간 것처럼 의자에 다시 주저앉았다.

"선생님, 어떻게든 해결했어요! 다행이에요! 맞선 회피 성공입니다!"

"네. 세나 학생 덕분입니다. 여러분도 감사합니다."

선생님은 다시금 감사 인사를 했다.

나는 역할을 마친 넥타이를 느슨하게 풀었다.

"미야치, 요루카는?"

"언니와 있어. 분명 지금도 둘이서 대화하고 있을 거야."

나는 바로 스마트폰을 꺼내 요루카에게 전화를 걸었다. 하지만 반응이 없다.

"미야우치 학생. 아리사카 학생도 여기에 왔습니까?"

"네. 요루요루도 직전까지 같이 있었어요. 사실은 여기에 올 예정이었는데, 언니와 중요한 이야기가 있는 것 같아서요."

"그렇군요, 그 아이가……."

칸자키 선생님은 오묘한 표정으로 중얼거렸다.

"그럼 팀을 나눠서 요루 선배를 찾아요!"

사유의 제안에 다들 당연히 고개를 끄덕였다.

"그럼 저도——."

"선생님, 이쪽은 저희가 어떻게든 할 테니까 부모님을 배웅하고 오세요."

"네?"

"두 분은 저희 앞이라 말하지 못한 것도 있었던 것 같아서요. 좋은 기회잖아요."

"……교사로서 부끄러운 모습을 보였습니다. 하지만 무척 용기를 받았습니다. 여러분을 가르치게 된 저야말로 영광입니다."

"인사하시다가 돌아가시겠어요. 선생님, 빨리 가세요."

길어질 것 같은 기척을 느낀 우리는 서둘러 선생님을 보냈다.

시즈루는 호텔 로비에서 부모님을 발견했다.

"아버지! 어머니!"

시즈루의 목소리에 두 사람의 발이 멈췄다.

"기모노를 입고 달리면 안 됩니다."

"그, 조금 전에는, 그게."

"무척 든든한 학생들이군요. 특히 세나 군. 아버지를 상대로도 기죽지 않고 말을 할 수 있다니 대담하네요. 조금 마음에 들었습니다."

"어, 어머니께서 그런 말씀을 하시다니 처음 듣습니다."

시즈루는 어머니의 반응이 너무나도 뜻밖이라 당황했다.

"외동딸에게 아무리 시간이 지나도 연인의 흔적조차 없지 않았습니까. 걱정이 되어 맞선 준비 정도는 하고 싶어지기 마련입니다. 언젠가는 우리도 손주의 얼굴을 보고 싶기도 하고요. 하지만 갑자기 남자친구를 데려오다니, 우리의 마음도 조금은 생각하세요. 심지어 제자에게 손을 대다니."

"안 됐습니다! 그는 연기에 참여해준 것뿐입니다!"

"물론 농담이죠."

"어머니, 평소에 농담 같은 건 안 하시잖습니까."

혼날 각오로 왔는데, 오히려 흡족해 보이는 어머니를 보고 시즈루는 당황한 마음을 숨기지 못했다.

"시즈루. 우리는 당신에게 엄하게 대한다는 자각이 있습니다. 그래도 사랑하는 딸이 난데없이 누군가에게 시집갈지도 모른다고, 갑자기 현실로 들이닥친다면 부모로서 초조해지기도 하죠. 아버지는 계속 잠을 제대로 자지도 못했답니다."

"어쩐지 수업에 참관하러 가는 것처럼 긴장되어서 말이야. 네 엄마도 요즘은 요리의 간이 영 이상하고."

"여보, 매번 맛있다고 하지 않았습니까!"

"미, 미안해. 상당히 예민해져 있었으니까 솔직하게 말할 수 없었어……."

엄마에게 혼난 어린아이처럼 움츠러드는 아버지.

"아버지도 어머니도, 그런 면이 있으셨군요."

"크흠. 아무튼, 설령 오늘의 상대가 진짜 연인이 아니어도 시즈루가 처음으로 데려온 사람이 어떤 사람인지 궁금했던 건 사실입니다. 덕분에 조금 안심했습니다."

"그래."

부모님은 마주 보며 고개를 절절히 끄덕였다.

"제가 거짓말을 했는데도 말입니까……?"

여태까지 부모님에게 거짓말도 해보지 않고 살아온 시즈루에게 이번 가짜 남자친구는 무척이나 과감하고도 대담한 행동이었다.

"일벌레인 줄 알았는데, 상대방을 보는 눈은 제대로 있었으니까요."

"무슨 의미죠?"

"황당해라. 시즈루, 자각도 없으면서 세나 군을 데려온 겁니까?"

"자각이요? 어머니, 제대로 말씀해주세요."

도통 영문을 알 수 없는 시즈루. 여느 때라면 바로 결론을 말할 어머니가 드물게도 뜸을 들였다.

"시즈루는 개인적으로 그를 마음에 들어 하는 겁니다. 저의 감이 그렇게 말하고 있어요."

즐거워 보이는 어머니의 단언에 시즈루의 숨이 막혔다.

"어? 그랬어? 시즈루, 연하파였니?"

아버지 쪽은 키스미가 진짜 연인이 아니라 안심했을 뿐, 거기까지 파악하진 못했다.

"여보, 당황하지 마세요. 당신도 저보다 훨씬 어리잖습니까."

"무슨 소리야. 여보는 지금까지도 앞으로도 계속 아름답기만 한걸."

옛날부터 변함없이 오붓한 부모님.

"……제가 연애를 못 하는 건 두 분 때문이기도 합니다만."

애초에 연애에 관심이 적었던 시즈루. 그런 그녀는 절대 상위존재인 어머니에게 푹 빠져있는 아버지라는 명확한 역학관계가 존재하는 가정에서 자랐다.

"말도 안 되는 말을. 제가 시즈루보다 조금 더 드세지만, 성격 자체는 옛날의 저와 똑같습니다. 심지어 남자 취향도 같죠."

"그건, 구체적으로 무슨……?"

수긍한 듯 고개를 주억거리는 아버지를 곁눈으로 흘기며 시즈루는 어머니의 말을 기다렸다.

"끈질기고, 알랑거리지 않고, 하지만 헌신적인 사람입니다."

그 특징은 확실히 세나 키스미의 태도나 행동과 딱 들어 맞았다.

필요한 커뮤니케이션은 끈질기게 빼놓지 않고, 학생과 교사라는 선을 제대로 지키면서도 때로는 털털한 태도로 주장한다. 대화하기 편하고 의지하기 쉽다. 그리고 맡긴 일은 확실하게 해내기 때문에 믿을 수 있다.

그러고 보면 그가 다실에 올 때는 굳이 차를 우릴 때가 많다.

다도부의 부활동이 아닐 때 그런 번거로운 일을 해주는 학생은 드물다.

"그, 그는 제 제자입니다! 심지어 9살이나 나이 차이가 나고요! 말도 안 됩니다!"

부정하는 시즈루의 목소리가 뒤집어졌다.

"당신이 나이 차이를 신경 쓴다고요? 당신 아버지도 저보다 10살은 더 연하이니 우리 집에서는 문제없지 않습니까."

그렇다. 시즈루의 어머니는 실제 연령보다 한참 어려 보이는 타입의 여성이었다. 부모님이 같이 있을 때면 험상궂은 생김새와 박력이 더해져 오히려 아버지 쪽이 연상으로 보인다.

"조금 전에는 그를 실컷 어린아이로 대하셨습니다!"

"그건 시즈루 앞에서 갑자기 세나 군을 환영해도 곤란하지 않습니까. 그는 아직 어린아이가 맞으니 선뜻 허락할 수 없죠."

아버지도 옆에서 절절히 동의했다.

"그에게는 연인도 있습니다!"

"아직 고등학생이잖아요. 학창 시절에 사귄 연인과 결혼이 정해진 것도 아니고, 졸업한 뒤라면 딱히 뭐라고 할 마음은 없습니다."

딸에게서 느껴진 연애의 기운에 들뜬 어머니는 전에 없이 적극적이었다.

"──거짓말이 진실이 되었다고 해도 행복해질 수는 있습니다. 그건 그거대로 환영하죠. 다만, 최대한 일찍 하세요."

옆에서 끙끙 앓고 있는 아버지를 끌고 부모님은 떠나갔다.

로비에 홀로 남은 시즈루는 한동안 움직일 수 없었다.

"학생이 아니게 된 뒤, 라니…… 어, 어?!"

시즈루는 자신의 뺨이 유달리 뜨거운 것은 여름에 기모노를 입었기 때문이라고 필사적으로 타일렀다.

물론, 냉방이 돌아가는 호텔 로비에서는 상당히 억지가 강한 변명이었다.

싸울수록 사이가 좋다는 말은 거짓말이다.

세상에서 전쟁이 사라지지 않는 게 그 증명일 것이다.

이런 헛소리를 할 수 있는 사람은 상대방과 건전한 커뮤니케이션을 취할 수 있는 사람이거나, 날카로운 말을 주고

받는다고 해도 서로를 용서할 수 있을 만큼 원래 친한 관계로 한정된다.

반대는 불가능하다.

그건 한쪽의 의견을 밀어붙여서 참고 있거나, 혹은 처음부터 싸움이 일어나지 않도록 거리를 두는 것뿐이다.

커뮤니케이션 능력이 부족한 사람이 입을 열면 간단히 실언이 나오고 대화도 잘 되지 않는다. 깜빡 엇나간 소릴 해버리면 분위기가 깨진다. 최악의 경우 상대방이 분노하고 싫어하게 된다. 무엇보다 그렇게 제대로 대화하지 못하는 자신에게 매번 실망하고 상처받기를 반복한다.

입을 다무는 것은 어엿한 위험경감 방법이다.

적어도 아리사카 요루카라는 여자에게는 유효했다.

사람을 멀리함으로써 괜한 스트레스를 피할 수 있고, 누군가와 떠들썩하게 어울리는 건 애초에 불편하다.

그래도 인생이란 가혹하고도 잔인해서, 발언하지 않는 사람은 없는 존재로 취급되곤 한다.

헤아려주는 사람은 소수고, 더군다나 베풀어주는 사람은 더욱 줄어든다.

대다수는 남에게 둔감하고, 남은 아랑곳하지 않는 자기중심적인 인간일수록 목소리가 큰 경우가 많다.

그렇기 때문에 교실이라는 좁은 세계가 싫었다.

미숙한 인간들이 종일 좁은 공간에 갇혀 있다. 전체로는 똑같은 행동을 강요당하며, 개인 간의 우정 놀음에 대해서는 무책임.

　단체생활 훈련이라고 하면 듣기는 좋아도, 얼마나 의미
나 효과가 있는지는 의문이다.

　예민한 사람에게 원활한 인간관계 구축이란 난이도가
너무 높다.

　옛날부터 남의 말에 민감하고 부끄러움을 많이 타는 소
녀는 갑자기 날아오는 말에 어떻게 반응해야 할지 몰랐다.

　따라서 어린 요루카는 언니를 진심으로 동경했다.

　언니처럼 행동하면 적어도 상대방의 반응을 예측할 수
있었기 때문이다.

　예기치 못한 사태가 일어나지 않는다면 미리 준비해둔
답으로 헤쳐나갈 수 있다.

　그건 요루카에게는 혁명적인 대발견이었다.

　언니 같은 행동은 수학 공식처럼 온갖 국면에서 유효하
게 도움이 되었다.

　같은 칭찬을 끌어내기 위해 밝고 적극적인 언니와 똑같
은 행동과 태도를 보였다.

　주위 어른 중 요루카의 수단과 목적이 역전된 것을 깨달
은 사람은 없었다.

　경애하는 언니를 따라 하는 것 자체는 요루카도 즐거웠
고, 늘 흔들리지 않는 목표로서 존재하기 때문에 망설일
필요가 없었다.

　그 언니 흉내라는, 요루카만이 재현할 수 있는 처세술도

중학생이 되자 만능이 아니게 되었다.

먼저 요루카의 자의식 성장으로 인해 격차가 나기 시작했고, 아무리 언니를 잘 연기해도 고통을 느끼는 정도가 강해지기 시작했다.

동급생의 반응도 특히 연애 감정을 동반하게 되며 예외적인 상황이 급격히 증가했다. 애드립이 서툰 요루카에게는 강한 호감조차 노이즈에 불과했다. 그리고 대응을 잘못하면 남학생의 반응은 급변하고, 어째서인지 주위 여학생의 태도마저 싸늘해졌다. 일면식도 없는 다른 반 여학생에게 일방적으로 폭언을 들은 적도 있었다.

또 언니를 아는 사람에게서도 차이점을 지적당하는 일이 늘었다.

그들에게는 악의 없는 비교지만, 요루카에게는 자신이 열등하다는 것처럼 들렸다.

아무리 요루카라고 해도 언니 흉내에 한계가 왔음을 자각하게 되었지만, 다른 방법이 떠오르지 않았다.

수단과 목적이 역전되는 바람에 칭찬을 받는다고 해도 자신감으로 이어지지 않는다.

언니는 변함없이 눈이 부신 존재고, 아무리 지나도 차이는 좁혀지지 않는다.

조급해진 요루카는 필사적으로 언니에게 조언을 요청했다.

동생의 이변을 알아챈 아리아가 설득해도 요루카는 유일한 무기를 놓지 못했다.

최종적으로 동경하는 언니에게 연인이 생겼다──라는, 따라 할 수 없는 사태가 일어나자 요루카는 이중적 의미로 모든 것이 무의미해졌다.

사랑하는 언니를 다른 사람에게 빼앗겼다는 충격.

쌓일 대로 쌓였던 스트레스의 반동으로 자신의 학교생활을 제대로 해나가겠다는 기력도 사라졌다. 타인과 엮이는 것을 모조리 거절하고 스스로 고독이라는 안식에 도달했다.

다행인지 불행인지 요루카 자신의 의사를 따르는 일관적인 행동은 처음으로 자력으로 자신을 지키는 일이 되었다.

──그렇다고 해서 평생 타인과 교류하지 않을 수는 없다는 게 인생의 부조리함이다.

이윽고 세나 키스미라는 불쾌하지 않은 타인을 만나고, 심지어 사랑에 빠지고, 오히려 자신이 그와 엮이는 것을 원하게 될 줄은 상상도 못 했다.

키스미를 계기로 대화를 나눌 수 있는 친구도 늘었다.

요루카는 자신답게 행동하면 오히려 전보다 편하게 타인과 대화할 수 있다는 걸 깨달았다.

그리고 지금, 사랑하는 언니와 진정한 의미로 마주 본다.

계속 우러러보기만 했던 이상, 너무 높은 목표, 절대로 넘을 수 없는 가족.

그런 상대를 앞에 두고 요루카는 긴장해서 다리가 덜덜 떨렸다.

사실은 지금 당장 도망치고 싶었다.

"요루는 스미에게 가지 않아도 돼?"

앞서 걷는 언니는 여느 때와 같은 여유로운 분위기로 편하게 말을 걸었다.

요루카와 아리아는 이 호텔의 명물인 일본 정원에 나와 있었다.

울창하게 우거진 숲이 연상되는 나무에 둘러싸여 있기 때문에 도쿄의 중심부임에도 불구하고 소음이 멀다. 파릇파릇하게 무성한 이파리가 만들어주는 그늘 덕분에 서늘하게 느껴졌다. 밖에서 대화하기에는 딱 좋다.

"저쪽은 키스미도 다른 아이들도 있으니까 걱정 안 해."

"요루가 친구를 의지하다니 정말 변했구나. 시즈루를 싫어하니까 여기에는 안 올 줄 알았어."

"그건 옛날에 언니가 이상한 거짓말을 한 게 원인이고."

연인인 칸자키 선생님이라고밖에 설명하지 않았던 아리아가 전부 나쁘다.

처음 자신의 담임이라며 이름을 밝힌 여성이 칸자키라고 말했을 때의 동요와 혼란은 지금도 기억하고 있다.

그 순간, 시간 차로 두 번이나 배신한 언니의 심술을 알았다.

"그야 요루는 섬세한데 자의식은 강하고 완고하니까 내 이야기를 제대로 들어주지 않았잖아. 나도 순간적으로 떠오른 건데 설마 이렇게까지 오래 갈 줄 몰랐어. 정말, 요루에게도 시즈루에게도 폐를 끼쳤네."

아리아는 가까운 벤치에 앉아 선글라스를 벗었다.

"그래서, 조금 전의 자매 싸움은 뭐야? 굉장히 새삼스러운 표현인데."

"우리는 더 일찍 대화해야만 했어."

"고지식하긴. 싸우는데 굳이 선언까지 하고. 그것도 스미의 영향이야?"

"왜 키스미가 나와?"

"아침 귀가 소문을 덮은 뒤에 시즈루가 엄청 푸념을 늘어놨어."

".............."

"요루의 남자친구는 굉장히 대담한 짓을 한다고 놀랐는데, 스미라는 걸 알고 납득했지. 무모하거나 엉뚱한 행동은 그가 나에게서 배운 거겠구나, 하고."

그렇게 이야기하는 아리아의 얼굴은 어딘가 희색이 묻어 나왔다.

늘 자신은 평범하다고 겸손하게 말하는 키스미가 이따금 발휘하는 대담함은 언니의 영향이겠지.

"덕분에 나도 휘둘리고 있어."

"그래도 좋아하잖아?"

"당연하지. 나는 키스미의 연인이니까."

"당당한 요루를 보게 되어서 안심했어. 스미에게 고맙네."

언니는 일말의 동요도 없이 요루카를 칭찬했다.

301

생글거리는 표정을 무너트리지 않고, 동생의 이야기에 유유히 귀를 기울였다.

"나는 언니와 싸운다는 발상이 애초에 없었어. 이상이고, 동경이고, 목표고, 평생 이기지 못하는 사람이라고 생각했으니까."

친한 자매에 우열은 없어도 역할분담으로서의 상하 관계는 있었다.

언니는 이끌고, 동생은 따른다. 거기에는 흔들림 없는 사랑과 신뢰가 있고, 그렇기에 싸우지도 않는다.

"……과거형이라는 건, 앞으로는 이긴다는 것처럼 들리는데."

"맞아."

"흐응, 재미있네. 뭘로 승패를 정할 건데? 아, 캣파이트는 아플 것 같으니까 싫어."

"사양하지 않아도 돼. 언니가 하고 싶은 말을 해."

"딱히 하고 싶은 말은 없는데."

"정말?"

"뭘 의심하는데?"

요루카는 그제야 언니의 옆자리에 앉았다.

"그야 언니는 진심으로 키스미를 의식하잖아."

요루카는 언니가 희미하게 숨을 삼킨 것을 놓치지 않았다.

"재미있는 말을 하네. 확실히 스미를 좋아하긴 해. 하지만 어디까지나 인간적으로 마음에 드는 것뿐이야. 아무리 그래도 고등학생에게 손을 댈 순 없고, 심지어 요루의 연인이잖아."

아리아는 어디까지나 농담으로서 흘려넘겼다.

"언니와 키스미의 가까운 거리감이 신경 쓰이는 이유를 계속 고민했어. 처음에 나는 키스미가 언니에게 접근한다고 질투했을 정도니까."

요루카는 두 사람의 지나치게 가까운 거리감이 마음에 들지 않는 것뿐이라고 생각했다.

"응? 무슨 소리야? 요루는 스미가 나를 대마왕이라는 둥 막 대하는 것 때문에 화냈었잖아. 아, 그 격의 없는 태도가 마음에 안 들어서? 그야 아무리 언니라고 해도 다른 여자와 연인이 친하게 지내는 건 싫겠지. 미안해, 요루."

자신이 나쁘다는 듯 아리아는 선뜻 사과했다.

"……역시, 그건 너무 평범한 반응이지."

요루카는 확신했다.

"어?"

"그건, 언니의 반응이라기엔 이상해. 왜 평범하게 사과하는 거야?"

요루카는 반응을 살피듯이 아리아의 얼굴을 보았다.

시선은 의심의 여지 없이 단정하고 있다.

아니라고. 아리아의 입술이 움직이다 말았다.

아리아는 바로 옆에 있는 요루카의 얼굴을 보지 않는다. 볼 수 없다. 어떻게 마주 봐야 하는지, 불현듯 알 수 없어졌다.

"나는 무의식중에 눈치채고 있었어. 언니의 진심이 새어 나오고 있다는 걸. 동시에 확신도 할 수 없어서, 그만 편하게 키스미에게 먼저 주의를 준 것뿐이야. 사실은 반대였어. 그야 말할 상대를 잘못 잡은 이상 상황은 변하지 않겠지."

"이번에는 시즈루의 맞선이 있으니까 우연이야. 게다가 스미를 만나는 건 2년만일 정도인걸?"

"그런 구실이 있다면 당당하게 만날 수 있잖아."

"요루, 그쯤 되면 트집이야."

"나도 그렇게 생각했어. 왜냐하면 언니는 나를 아주 좋아한다는 걸 아니까. 언니는 내가 싫어하는 일만은 절대 안 하니까."

"당연하지!"

아리아는 단호하게 동의했다.

그 마음에는 거짓 한 점 없다. 요루카도 그걸 알고 있다.

그렇기 때문에 치명적이다.

"응. 나도 언니를 지금도 정말 좋아해. 그래서 멋대로 그 가능성은 없다고 머릿속에서 배제했어. 친언니니까."

강한 호감은 때로 현실 인식을 왜곡한다.

하물며 요루카는 완벽하고 이상적인 언니에게 남들보다 더 강렬한 애정과 존경과 신뢰를 계속 느껴왔다.

늘 다정한 언니가 자신을 배신할 리가 없다고.

"언니를 따라 했던 시절에도, 아무리 걱정해도 버럭버럭 화를 내거나 억지로 막으려고 하진 않았어. 왜냐하면 나를 좋아하니까. 하지만── 이번엔 아니잖아."

언니와 올바르게 싸우는 방법 같은 건 모른다.

하지만 언니를 따라 하는 것만큼은 특기다.

상대방을 잘 보고, 사소한 힌트를 놓치지 않고, 그 본심을 간파하여 전체상을 조립한다. 여기에 핵심을 찌르는 한마디만 있다면 상대방의 마음은 흔들린다.

"언니는 계속 내가 싫어하는 일을 했어. 키스미에게 다가가려 했어. 여느 때라면 절대 그만두는데."

"──."

"학교에 왔을 때 사유나 하세쿠라의 속마음을 멋대로 폭로한 것도, 언니 본인이 키스미와 가까이 있을 수 있는 다른 여자아이들에게 질투한 거야. 그래서 세나회를 무너트리려고 했어."

"어차피 그런 그룹은 오래 못 간다니까. 차인 아이들은 눈앞에서 계속 요루와 스미의 연애를 지켜봐야만 하는 거니까."

"나는 마음대로 하라고 이미 말해놨어. 강제도 안 하고, 싫다면 모임에서 빠지면 돼. 하지만 언니에게 참견받고 싶지는 않아."

요루카의 어조가 강해졌다.

"누군가를 좋아하게 되면 스스로도 막을 수 없게 된다는 걸 나는 알아."

아리아는 그제야 요루카를 보았다.

같은 벤치에 앉아, 같은 눈높이에서 자매는 말을 나눴다.

"나는 키스미를 좋아해서, 고백을 받아서 기뻤어. 맺어진 뒤로 처음으로 하루하루가 즐겁다고 생각하게 되었어. 키스미를 만날 수 있다면 학교도 그리 나쁘지 않다고. 세나회의 친구들과도 편하게 대화할 수 있어."

"요루……."

"미안해, 괴롭게 해서. 먼저 만난 건 언니인데. 하지만 그가 선택한 건 나야. 언니가 좋아하는 동생인 아리사카 요루카야. 아리아가 아니야."

자신의 언니를, 이런 식으로 이름만으로 부른 것은 처음이었다.

두 관계 사이에서 치이는 건 아리아도 마찬가지다.

분명 같은 고뇌를 안고 있었을지도 모른다.

가능하다면 사랑하는 언니에게 이런 말을 하고 싶지는 않았다.

하지만 지금 말하지 않으면 미래에 더 처참한 일이 일어날지도 모른다.

요루카는 눈물이 나오려는 것을 필사적으로 참으며 마음을 전부 부딪쳤다.

"나는 언니를 경멸하고 싶지 않아! 싫어하고 싶지 않아!

평생 친한 자매로 지내고 싶어. 그러니까 언니만은 절대,
내 연적이 되면 안 돼!"

몸이 찢어지는 듯한 기분이었다.

어떤 사람이 그를 좋아하게 되든 싸우면 그만이다. 마지
막에는 이겨서 잊어버리면 그만이다.

하지만 아리아만은 안 된다.

진심이 된다면, 서로 지울 수 없는 상처를 안고 남은 인
생을 살아가게 된다.

누구보다도 좋아하는 언니를 평생 미워하면서 살아야만
한다.

이제는 기도할 수밖에 없었다.

──제발, 싸우려고 하지 말아줘.

"내가 좋아하는 사람을 좋아하지 마."

요루카는 울고 있었다.

상상만으로도 너무나도 무서워서, 눈물을 멈출 수가 없
었다.

"──언니도 키스미도, 둘 다 사라지는 건 싫어."

그게 요루카에게는 최악의 미래였다.

소중한 두 사람이 동시에 자신에게서 떠나가는 건 상상
할 수 없다.

사랑하는 언니와 연인을 잃고 싶지 않았다.

"분명 좋아하는 사람이 생긴 요루를 보고 나도 조금 동
경하게 된 걸 거야."

"어?"

"하지만 제일 소중한 동생을 울리다니. 나쁜 언니라서 미안해."

요루카는 아리아의 품에 끌어안겼다.

"제발 키스미만은……."

"안심해. 나는 계속 요루의 언니니까."

"언니."

"나도 사랑해. 그러니까 울지 마."

언니의 온기에 파묻힌 요루카는 옛날의 감각을 떠올렸다.

부모님이 일본에 없는 동안 계속 언니에게 어리광을 부렸다. 외로울 때, 슬플 때, 힘들 때, 언니는 늘 다정하게 안아주었다.

그것만으로도 차분해졌다. 눈물이 멎고 안심할 수 있었다.

"태어났을 때부터 알고 있잖아. 내가 요루를 배신할 리가 없다는 걸."

"언니가 안아주는 거, 오랜만이야."

"늘 그에게 어리광부리면서."

"껴안으면 안심이 된다는 걸 가르쳐준 사람은 언니인걸."

"……요루, 많이 컸구나."

아리아는 동생이 이제 어린 소녀가 아니라는 걸 진정한 의미에서 실감했다.

"시즈루. 맞선은 무사히 회피한 모양이네."

"아리아는 동생과 충분히 대화했습니까?"

기말고사를 코앞에 둔 고등학생들은 당장 공부하라면서 먼저 돌려보냈다.

모든 것을 마친 아리아와 시즈루는 단둘이 호텔 라운지에 있는 카페에 와 있었다.

"인생 첫 자매 싸움은 거의 부전패였어."

"진 것 치고는 기뻐 보이는데요."

"요루는 어릴 때부터 섬세한데 묘하게 너무 한결같은 구석이 있었거든. 이렇다고 생각하면 완고하고. 나와는 다른 의미에서 불균형적인 아이였지. 하지만 지금은 조언에 귀를 기울이는 친구도 생긴 모양이라 안심했어."

"그는요?"

"말해봤자 입만 아프지."

주문한 케이크 세트가 나왔다. 둘 다 초콜릿 케이크고, 음료로는 아리아 앞에 아이스커피, 시즈루 앞에는 홍차가 놓였다.

"시럽은 넣지 않아도 됩니까? 아리아는 단 것을 좋아하잖아요."

"아, 응. 하지만 아이스커피는 딱히 달지 않아도 마실 수 있어."

아리아는 얇은 빨대에 입을 댔다.

"……그랬습니까."

"시즈루야말로 녹차가 아니어도 괜찮아?"

"케이크를 먹는다면 홍차입니다. 게다가 녹차는 학교에서 마시는 것으로 충분해요."

"저기, 알아? 홍차와 녹차는 발효도에서 차이가 있을 뿐, 같은 찻잎이라는 거."

"압니다."

그렇게 말하는 시즈루가 포크를 입에 가져가는 속도는 여느 때보다 빨랐다.

"배가 고팠나 보네."

"아침부터 기모노를 입고 온다고 거의 아무것도 먹지 못했으니까요. 그렇지 않아도 긴장도 해서 점심도 제대로 목을 넘어가지 못했습니다. 그보다, 잘도 저희를 배신하셨군요."

"두 분에게는 말하지 말라고 부탁드렸는데 말이야……."

"정말이지. 그래서, 어디까지가 아리아가 짠 계획입니까?"

시즈루는 비난하듯이 옛 제자를 보았다.

"만약을 위해 실제로는 어떤지 적진 시찰 차원에서 시즈루의 본가를 방문했거든. 그때 겸사겸사 가짜 남자친구 건도 먼저 보고했어. 펄쩍 뛰면서 놀라시는 게 재미있더라."

아리아는 음미하는 얼굴로 당시를 떠올리며 웃었다.

"저희 부모님을 농락하다니, 배짱이 대단하군요."

"정성스럽게 키운 외동딸이 난데없이 제자에게 손을 대

311

서 남자친구로 데려온다는 말을 들었으니까. 말씀드린 순간 그 엄격한 어머니가 거의 비명을 질렀다니까."

"손은 안 댔습니다! 하지만 그런 어머니는 조금 보고 싶네요."

시즈루도 간신히 어깨에서 짐을 내려놓았다며 표정을 누그러트렸다.

"물론 연기고, 그 정도로 싫어한다는 걸 사전에 알려드리고 싶었어. 실전에서 갑자기 스미가 고등학생이라는 걸 들키면 그 어머니가 극대노하며 무슨 짓을 할지 모르잖아."

"그건, 그렇죠."

"시즈루가 너무 겁을 먹는 거야. 그 어머니도 저돌적이긴 하지만 딸을 과보호하는 것뿐이지, 진심으로 싫어한다면 강요는 안 해. 그랬으니까 시즈루도 교사가 될 수 있었던 거지. 실제로는 맞선을 구실로 시즈루의 얼굴을 보고 싶었던 것 같아."

"조금 더, 그런 본심을 알아보기 쉽다면 저도 긴장하지 않을 수 있는데 말이죠."

"나로서는 모녀지간에 적절한 환기점이 될 수 있으려나 했지. 도우미로 옆에 둔 스미가 설득에 성공한다면 그것도 좋고, 궁지에 몰린 시즈루가 용기를 내는 것에도 기대했고. 최악의 상황에도 내가 쳐들어가서 수습하면 괜찮을 것 같아서."

"그럼 다른 학생들이 온 것은……"

"응. 내가 계획한 게 아니라, 스미와 다른 애들이 꾸민 서프라이즈. 변함없이 학생들에게서 인망이 두텁다니까, 시즈루는."

대단하다며 태평하게 박수를 보내는 아리아.

"그 아이들이 그렇게까지 해 줬는데 잘 풀리지 않았다면 어떻게 할 생각이었습니까! 자칫 담임으로서 다시는 얼굴을 들 수 없었을 거예요."

"어쩔 수 없잖아. 나는 나대로 뜻밖에 요루에게 발을 묶여버렸으니까."

뻔뻔하게 어깨를 으쓱한 아리아는 홀랑 태세를 전환했다.

"……그쪽도, 대화는 잘했습니까?"

"응. 덕분에."

아리아는 개운한 얼굴로 보고했다.

"다행입니다."

"나는 아무것도 안 했어. 요루가 자력으로 나를 뛰어넘어줬지. 그 외엔 스미와 친구들의 도움 덕분이려나."

동생에 관한 온갖 응어리가 해소되자, 지금 아리아는 무척 기분이 좋았다.

"그런데 아리아. 한 가지 물어보고 싶은 게 있는데, 왜 세나 학생을 스미라는 별명으로 부르는 거죠?"

아리아는 갑자기 침묵했다.

"꼭, 말해야 해?"

"좋은 기회 아닙니까."

시즈루는 웬일로 얼굴을 붉히는 옛 제자의 답을 기다렸다.

"처음에는 편하게 그냥 키스미라고 불렀거든. 그런데 중간부터 키스미라는 이름이, 영어로 KISS ME라는 것처럼 들려서. 한 번 의식했더니 이름을 부를 때마다 키스해달라고 말하는 것 같아서 부끄럽더라고."

"굉장히 풋풋한 이유군요. 심지어 어중간하게 미련이 느껴집니다."

시즈루는 무표정으로 싸늘하게 논평했다.

"시즈루에게만은 그런 말 듣고 싶지 않거든!"

"그렇게 발끈해서 소리칠 때는 동생과 똑같군요."

졸업한 현재, 학생과 교사의 울타리를 넘어 절친한 친구 사이인 두 사람이었다.

◇ ◇ ◇

"세나 학생. 아리사카 학생. 할 이야기가 있습니다."

기말고사 마지막 날. 오후 홈룸이 끝나기 전에 우리는 칸자키 선생님에게 호출을 받았다.

오늘의 요루카는 웬일로 순순히 따라왔다.

"지난번에는 사적인 일로 번거롭게 해 드려서 죄송합니다. 그리고 감사합니다."

다도부의 다실에서 오랜만에 칸자키 선생님에게 차를 대접받았다.

"원만하게 수습되었다면 다행이죠."

나는 씁쓸한 말차를 음미하면서, 시험이 끝난 것과 어우러져 안도의 한숨을 흘렸다.

"태평하게 안심하지 마. 내가 가르쳤는데 기말고사 점수가 나쁘다면 용서하지 않을 거니까."

요루카는 가시 돋친 목소리로 혼냈다.

가짜 남자친구 계획에 시간과 정신력을 쏟아부었던 나는 그대로 기말고사를 맞았다면 평소 어려워하던 과목은 낙제점을 받을 수도 있는 상황이었다.

보다 못한 요루카의 제안으로 세나회에서 시험 대책 스터디를 개최했다.

성적에 불안 요소가 있는 나나무라와 사유도 찬성하여 매일같이 방과 후엔 다 함께 모여 공부했다.

요루카의 지도는 여느 때보다 더 엄격했지만, 일상이 돌아온 것 같아 나는 기뻤다.

"분명 괜찮을 거야……. 아마도."

"정말로?"

"이번에는 저도 변명의 여지가 없습니다."

선생님도 몸 둘 바를 몰라 했다.

"정말이지, 담임 주제에 완전히 민폐였어."

"요루카!"

"뭐 어때. 내 연인을 가짜 남자친구로 끌고 갔는데. 불평할 권리 정도는 있잖아."

나와 선생님은 동시에 침묵했다.

"그래서, 제대로 담임 일을 계속하는 거지?"

"물론입니다. 설령 아리사카 학생이 싫어한다고 해도 저는 당신의 담임입니다."

"그럼 됐어. **칸자키 선생님.**"

요루카의 목소리에 여느 때와 같은 적의가 사라지고, 평범하게 칸자키 선생님이라고 불렀다.

"아리사카 학생……."

칸자키 선생님은 곱씹듯이 요루카를 바라보았다.

"——이제 나는 괜찮아."

"그런 것 같군요."

요루카와 칸자키 선생님은 눈을 마주치고 조금 웃었다.

"늦었잖아. 세나, 아리사카."

나와 요루카가 다실에서 나오자 나나무라, 아사키, 미야치, 사유가 복도에서 기다리고 있었다.

"나나무라. 약속이 있었던가?"

"세나, 시험이 끝나면 그 후엔 뒤풀이 아니겠냐. 이건 상식이라고."

그런 인싸들 사이에서나 통할 법한 상식 같은 건 난 모른다, 이 자식아.

"조금은 배려란 걸 해 봐. 나는 요루카와——."

"가끔은 괜찮지 않아?"

요루카가 동의하고 나섰다.

"어? 괜찮아?"

"어차피 여름방학이 되면 얼마든지 둘만의 시간을 보낼 수 있잖아."

요루카는 내 여름방학을 독점하는 게 당연하다는 말투였다.

"무르네, 아리사카. 키스미의 여름방학에 그 정도의 자유시간은 없어."

아사키는 승리자처럼 끼어들었다.

"무슨 의미야? 하세쿠라."

"에이세이의 학급 임원의 여름방학은 가을에 있는 체육제와 문화제 준비에 동원되거든."

"뭐?! 둘 다 실행위원이 따로 있잖아!"

"그걸로는 부족하니까 학급 임원도 강제로 끌려가는 거야. 네 언니가 이벤트를 대규모로 키워버렸기 때문에!"

"그럼, 설마……."

요루카의 안색이 바뀌었다.

"당연히 학급 임원 파트너인 나는 여름방학에도 키스미와 많은 시간을 함께 보낸다는 거지!"

놀라워라. 이렇게 득의양양한 아사키는 처음 본다.

"으의! 언니는 쓸데없는 짓을 해 놔서!"

요루카는 여기에 있지도 않은 언니에게 변함없이 휘둘

린다.

정말로 아리아 씨의 영향력은 대단하다고밖에 할 수가 없다.

"그 성가신 언니의 동생이라는 것을 실컷 원망하도록 해."

아무래도 학생 식당에서 아리아 씨의 악랄한 폭로에 상당한 원한을 가진 듯한 아사키였다. 때가 왔다는 양 요루카에게 사정없는 보복을 날렸다.

"아사키, 물 만난 고기 같네."

"아사 선배, 싸울 생각이 넘치네요."

미야치와 아슈는 복잡하다는 듯 쓴웃음을 지었다.

"상관없거든! 키스미의 연인은 나니까!"

"그건 지금뿐이고. 연애에 영구독재는 존재하지 않아."

요루카와 아사키는 복도 한복판에서 으르렁거렸다.

내 존재는 완전히 무시하고 있다.

"어때? 세나. 인기 있다는 건 꽤 귀찮지?"

나나무라는 동정하듯이 어깨동무를 해 왔다. 근육이 무겁거든.

"몰라! 나는 요루카밖에 없어!"

"여름방학이 기대되는구나."

"너는 얌전히 농구부 연습이나 해."

"숨돌리기는 필요하잖냐. 나는 적극적으로 이벤트를 기획할 거야. 각오해!"

"아, 그럼 저 여행 가고 싶어요! 다 함께 어디 놀러 가요!"

"유키나미, 나이스 아이디어!"

즉각 편승하는 사유.

"나는 불꽃놀이 하고 싶어."

"미야우치, 그것도 채용!"

그렇게 내 여름방학 스케줄이 멋대로 채워졌다.

시험점수 채점 기간의 주말, 나는 오랜만에 요루카와 데이트를 즐겼다.

오전에 시부야에서 만나 먼저 영화관으로. 할리우드의 초대작 액션 영화를 봤다. 손에 땀을 쥐게 하는 흥분되는 2시간이었다. 그 후 늦은 점심을 먹으며 영화의 감상을 주고받은 뒤, 마음이 가는 대로 윈도쇼핑을 했다.

"아, 그 목걸이."

중간에 들른 백화점에는 지난번 데이트 때 방문한 브랜드숍의 시부야 지점이 입점해 있었다.

요루카가 시선을 빼앗긴 건 그때도 마음에 들어 했던 목걸이였다.

"역시 예뻐."

쇼케이스 안을 빤히 바라보는 요루카.

그 옆에서 나는 내가 생각하기에도 과감한 짓을 해봤다.

"실례합니다, 이 목걸이 주세요!"

이 가격이라면 작년에 모은 아르바이트비로 충분히 낼 수 있는 금액이었다.

"어, 키스미?!"

"내가 선물할게."

"됐다. 딱히 그러지 않아도."

"마음에 들었잖아. 나도 그건 요루카와 어울린다고 생각해. 그러니까 걸어줘."

"하지만 미안한데."

"이래저래 걱정 끼쳤으니까, 사과의 뜻으로."

"……괜찮겠어?"

"그래. 처음 주는 선물은 목걸이로 하고 싶어."

점원이 포장하려고 하자 요루카는 '지금 걸고 가겠습니다'라고 말했다.

여름 햇살에 그녀의 섬연한 목에 걸린 목걸이가 반짝반짝 빛났다.

"고마워, 키스미. 소중히 할게."

"기뻐하는 것 같아 다행이야."

"응."

요루카는 무척 기분이 좋아 보였다.

"나도 보답하고 싶은데."

"이런 식으로 여름방학에도 데이트해주는 것만으로도 충분해."

"그건 수지가 안 맞잖아."

"으음, 어려운데."

"키스미. 네가 친절하고 욕심이 너무 없으니까 문제가 생기는 거야. 원하는 게 있다면 말해주는 게 나도 안심할 수 있어!"

요루카는 단호하고 날카로운 눈으로 쳐다봤다.

"갖고 싶은 건 그렇게 바로 떠오르지 않으니까."

"딱히 물건이 아니어도 괜찮아!"

대각선 횡단보도에서 신호가 바뀌는 걸 기다리며 고민했다.

나는 문득, 하고 싶었지만 아직 못 한 것을 떠올렸다.

그거다. 내가 원하는 건 틀림없이 그거밖에 없다.

하지만 이런 시부야 한복판에서 말해도 괜찮은 걸까.

단순히 나도 부끄럽고.

"뭔가 떠오른 모양이네."

"요루카, 너무 예리한 거 아니야?"

"키스미에 대한 거라면 다 간파할 수 있어."

"그럼 맞춰봐."

알 수 있다면 부디 알아차려 주길 바란다.

"더 자세하게 읽어내고 싶으니까, 이쪽 봐."

"초능력자냐."

나는 시키는 대로 신호등이 아닌 요루카 쪽을 돌아보았다.

다음 순간, 내 입술에 요루카의 입술이 닿았다.

도시의 혼잡도 더위도 날아가고, 맞닿은 입술의 감촉만

이 전부가 되었다.

　신호를 기다리는 다른 사람들도 옆에 와중에 우리는 키스했다.

　"이게, 정답?"

　요루카는 부끄러운 듯 물었다.

　밖이고, 주변에는 사람이 많이 있다. 하지만 요루카는 자기 쪽에서 먼저 키스해주었다.

　"……꿈꾸는 거 아니지?"

　"글쎄."

　신호가 파란불이 되고 세계가 움직이기 시작한다.

　요루카는 가벼운 발걸음으로 먼저 걸어갔다.

　그 손은 내 손을 꼭 붙잡은 채로 놓지 않았다.

　"요루카!"

　"왜?"

　"좋아해!"

　"나도 키스미를 좋아해!"

　연인들의 여름방학이 얼마 남지 않았다.

후기

처음 뵙겠습니다, 혹은 오랜만입니다. 하바 라쿠토입니다. 『다른 사람과 하는 러브코미디는 용서하지 않을 거니까』 3권을 읽어주셔서 감사합니다.

드디어 3권입니다!

저에게는 처음으로 3권을 내는 것이라 기쁨도 각별합니다.

3부작, 삼위일체, 삼종신기, 삼관왕, 고산케(御三家)(에도 시대에 토쿠가와 씨 중 토쿠가와 쇼군가 다음가는 지위의 세 가문을 가리키는 말에서 파생, 유력하고 유명한 삼강을 가리키는 표현이 되었다.), 삼원색, 산포요시(三方よし)(에도 시대 상인의 경영철학. 판매자에게 좋고, 구매자에게 좋고, 사회에 좋은 것이야말로 좋은 장사라는 사상을 말한다.), 세계 3대 미인, 삼고초려 등 3이라는 숫자에는 좋은 것이나 대단함, 풍부함, 안정감 등을 느낍니다.

좋은 숫자죠. 3.

이 작품을 쓴 뒤로 좋은 일이 연속으로 일어나고 있습니다.

전격문고 공식 트위터의 투표로 결정된 '와타러브(わたラ ブ)'라는 작품의 애칭, 첫 증쇄, 긴급사태 선고 하에서 2권 발매에 이은 1권과 2권의 더블 증쇄, 호화 성우진에 의한 PV 공개 등등.

그리고 3권에 기뻐하고 있었더니—— 4권이 나옵니다.

이것도 전부 응원해주신 독자 여러분 덕분입니다. 감사

합니다!

계속해서 4권도 잘 부탁드립니다.

그럼, 하나의 커다란 마무리를 맞은 3권.

고백에서 시작하는 맞사랑 러브코미디, 이번에는 절대로 싸워선 안 되는 연적의 이야기였습니다.

1권부터 그 존재감이 슬쩍슬쩍 드러났던 요루카의 언니, 아리사카 아리아가 마침내 등장했습니다.

요루카가 동경하는 이상적인 언니는 설마 했던 연인의 은인.

강력한 폭풍처럼 인간관계를 바꿔 가는 아리아는 작가로서도 무척 쓰기 쉽고 마음에 드는 캐릭터입니다.

여러분, 예쁜 누나 좋아하시죠?

와타러브를 집필하기 시작했을 때부터 요루카는 언젠가 반드시 아리아와 마주 봐야만 하는 운명이라고 느꼈습니다.

여기에 이르기까지 요루카에게는 세 권이라는 시간이 필요했습니다.

아무래도 1권 표지에서부터 부루퉁한 표정을 짓는 여자아이니까요.

키스미와 소중한 나날을 거듭해왔기 때문에 요루카도 훌쩍 성장했습니다.

커뮤니케이션을 어려워하는 여자아이가 다른 사람에게 직접 도와달라고 요청하고, 자신의 경험을 살려서 진심을 두려워하지 않고 털어놓을 수 있게 되었습니다.

클라이맥스인 자매 싸움에서는 완전히 작가의 손에서 떠나 요루카 본인이 쏟아낸 말로 아리아와 대화했습니다. 정말 잘 자라줬어요.

3권에서 나온 요루카의 키스는 1권에서 나온 키스미의 연인 선언과 비슷한 수준의 커다란 의미가 있습니다.

또한 숨겨진 MVP는 틀림없이 주인공인 키스미입니다.

기본적으로 작품 내내 나와야 하는 주인공인데, 무대 뒤에서 뛰는 일꾼이라는 점이 참으로 키스미답죠.

러브코미디 주인공의 숙명으로서 그는 많은 유혹에 휘둘립니다.

하지만 키스미는 결코 주저하지 않고 연인만 바라보는 남자이기 때문에, 요루카는 그 애정을 디딤대로 삼아 아리아와 자매 싸움을 할 수 있었습니다.

러브러브한 연인은 둘이서 최대의 위기를 극복했다고 생각합니다.

두 사람의 키스신까지 쓸 수 있어서 정말로 행복했습니다.

이 이야기는 당연히 픽션이지만, 또다시 소재로 쓰인 제 실화가 하나 있습니다.

제가 중학생 때 다녔던 학원에서 학원 강사 아르바이트를 하신 분이, 나중에 모 방송국의 여자 아나운서로 활약하시더라고요. 저는 TV에서 봤는데도 불구하고 당시에 같이 학원에 다녔던 친구가 가르쳐줄 때까지 눈치채지 못했습니다.

그야 기억과는 인상이 완전히 달랐는걸요.

사람은 변하는 존재입니다.

담당 편집자 아난 님, 이번에도 감사합니다. 늘 냉철한 조언을 주시기 때문에 작가로서의 작품과 책이라는 상품의 균형이 맞춰지고 있다고 생각합니다.

일러스트 담당인 이코모치 님. 키스미가 요루카에게 목걸이를 선물하는 에피소드는 라이트노벨 엑스포 공식 기념북의 신규 일러스트에서 모티브를 얻었습니다. 멋진 일러스트의 막대한 자극이 작품을 풍부하게 만들어주었습니다. 아니, 아예 이모코치 님의 새 그림을 보고 싶다는 욕망으로 이 작품을 쓰고 있는 경향마저 있습니다. 늘 감사합니다.

디자인, 교열, 영업 등 이 작품의 출판에 조력해주신 관계자 여러분들께도 감사의 인사를 드립니다.

가족, 친구, 지인, 동업자 여러분. 늘 감사합니다.

다음 페이지부터는 4권 예고입니다.

기다리고 기다리던 수영복 에피소드! 한여름에 사랑이 가속한다!

키스를 거쳐, 키스미와 요루카의 러브러브 열기는 최고

기온을 갱신할 기세로 천장을 돌파 중입니다.

즐거운 이벤트로 가득한 여름방학 에피소드를 보내드립니다.

맞사랑 러브코미디가 맞이하는 최고의 여름을 기대해주시길.

그럼 하바 라쿠토였습니다. 4권에서 다시 만나요.

BGM : indigo la End『슬퍼지기 전에』

다른 사람과 하는 러브코미디는 용서하지 않을 거니까 3

그리고, 여름방학이 왔다.

"왜 첫날부터 학교에 와 있는 건지."

"포기해. 이것도 에이세이의 학급 임원의 일이니까. 둘이서 열심히 하자!"

"아사키, 되게 신났네."

"그런 거 아니야♪"

콧노래를 흥얼거리는 아사키와 나는 아침의 승강구에서 합류했다.

"──물러. 너에게 좋은 상황 같은 건 일어나게 두지 않을 거니까!"

그곳에 있는 사람은 교복을 입은 요루카였다.

"엇?! 왜 아리사카가 여기에?"

"요루카. 모처럼 방학인데 무슨 일 있었어?"

나도 듣지 못한 일이라 아사키와 마찬가지로 깜짝 놀랐다.

"서프라이즈야. 집에 있는 것보단 키스미를 만나는 게 더 즐겁고. 도시락 싸 왔으니까, 점심은 같이 먹자."

득의양양한 내 연인. 그 요루카가 서프라이즈라니, 정말로 많이 변했다.

"수고가 많네. 헌신을 넘어서 좀 무서운데."

"그쪽이야말로, 일 말고도 키스미의 시간을 빼앗을 수 있다고 생각하지 마."

두 사람은 웃고 있지만 오가는 시선은 날카로웠다.

"여러분, 아침부터 떠들썩하군요."

마침 칸자키 선생님이 그곳을 지나갔다.

인사도 하는 둥 마는 둥 선생님은 주위에 사람이 없는 것을 확인한 뒤 '지난번 일에 관한 보답인데요……' 하고 다시금 그 화제를 꺼냈다.

"선생님. 딱히 신경 쓰지 않으셔도 괜찮아요."

"그럴 수는 없습니다. 신세를 진 학생들에게 제대로 보답하라고, 어머니께서도 당부하셨습니다. 그래서 괜찮으시다면 여름방학에 저희 별장에 오지 않겠습니까? 대절이고 바다도 가까우니 즐기기에는 딱 좋은 곳입니다."

"별장." "대절." "바다."

우리 셋은 귀가 솔깃해지는 키워드를 복창했다.

"키스미, 나는 괜찮은데."

"키스미. 당연히 갈 거지?"

요루카와 아사키는 찬성. 당연히 나도 찬성이다. 그렇다면 망설일 것도 없다.

"──가겠습니다. 세나회의 간사로서 바로 다른 멤버의 예정도 확인하겠습니다!"

이리하여 세나회는 여름방학에 칸자키 선생님의 별장으로 여행 가는 것이 정해졌다.

다른 사람과 하는 러브코미디는 용서하지 않을 거니까

키스도 했고,
키스미와 요루카의 사랑은 한층 달콤해진다!

그리고 계절은 여름.
축제, 수영복, 별장 여행.
청춘 이벤트로 가득가득한 최고의 여름방학이 시작된다──!
하지만 사랑이 소용돌이치는 세나회의 멤버.
여행 중에 사건이 일어나지 않을 리가 없는데……?

WATASHI IGAI TONO LOVE COMEDY HA YURUSANAINDAKARANE Vol.3
©Rakuto Haba 2021
Edited by 전격 문고
First published in Japan in 2021 by KADOKAWA CORPORATION, Tokyo.
Korean translation rights arranged with KADOKAWA CORPORATION, Tokyo
through Korea Copyright Center Inc.

다른 사람과 하는 러브코미디는 용서하지 않을 거니까 3

2022년 1월 14일 1판 1쇄 발행

저　　　자 하바 라쿠토
일 러 스 트 이코모치
옮 긴 이 현노을
발 행 인 유재옥
본 부 장 조병권
담당편집 정영길
편 집 1 팀 이준환, 박소연
편 집 2 팀 정영길, 조찬희, 박치우
편 집 3 팀 오준영, 곽혜민, 이해빈
미　　　술 김보라, 박민솔
라이츠담당 한주원, 이다정, 이승희
디 지 털 박상섭, 이성호, 최서윤, 김지연
발 행 처 ㈜소미미디어
인쇄제작처 코리아피앤피
등　　　록 제2015-000008호
주　　　소 서울 마포구 토정로 222, 403호(신수동, 한국출판콘텐츠센터)
판　　　매 ㈜소미미디어
마 케 팅 한민지, 최정연, 박종욱
물　　　류 허석용
전　　　화 편집부 (070)4164-3962, 3963 기획실 (02)567-3388
　　　　　　판매 및 마케팅 (070)4165-6888, Fax (02)322-7665

ISBN 979-11-384-0625-3 (04830)
ISBN 979-11-6611-864-7 (세트)